DANIELLE STEEL

Avec plus d'une centaine de livres publiés en France
et plus d'un milliard d'exemplaires vendus à travers
le monde, Danielle Steel est, depuis ses débuts, une
auteure au succès inégalé. Francophone, passionnée de
notre culture et de l'art de vivre à la française, elle a été
promue en 2014 au grade de chevalier dans l'ordre de
la Légion d'honneur.

Retrouvez toute l'actualité de l'auteure sur :
www.danielle-steel.fr

HÉROÏNES

ÉGALEMENT CHEZ POCKET

La Foudre
Coups de cœur
Accident
Le Cottage
Éternels célibataires
Le Baiser
Disparu
Courage
Douce amère
Un si long chemin
Vœux secrets
La Clé du bonheur
À bon port
Sœurs et amies
Rendez-vous
Princesse
Cinq jours à Paris
Le Bal
L'Ange gardien
Coucher de soleil
à Saint-Tropez
Le Cadeau
Une grâce infinie
Rue de l'Espoir
Miracle
Les Échos du passé
Villa numéro 2
Malveillance
Voyage
Le Fantôme
Le Ranch
Paris retrouvé
Joyaux
Une femme libre
Le Klone et moi
La Maison des jours
heureux
Renaissance
Au jour le jour
Mamie Dan
Double reflet
Maintenant
et pour toujours

Les Lueurs du Sud
Cher Daddy
Au nom du cœur
Album de famille
Une grande fille
Une autre vie
Liens familiaux
La Vagabonde
Il était une fois
l'amour
Colocataires
En héritage
Joyeux anniversaire
Un monde de rêve
Traversées
Les Promesses
de la passion
Hôtel Vendôme
Trahie
Zoya
Souvenirs d'amour
Secrets
La Belle Vie
Des amis si proches
Le Pardon
La Fin de l'été
L'Anneau de
Cassandra
Jusqu'à la fin
des temps
Un pur bonheur
Star
Souvenirs du Viêtnam
Plein ciel
Victoires
Palomino
Loving
Coup de foudre
Ambitions
La Ronde des
souvenirs
Kaléidoscope
Une vie parfaite
Bravoure

Un si grand amour
Un parfait inconnu
Le Fils prodigue
Musique
Cadeaux inestimables
Agent secret
L'Enfant
aux yeux bleus
Collection privée
L'Appartement
Ouragan
Magique
La Médaille
Prisonnière
Mise en scène
Plus que parfait
La Duchesse
Jeux dangereux
Quoi qu'il arrive
Coup de grâce
Père et fils
Vie secrète
Héros d'un jour
Un mal pour un bien
Conte de fées
Beauchamp Hall
Rebelle
Sans retour
Jeu d'enfant
Scrupules
Espionne
Royale
Les Voisins
Ashley, où es-tu ?
Jamais trop tard
Menaces
Les Whittier
Héroïnes

DANIELLE STEEL

HÉROÏNES

Traduit de l'anglais (États-Unis)
par Nelly Ganancia

Les Presses de la Cité

L'édition originale de cet ouvrage a paru en 2021
sous le titre *FLYING ANGELS*
chez Delacorte Press, Random House,
Penguin Random House Company, New York.

À mes enfants bien-aimés,
Beatrix, Trevor, Todd, Nick,
Samantha, Victoria, Vanessa,
Maxx et Zara

Puissent les défis et les difficultés
que vous rencontrez
vous ménager de belles surprises
et vous rapprocher
de ceux que vous aimez.

Je vous souhaite courage, force, sagesse,
chance, joie, ainsi que
des vies pleines d'amour,
auprès de belles personnes
toujours là pour vous chérir,
vous protéger et vous réconforter.

De tout mon cœur, avec tout mon amour,
Maman / D S

De l'amour naît le courage.

1

C'était une très belle journée ensoleillée du mois de juin 1938, et un grand jour pour la famille Parker. Audrey avait posé la veille sur une chaise le tailleur en soie gris-bleu que sa mère portait dans les grandes occasions, quand elle se sentait suffisamment en forme pour sortir. Mais sous aucun prétexte Ellen n'aurait manqué ce qui se préparait ce jour-là. William Edward Parker, son fils, allait être diplômé de l'Académie navale d'Annapolis. Il en sortait avec le grade de sous-lieutenant, tout comme son père et son grand-père avant lui. Ellen regrettait seulement qu'ils ne soient plus là pour assister à l'événement. Sa fille Audrey et elle constituaient désormais toute la famille de Will. Contrairement à son père et son grand-père, Will s'intéressait cependant davantage aux cieux qu'à la mer. Armé d'un double diplôme de haut niveau, il s'apprêtait donc à poursuivre son cursus à la base aéronautique de Pensacola, en Floride, pour devenir un pilote de l'US Navy expert en décollages et atterrissages depuis les porte-avions.

Le père de Will, le capitaine Francis Parker, était mort trois ans plus tôt d'une tumeur au cerveau. De leur grand-père, décédé alors qu'ils étaient tout petits, Will et Audrey ne conservaient que le souvenir flou d'un grand monsieur vêtu d'un uniforme couvert de galons – les insignes du vice-amiral trois étoiles Jeremiah Parker. Telle était la loi tacite chez les Parker : les hommes passaient par Annapolis. Ils formaient une noble lignée d'officiers et, bien que ses prédécesseurs ne soient plus là pour l'inciter à embrasser cette carrière, Will n'en avait jamais envisagé d'autre. Ce jour-là, il s'apprêtait à recevoir son diplôme et ses insignes dans son uniforme blanc de cérémonie.

Quant à Audrey, sa cadette, sa vie était liée depuis des années à la santé fragile de leurs parents. Pendant deux ans, elle avait pris soin de son père, jusqu'à la phase terminale de son cancer. Puis, quelques mois à peine après sa mort, leur mère avait commencé à présenter des symptômes étranges : faiblesse musculaire, perte d'équilibre, tremblement des mains. Mère et fille avaient d'abord pensé que c'était lié au chagrin d'Ellen, mais rapidement le diagnostic était tombé. C'était la maladie de Parkinson. Les médecins leur avaient expliqué qu'il s'agissait d'une maladive neuro-dégénérative qui la laisserait à terme totalement paralysée. Il ne leur restait qu'à espérer que cette évolution soit la plus lente possible.

Après cinq ans à s'occuper de ses parents malades, Audrey était devenue une jeune fille étonnamment mûre et sérieuse pour ses 18 ans. Cette situation avait aussi une incidence sur ses choix de vie. Faute de temps, elle ne sortait presque jamais et n'avait que peu d'amies. Tandis que ses camarades de lycée vivaient dans l'insouciance, elle endossait le rôle de soutien de famille et d'infirmière. Sa seule distraction était la lecture. Les livres lui tenaient compagnie et lui permettaient de s'évader de la dure réalité de son quotidien. Audrey, qui allait décrocher son diplôme de fin d'études secondaires, entrerait bientôt à l'école d'infirmières. Tristement consciente de la longue détérioration à laquelle était soumise sa mère, elle souhaitait être capable de prendre soin d'elle du mieux possible, espérant ainsi prolonger sa durée de vie.

La jeune fille ne regrettait pas ces années passées à s'occuper de ses parents et ne nourrissait aucun ressentiment à ce sujet. Elle avait pourtant dû renoncer à bien des choses, en particulier à la danse classique. Audrey ne s'attardait jamais avec ses camarades après les cours, et elle déclinait la plupart des invitations. Elle aurait aimé passer davantage de temps avec les filles de son âge mais leur amitié s'étiolait depuis que la maladie de sa mère s'était déclarée, et elle savait qu'il leur serait difficile de garder le contact après le lycée. C'était une excellente élève et sa mère avait été surprise et très touchée d'apprendre qu'elle allait s'inscrire à l'école d'infirmières pour lui venir en aide. Ce choix n'était pourtant guère étonnant, car Audrey était dotée d'une personnalité très douce et aimait prendre soin d'autrui. Quelle que soit la motivation principale de sa fille, Ellen était persuadée qu'elle ferait une excellente infirmière. Audrey ne se contentait pas d'appliquer le protocole de soins ordonné par les médecins, elle cherchait toujours à comprendre le sens et l'utilité de chaque acte.

La jeune fille n'avait accepté qu'à deux reprises de sortir avec un garçon. Et si elle avait participé comme toutes ses amies au bal de fin d'année, sa nervosité l'avait empêchée de profiter de ce moment : inquiète à l'idée de laisser sa mère seule trop longtemps, elle était repartie très tôt, se confondant en excuses auprès de son cavalier. Le jeune homme s'était montré compréhensif sur le moment, mais ne l'avait jamais rappelée.

Audrey était pourtant une jolie jeune femme élancée, dotée de longs cheveux bruns et de traits délicats. Ses beaux yeux bleu ciel dégageaient une impression de sérieux, tout occupée qu'elle était à toujours surveiller sa mère de peur qu'elle ne tombe et se blesse. De telles chutes avaient déjà eu lieu et toutes deux savaient que cela se reproduirait.

Audrey était très triste de voir son frère quitter la ville pour commencer sa formation de pilote. Tant qu'il était interne à l'Académie, il pouvait rentrer à la maison pour toutes ses permissions et la vie paraissait plus légère à Audrey.

Tous deux avaient vécu une enfance très heureuse et préservée à Annapolis, charmante petite ville portuaire dans la baie de la Chesapeake. Leur père leur avait transmis son goût pour la navigation à voile, de sorte qu'ils étaient devenus d'excellents navigateurs. Certains week-ends, Will parvenait encore à convaincre Audrey de laisser leur mère seule pour prendre le large une heure ou deux. Il avait le don de redonner le sourire à sa sœur, de lui faire oublier leur difficile situation familiale. À l'Académie navale, la scolarité était gratuite et les aspirants officiers touchaient une petite solde, ce qui avait permis à Will de faire plaisir à sa sœur en lui offrant quelques babioles et les magazines qu'elle aimait lire. Il n'y avait qu'avec lui qu'elle s'autorisait un peu de distraction, une sortie en mer ou un dîner au restaurant.

Mais tout cela allait bientôt changer, car après sa formation dans la lointaine Floride, il serait affecté à une base peut-être encore plus lointaine. Leur temps ensemble touchait à sa fin. C'était pour la jeune fille une véritable perte et un coup dur supplémentaire.

Audrey s'efforçait de ne pas trop y penser tandis qu'elle aidait sa mère à s'habiller pour la cérémonie de remise des diplômes. Toute pomponnée dans son tailleur bleu pâle, Ellen s'assit sur le canapé en attendant que sa fille se prépare à son tour. Celle-ci réapparut quelques minutes plus tard dans un tailleur en coton rouge qui lui allait à ravir. Mais Audrey n'accordait que peu d'importance à sa propre allure. Sans prendre le temps de se contempler dans le miroir, elle aida sa mère à se lever et à sortir de la maison de son pas hésitant et saccadé. Lui tenant fermement le bras, Audrey l'escorta jusqu'à la voiture et se mit en route en direction du Yard – c'était ainsi que l'on nommait le campus de l'Académie. Audrey venait d'avoir son permis et, même si elle conduisait avec la plus grande prudence, elle adorait la sensation de liberté que cela lui procurait. Au volant de la voiture familiale, elle se sentait vraiment adulte. Les deux femmes, tout sourire, prirent place sur les chaises alignées sur la pelouse.

Will apparut bientôt au milieu de la procession de jeunes diplômés. Du haut de son mètre 90, il était aussi grand et beau que l'avait été son père, avec ses larges épaules et ses cheveux blonds coupés court. Il était reçu avec mention à l'examen de fin d'études, ce qui ne surprenait personne. Les jeunes gens défilèrent au son

15

de l'orchestre de l'Académie, puis Franklin D. Roosevelt prononça son discours. Il était en effet d'usage que le président en personne adresse ses conseils et encouragements aux nouveaux officiers de cette prestigieuse institution. D'autres discours suivirent, on distribua les diplômes et enfin, selon la tradition, tous les lauréats jetèrent leur toque carrée en l'air et il y eut un moment de joyeux désordre au cours duquel les jeunes gens se congratulèrent à grand renfort de tapes dans le dos. La cérémonie s'acheva sur l'hymne de l'Académie, repris en chœur par toute l'assistance. Voyant que sa mère avait les larmes aux yeux, Audrey lui passa un bras autour des épaules. C'était pour elles deux un moment d'intense émotion.

Après avoir promis à ses amis de les retrouver plus tard, William rejoignit sa mère et sa sœur, souriant d'une oreille à l'autre.

Il offrit son bras à Ellen pour traverser le parking et les emmena en voiture à la Reynolds Tavern, qui fut rapidement bondée de jeunes diplômés fêtant l'événement en famille. Ellen n'arrivait pas à croire avec quelle rapidité le temps était passé. L'entrée de Will à l'Académie avait coïncidé avec la mort de son époux, et pour elle les années suivantes avaient été plongées dans une sorte de brouillard. Pour Audrey aussi, qui n'avait cessé de s'inquiéter pour sa mère tout en apprenant à s'occuper d'elle et à s'adapter à ses besoins croissants. Et voilà que Will s'apprêtait à devenir pilote dans la Navale ! Il avait maintenant 22 ans et il incarnait l'archétype du jeune diplômé d'Annapolis. De haute taille, droit comme un *i*, il était à la fois athlétique et extrêmement intelligent. Son sourire franc et son cœur d'or charmaient tout le monde. Ellen et Audrey voyaient en lui le fils et le grand frère parfait, et nul doute que son père aurait également été très fier de lui.

Après le déjeuner, il les reconduisit à la maison. Audrey vit qu'il avait hâte de ressortir pour retrouver ses camarades, et sans doute la petite amie qu'il fréquentait depuis quelque temps. C'était une très jolie fille du coin, mais leur flirt resterait sans lendemain après le départ de Will. Car si le jeune homme avait toujours eu beaucoup de succès auprès de la gent féminine, il restait très sérieux, comme son père le lui avait recommandé. Il aimait s'amuser, mais nourrissait de grandes ambitions et s'intéressait davantage aux avions qu'aux femmes. Plusieurs de ses camarades de promotion étaient déjà fiancés, et quelques mariages figuraient même au programme des prochains mois. Mais Will avait encore une longue formation devant lui, et il n'envisageait pas de se caser avant de nombreuses années. Selon lui, à son âge, la vie de famille représentait davantage un fardeau qu'un atout. Très peu pour lui ! Pour le moment, il avait hâte de prendre ses premières leçons de pilotage et se réjouissait de bientôt pouvoir accéder au grade de lieutenant. Ce ne serait que la première étape d'une carrière qu'il espérait aussi longue et brillante que celles de son père et de son grand-père. Et si on parlait depuis quelques mois de l'émergence de tensions en Europe et de la possibilité d'une nouvelle guerre, tout le monde à Annapolis était persuadé que les États-Unis ne s'y engageraient pas. La Grande Guerre leur avait appris une leçon : c'était « la der des der' » !

Will quitta la maison vers 16 heures, après avoir averti leur mère qu'il rentrerait tard et qu'elle ne devait pas s'inquiéter. Ce soir-là, il passerait à chacune des cinq ou six fêtes organisées par ses camarades. Il avait attendu toute sa vie d'être diplômé de l'Académie et comptait bien célébrer l'événement comme il se devait. Audrey savait qu'il rentrerait ivre ; elle savait aussi qu'il se ferait aussi discret qu'une souris pour éviter de les réveiller. Elle le gratifia d'un sourire quand il prit congé en déposant un baiser sur sa joue. L'espace d'un instant, elle envia la liberté dont il jouissait. En tant qu'homme, il pourrait toujours faire ce que bon lui semblait. Audrey, au contraire, ne serait jamais complètement indépendante. Et il en aurait été de même si elle n'avait pas eu à s'occuper de sa mère... En tant que femme, elle était soumise à quantité de restrictions qui ne s'appliquaient pas à Will. Qu'elle se marie un jour ou qu'elle reste célibataire toute sa vie, cela n'y changerait pas grand-chose : elle ne serait jamais aussi libre que son frère, car les opportunités professionnelles étaient bien plus rares pour les femmes.

Ce soir-là, Audrey et sa mère dînèrent tranquillement dans la cuisine. Ellen était épuisée par les émotions de la journée et c'est avec soulagement qu'elle se laissa conduire à l'étage et mettre au lit par sa fille sur le coup de 20 heures. Lorsqu'elle fut endormie, quelques minutes plus tard, Audrey se retira dans sa propre chambre et prêta l'oreille aux rares bruits qui parvenaient de l'extérieur. Un aboiement, un klaxon de voiture. Elle imagina les jeunes diplômés se rendant gaiement d'une fête à l'autre... Sortir de l'Académie navale représentait une superbe réussite et un rite de passage important. Audrey savait qu'elle-même ne vivrait jamais un événement semblable. Pas plus quand on lui décernerait son diplôme de fin de lycée, la semaine suivante, que quand elle recevrait son diplôme d'infirmière d'ici trois ans. Peut-être aurait-elle alors droit à une petite cérémonie sage et discrète, entre jeunes filles de bonne famille. Sortir d'Annapolis, au contraire, était un accomplissement remarquable, qui garantirait à Will le respect de ses pairs et de ses supérieurs jusqu'à la fin de ses jours. Aux yeux de la société dans laquelle ils évoluaient, en revanche, rien de ce que pourrait réaliser Audrey ne serait jamais aussi digne d'admiration. La jeune fille avait vu la fierté de sa mère ce jour-là : Ellen s'était endormie le sourire aux lèvres. Will avait réussi. Il avait accompli le rêve de leur père. Satisfaisant toutes les attentes, il avait effectué un parcours sans faute.

Peu après, ce fut au tour de Will d'assister à la remise de diplôme de sa sœur. Très élégant dans son uniforme, il prit soin de leur mère pendant qu'Audrey se livrait aux différentes étapes de la cérémonie. Ellen n'était pas au mieux de sa forme ce jour-là et faillit tomber deux fois avant d'entrer dans l'auditorium du lycée. Comme elle ne se sentait pas assez vaillante pour prolonger les festivités, tous trois rentrèrent aussitôt la remise des diplômes achevée afin de lui permettre de s'allonger un moment. Audrey affirma que cela ne la dérangeait pas, mais Will était navré que sa petite sœur n'ait pas droit à une vraie célébration. Elle avait à peine eu le temps de dire au revoir à ses amies, qui lui avaient témoigné beaucoup de bienveillance. Pendant que les autres filles déjeunaient en famille au restaurant, Audrey resta donc une fois de plus à l'écart, coincée à la maison pour s'occuper de sa mère. Mais c'était un sacrifice qu'elle faisait de bonne grâce, ce qui suscitait toute l'admiration de Will.

Alors qu'elle venait de porter un plateau-repas à leur mère, il la vit redescendre à la cuisine dans sa robe blanche ornée de dentelles et de rubans, avec des pâquerettes tressées dans les cheveux. Elle semblait si jeune et si innocente, comme si elle n'avait pas le moindre souci au monde… Audrey avait le chic pour garder le sourire en toute situation.

— Tu n'es pas trop déçue ? lui demanda-t-il prudemment.

Elle était si jolie ! Il ne pouvait que lui souhaiter, un jour, une vie plus excitante que celle-ci.

— Je suis désolé que nous n'ayons pas pu t'emmener déjeuner, poursuivit-il.

— Ce n'est pas grave, ça m'est égal. Cela fait déjà quelques jours que maman ne se sent pas bien. J'ai l'impression que son nouveau traitement ne marche pas.

— Je m'inquiète pour toi. Comment est-ce que ça va se passer, une fois que je serai parti ?

— On se débrouillera très bien, assura Audrey.

Une infirmière devait passer voir Ellen deux fois par jour, pendant qu'Audrey serait en cours. Leur père avait mis de côté suffisamment d'argent pour subvenir à leurs besoins, leur permettre d'entretenir leur jolie maison et financer la scolarité des enfants.

— Tu vas me manquer, mais tu ne peux pas non plus rester ici toute ta vie, ajouta Audrey.

Il *savait qu'elle* avait raison. Le temps où ils pouvaient se retrouver régulièrement tous les trois touchait à sa fin. Will était désormais vraiment adulte, et bientôt il serait pilote – un métier qui en imposait !

Will savait qu'à terme Audrey ne serait plus en mesure de prendre soin de leur mère toute seule mais il espérait, pour eux tous, que cela n'arriverait pas avant longtemps. Voir sa mère diminuer d'année en année le peinait profondément. C'était si noble, de la part d'Audrey, de vouloir faire des études d'infirmière pour mieux s'occuper d'elle ! Et en même temps c'était typique de sa petite sœur, toujours prête à se mettre au service des autres. Elle avait sacrifié son adolescence sans jamais se plaindre. Pour Audrey, le verre était toujours à moitié plein, elle affrontait chaque nouveau défi avec amour et optimisme, ce qui emplissait son frère d'admiration et de gratitude.

Will partit pour la Floride deux semaines après la remise de diplôme d'Audrey. Dès lors, il n'eut plus que rarement le temps de lui donner des nouvelles, mais il semblait aux anges à chacun de ses coups de fil. Il adorait la formation, rien ne pouvait le passionner davantage que ses leçons d'aéronautique. Son rêve le plus cher se réalisait.

Pendant l'été, Ellen tenta d'encourager sa fille à passer du temps avec ses amies d'enfance et à prendre de leurs nouvelles avant de perdre totalement contact. Mais la plupart d'entre elles étaient parties en vacances avec leurs parents, à l'étranger ou dans leurs résidences secondaires, et ne seraient de retour que début septembre. Quelques-unes s'étaient même mariées depuis la remise des diplômes. Audrey prévoyait de rappeler deux d'entre elles à l'automne. En attendant, elle avait la compagnie des livres et ne s'ennuyait pas : il y avait toujours quelque chose à faire pour sa mère.

Audrey profita aussi des vacances pour s'adonner à la natation, un sport qu'elle adorait, dans un country club dont la famille était membre. Si elle arrivait à y emmener sa mère, Ellen patientait alors au bord de la piscine dans ce cadre agréable. En deux occasions, elle était même parvenue à la faire se baigner avec elle, et Ellen s'était sentie mieux après. Audrey lui prodiguait aussi de longs massages qui la soulageaient beaucoup. Ellen avait également accompagné sa fille acheter quelques fournitures pour la rentrée.

Audrey avait hâte de commencer ses études d'infirmière. Bien sûr, ce n'était pas comparable avec le cursus de Will, qui apprenait à piloter des avions. Il avait d'ailleurs effectué son premier vol aux commandes d'un N3N Canary, un hydravion récemment construit par l'US Navy surnommé « le péril jaune ». Au cours de l'été, il était passé à des avions de plus en plus sophistiqués.

Audrey était elle aussi très excitée par sa formation à venir. Il s'agissait d'acquérir de nouvelles techniques pour mieux prendre soin de sa mère, bien sûr. Mais pas seulement. Si elle le souhaitait, elle pourrait vraiment pratiquer son métier, et elle avait hâte de faire la connaissance de ses nouvelles camarades. Cette fois, il ne s'agirait plus comme au lycée d'une bande de gamines insouciantes. Elle allait rencontrer des jeunes femmes sérieuses qui avaient des ambitions professionnelles. Au cours du premier semestre, elles passeraient certes beaucoup de temps en classe – un peu comme Will, qui s'initiait à la thermodynamique et apprenait à effectuer des calculs compliqués. Mais elles seraient aussi en contact avec leurs premiers patients – sous la supervision d'un professionnel, bien entendu.

Audrey fut très impressionnée par la maturité des autres élèves le jour de la rentrée. En jetant un regard circulaire sur la salle de cours, elle repéra quelques personnes dont elle aurait aimé faire la connaissance. Toutes paraissaient plus âgées et plus sophistiquées qu'elle. Et en observant sa voisine, elle se sentit encore plus nerveuse et inexpérimentée. La jeune femme était vraiment superbe et ressemblait davantage à une secrétaire de direction qu'à une élève infirmière avec sa jupe grise, son chemisier blanc et ses chaussures à talons. Ses beaux cheveux blonds étaient tirés en chignon, à l'exception de quelques boucles qui encadraient son visage éclairé de deux grands yeux bleus.

Audrey, elle, portait un vieux tailleur bleu marine qu'Ellen lui avait prêté l'année de ses 16 ans, pour aller assister avec sa classe à une représentation du *Lac des cygnes* à Baltimore. Audrey avait pu garder le tailleur après le spectacle. Elle arborait aussi le petit rang de perles que sa mère lui avait offert pour ses 18 ans, en symbole de son passage à l'âge adulte.

Sa voisine capta son regard, et lui adressa un sourire chaleureux.

— Bonjour, je m'appelle Lizzie Hatton, je viens de Boston. Et toi ?

— Moi, je suis d'Annapolis. J'ai vécu ici toute ma vie, répondit timidement Audrey.

— Dans ma famille, il n'y a que des médecins et des infirmières. Mais mon dossier n'a pas été retenu à Boston, c'est pour ça que je me retrouve ici, expliqua Lizzie, visiblement un peu gênée.

Elle avait passé davantage de temps à s'amuser qu'à étudier, de sorte que ses notes avaient un peu baissé vers la fin de l'année de terminale. Lizzie précisa qu'elle était interne à la résidence étudiante.

— Moi, je viens d'une famille de marins, dit Audrey en souriant. Mon père était capitaine, mon grand-père vice-amiral, et mon frère s'apprête à devenir pilote sur les porte-avions.

— Waouh, voilà qui semble intéressant. Et ta mère, qu'est-ce qu'elle fait ?

— Elle est malade. Mais elle ne travaillait pas avant ça.

— Oh, je vois. La mienne est infirmière. Mon père est médecin, tout comme mon grand-père et mon oncle. J'ai un grand frère en médecine à Yale et un plus jeune en propédeutique médicale à Boston. Au départ, je voulais étudier la médecine, moi aussi, mais mes parents ont fait un scandale. D'après mon père, une femme peut devenir infirmière, mais certainement pas médecin. Je lui ai dit que c'était une opinion rétrograde, mais tout ce que ma famille attend de moi, c'est que je me marie et que j'aie des enfants. Ils pensent qu'être infirmière est une occupation acceptable pour moi le temps que je trouve un mari.

— C'est la voie que ta mère a suivie ?

— Plus ou moins, même si elle ne le formulera jamais en ces termes. Après le mariage, elle a été secrétaire pour mon père jusqu'à la naissance de mon frère aîné. Maintenant, elle fait du bénévolat à l'hôpital deux fois par semaine, comme écrivain public. Elle fait partie des « dames grises » de la Croix-Rouge.

— Pourquoi n'ont-ils pas voulu que tu deviennes médecin ? demanda Audrey, perplexe.

— Ils disent que cela représente trop d'années d'études dans la vie d'une femme, et qu'aucun homme n'accepterait de se marier avec une femme qui travaille. Je devrais déjà m'estimer heureuse qu'ils me paient mes études d'infirmière. Tu ne te rends pas compte ! Peut-être que passer par cette école réduit déjà nos chances de nous caser ! conclut Lizzie en riant.

Audrey aimait déjà sa gaieté et son effronterie.

— Mais ton père a bien épousé ta mère alors qu'elle était infirmière !

— Oui, mais elle ne comptait pas faire carrière, juste exercer une activité convenable en attendant le prince charmant.

— De mon côté, je suis là pour apprendre à mieux m'occuper de ma mère, qui est atteinte de la maladie de Parkinson, dit Audrey, tout heureuse d'avoir si vite trouvé une confidente.

— Oh, ma pauvre, ce n'est pas drôle… Donc tu n'exerceras pas comme infirmière à la fin de la formation ?

En le disant à voix haute, Audrey s'était aperçue que cette perspective semblait bien limitée. Son dévouement envers sa mère était difficile à expliquer. D'autre part, grâce aux capitaux que son père avait laissés, elle n'était pas obligée de travailler, à condition de vivre raisonnablement.

— Je verrai à ma sortie de l'école, déclara-t-elle. Cela dépendra de l'état de santé de ma mère…

Lizzie et Audrey déjeunèrent ensemble et firent la connaissance de plusieurs autres élèves. Lizzie avait 19 ans, et quelques autres filles avaient passé la vingtaine. Audrey se trouvait être la plus jeune du groupe. Plusieurs étaient comme Lizzie filles de docteurs ou d'infirmières. Il y avait donc des lignées dans le monde médical, comme dans la Marine… Audrey ne parla à personne d'autre de la maladie de sa mère. Toutes les jeunes filles semblaient enchantées de se rencontrer et de nouer de nouvelles amitiés, mais Lizzie était la plus à l'aise avec tout le monde.

À la fin des cours, Audrey se dépêcha de rentrer pour retrouver sa mère. Mme Beavis, la garde-malade, était passée deux fois, comme prévu, pour préparer le déjeuner et s'assurer que tout allait bien. Ellen sourit en voyant arriver sa fille et lui demanda comment s'était déroulée la journée. Jusque-là, il ne s'était rien passé d'extraordinaire. On leur avait distribué un manuel de protocoles hospitaliers et elles devaient apprendre, pour le lendemain, la liste des instruments chirurgicaux nécessaires dans le cadre d'une appendicectomie. En sortant de l'école, elles devraient maîtriser sur le bout des doigts l'ensemble des instruments et savoir appliquer toutes les règles de sécurité.

— J'aimerais bien travailler au bloc opératoire, avait déclaré Lizzie après que l'enseignante leur avait donné le devoir.

— Pas moi. J'aurais trop peur de commettre une erreur fatale. Je serais plutôt tentée par la pédiatrie. Enfin, si je ne dois pas m'occuper de maman, avait ajouté Audrey à voix basse.

La maladie de Parkinson était incurable et Audrey comptait bien rester auprès de sa mère jusqu'au bout.

Ellen, qui était dans l'un de ses bons jours, trouva la force de leur préparer quelque chose de simple pour le dîner. Le temps d'une soirée, Audrey aurait pu croire que sa mère était aussi bien portante qu'autrefois, si elle n'avait pas semblé si frêle. Elle lui parla de Lizzie et de sa famille de médecins. Ellen prit plaisir à entendre sa fille babiller. Ses propres amies ne passaient que rarement lui rendre visite et les journées étaient longues. Elle ne savait jamais à l'avance dans quelle forme elle allait se trouver au réveil. Certains jours, elle pouvait sortir faire quelques courses avec Audrey, ou encore déjeuner avec elle au restaurant. D'autres fois, elle était clouée au lit. Les effets de ses médicaments étaient erratiques, tous les traitements semblaient expérimentaux. La marche lui était de plus en plus difficile, elle devait rassembler toute son énergie pour avancer à petits pas saccadés et chancelants. En deux ans et demi, Audrey et Will avaient assisté avec effroi à la détérioration de son état. On parlait de nouveaux médicaments venus de France, mais leur efficacité n'était pas prouvée, et si certains médecins avaient parfois recours à la chirurgie, on ne notait pas de véritable bénéfice. Ellen n'avait d'autre choix que de composer avec la maladie. C'était une femme courageuse.

Audrey était quant à elle déterminée à faire tout ce qui était en son pouvoir pour soutenir sa mère et améliorer sa qualité de vie. Cette tâche lui incombait à elle, et non à son frère : il était prévu depuis toujours que Will monte un à un les échelons de l'US Navy, et la maladie de leur mère ne changeait rien à cette destinée.

Pour Audrey, au contraire, cela changeait tout. Elle aurait voulu aller à l'université, mais l'école d'infirmières semblait une option plus raisonnable que son projet initial. Et la jeune femme s'y appliquerait avec le plus grand sérieux, afin d'engranger un maximum de connaissances et de savoir-faire.

Pour Lizzie Hatton aussi, ce cursus était un pis-aller. Elle ne se consolait guère de ne pas avoir pu intégrer comme ses frères la faculté de médecine. Seule sa rencontre avec Audrey, qu'elle avait tout de suite trouvée adorable, lui avait un peu remonté le moral. Quelques semaines plus tard, Audrey invita sa camarade à venir dîner chez elle un dimanche. Après avoir débarrassé et rangé la cuisine, elles passèrent un moment dans la chambre d'Audrey à bavarder et plaisanter, comme toutes les jeunes filles de leur âge. Audrey était enchantée de cette amitié naissante, et Lizzie appréciait sincèrement d'avoir été accueillie comme à la maison l'espace d'une soirée. Elle avait grandi dans une famille très soudée, dont elle n'était encore jamais restée longtemps séparée. Même s'ils passaient leur temps à la taquiner, ses deux frères aînés, Greg et Henry, lui manquaient beaucoup. L'accueil que lui avaient réservé Audrey et Ellen lui faisait chaud au cœur.

Sur le bureau d'Audrey, Lizzie remarqua une photo de Will en uniforme et la regarda de plus près.

— Waouh, belle allure ! Qui est-ce ? Ton petit ami ?

Audrey se mit à rire.

— Non, je n'ai jamais eu de petit ami. C'est mon frère Will.

— Et où est-il en ce moment ?

— En formation pour devenir pilote. Il doit être quelque part dans le désert du Nevada ou du Nouveau-Mexique pour l'entraînement au combat. Ensuite, on l'envoie à Hawaï pour qu'il apprenne à décoller et atterrir sur un porte-avions.

— Et il a une petite amie ?

— Non. Il ne pense qu'aux avions. Mon père était pareil avec les bateaux. Il me manque, soupira Audrey.

Une ombre passa sur son visage mais elle se reprit aussitôt et sourit à son amie, se demandant l'espace d'un instant si Lizzie plairait à Will, ou bien s'il la disqualifierait au prétexte que c'était une amie de sa petite sœur. Lizzie était tout de même une vraie beauté, avec ses boucles blondes et ses yeux bleu ciel. Elle était plus grande qu'Audrey, et arborait une silhouette parfaite. Sans doute parce que, depuis toute petite, elle pratiquait toutes sortes de sports avec ses frères.

Audrey et Lizzie apprirent beaucoup au cours de leur première année d'études. Toutes deux bonnes élèves, elles révisaient ensemble avant les examens. Au bout de quelques mois, elles furent très fières de pouvoir endosser leurs uniformes blancs puis leurs coiffes amidonnées pour travailler auprès des patients. L'une et l'autre prenaient leurs études très au sérieux.

Pendant les vacances de printemps, Lizzie invita Audrey pour un week-end à Boston. Audrey hésitait à laisser sa mère toute seule, mais Mme Beavis accepta de venir passer deux jours chez elles. L'état de santé d'Ellen s'était stabilisé, à l'exception d'un rhume qui l'avait laissée abattue plus d'un mois, à la suite de quoi elle avait perdu encore en force et en mobilité.

Le moindre refroidissement risquait toujours d'aggraver sa maladie.

Mais lorsque l'été arriva, Ellen était de nouveau assez en forme pour aller passer une semaine au bord de la mer avec sa fille, ce qui lui fit beaucoup de bien physiquement et moralement. Will profita d'une permission pour les rejoindre quelques jours. Qu'il était bon d'être à nouveau tous les trois !

Lizzie rentra chez elle pour les grandes vacances, dans la maison que sa famille possédait dans le Maine. En septembre, les filles se retrouvèrent bien reposées et prêtes à attaquer leur deuxième année. Elles devaient maintenant effectuer des gardes à l'hôpital. Audrey passa par la maternité et le service de pneumologie, où la tuberculose sévissait, tandis que Lizzie faisait un stage en orthopédie, avec un bref passage en pédiatrie et néonatologie. Leur formation les initiait à toutes les spécialités. Plusieurs options s'ouvriraient à elles une fois leur diplôme en poche : elles pourraient choisir d'exercer à l'hôpital, dans le cabinet d'un médecin ou en tant qu'infirmières libérales – ce qui correspondait à ce que faisait déjà Audrey auprès de sa mère. Ainsi qu'elle l'avait espéré, elle avait acquis, en quelques mois seulement, un certain nombre de nouvelles techniques pour améliorer son quotidien, ce dont Ellen lui était profondément reconnaissante. Elle était très impressionnée par tout ce que sa fille avait déjà appris.

Lizzie était d'excellente humeur en ce début de deuxième année. Elle avait vécu une amourette de vacances avec le grand frère d'une vieille amie, qui avait trouvé un petit boulot d'été à Boston mais revenait voir sa famille dans le Maine tous les week-ends. La relation n'était pas sérieuse, et Lizzie et le jeune homme étaient tombés d'accord pour y mettre un terme à la rentrée. Loin des yeux, loin du cœur… Mais c'était un gentil garçon et ils avaient passé de bons moments ensemble.

Lizzie n'était pas certaine de vouloir rentrer à Boston après l'obtention de son diplôme. Son rêve était de trouver du travail à New York. Elle espérait découvrir ce que le monde avait à lui offrir au-delà de sa ville natale. Il lui arrivait aussi d'évoquer la Californie, mais cette lointaine destination lui apparaissait, de même qu'à Audrey, comme une autre planète. Ni l'une ni l'autre n'avait l'esprit rebelle et elles ne songeaient pas à s'opposer franchement à leurs familles. Elles devaient déjà finir leur cursus avant d'envisager la suite, pourtant elles discutaient souvent de leur avenir jusque tard dans la nuit quand Lizzie venait dormir chez les Parker. Audrey admirait le côté aventurier de son amie. Les parents de Lizzie avaient déjà refusé de la laisser suivre la voie qu'elle souhaitait, ils ne pouvaient pas en plus la forcer à vivre à Boston jusqu'à la fin de ses jours ! Le destin qui l'attendait là-bas était tout tracé : elle prendrait un emploi d'infirmière à l'hôpital ou dans un cabinet de médecin, épouserait un beau parti et aurait son premier bébé très rapidement. Mais Lizzie attendait autre chose de la vie. Quant à Audrey, ses perspectives étaient encore plus limitées, et elle n'osait guère se projeter.

La semaine même de leur rentrée en deuxième année, la guerre éclata en Europe. En dépit des déclarations du président Roosevelt qui affirmait que les États-Unis ne s'engageraient pas dans le conflit, les nouvelles n'étaient pas rassurantes. Lorsque Will rentra pour Thanksgiving, il dit regretter cette décision du président. On avait déjà commencé à les former au combat et il ne demandait pas mieux que de prendre part aux affrontements en Europe.

Lizzie, qui passait le week-end chez les Parker, tomba sous le charme de Will au premier regard. Ce beau garçon de 23 ans, grand et héroïque dans son uniforme, lui fit l'effet d'une star de cinéma. Hélas, elle avait beau être très jolie fille, il ne la traita pas autrement que sa petite sœur et passa son temps à les taquiner comme si elles étaient toujours des gamines. Ellen et Audrey étaient enchantées de le retrouver après cette longue séparation. Il venait d'être transféré à San Diego, en Californie, et s'y plaisait beaucoup. Il ne dit rien d'une potentielle petite amie et éluda toutes les questions d'Audrey à ce sujet, mais il ne fallait pas être grand clerc pour comprendre qu'il occupait son temps libre à enchaîner les aventures sans lendemain. L'aviation restait sa seule passion et c'est en pilotant son North American SNJ qu'il éprouvait le plus de sensations fortes. L'appareil était un monomoteur d'entraînement pourvu de deux sièges : l'un pour l'apprenti-pilote, l'autre pour le moniteur.

Avant de repartir pour sa base le dimanche soir, Will eut une longue conversation avec Audrey au sujet de leur mère. Ils avaient passé un fort agréable week-end tous ensemble, et Lizzie avait adoré l'atmosphère chaleureuse de la maison : contrairement à ce qui se passait chez elle, il n'y avait pas la moindre tension au sein de la famille Parker.

Pendant son séjour, Will avait remarqué que leur mère ne parvenait plus à se lever de son siège sans assistance. Ses bras paraissaient très amaigris, et elle avait de plus en plus de mal à marcher. De peur d'une mauvaise chute, Audrey devait maintenant l'aider pour aller aux toilettes et pour se laver. Si ses muscles faiblissaient de jour en jour, son esprit était quant à lui aussi clair qu'autrefois.

— Dis-moi, comment va-t-elle vraiment ? demanda Will.

Il était navré de la voir perdre en autonomie à mesure que la maladie progressait. Il était en outre pleinement conscient de ce que l'avenir réservait à Audrey.

— Ma foi, tu peux le voir par toi-même. Elle essaie de faire un maximum de choses toute seule, mais elle perd de plus en plus le contrôle de ses mains. Elle ne peut quasiment plus marcher, l'escalier est un vrai problème et je crois que le moment est venu de lui trouver un fauteuil roulant. Dans les semaines qui viennent, il faudra installer maman dans ta chambre, au rez-de-chaussée. Tu pourras dormir en haut quand tu seras là.

— Elle a vraiment beaucoup de chance de t'avoir, répondit Will d'une voix étouffée par l'émotion.

— Nous devons l'accompagner de notre mieux, aussi longtemps que possible. D'ici un an et demi, j'aurai fini mon cursus et je pourrai m'occuper d'elle à plein temps.

Audrey avait déjà appris beaucoup de choses utiles pour aider sa mère. Et contrairement à Lizzie, qui regrettait toujours ses études de médecine, elle s'était découvert une véritable passion pour le métier d'infirmière.

— Merci du fond du cœur, sœurette. Surtout préviens-moi si jamais tu penses que je dois venir en urgence, si… si elle va vraiment mal…

33

Audrey savait à quel point il redoutait que leur mère meure en son absence.

— Bien sûr, ne t'inquiète pas.

Ils s'étreignirent. Dans un avenir sans doute pas si lointain, ils ne seraient plus que deux Parker.

Ce soir-là, Ellen pleura en laissant repartir son fils. Audrey et Will avaient les larmes aux yeux. Lizzie avait regagné l'internat dans l'après-midi, toute chamboulée par sa rencontre avec Will et frustrée qu'il la considère comme une fillette alors qu'elle aurait voulu lui apparaître comme une femme fatale. D'un autre côté, elle le comprenait : il suivait une voie auréolée de prestige, elle était venue poursuivre des études sans éclat dans la petite ville tranquille où il avait passé son enfance. En tant que pilote de l'US Navy, Will vivait le rêve de nombreux jeunes gens, une vie de liberté à bord d'avions fabuleux. Il suscitait l'envie de ses pairs et l'admiration de toutes les filles qu'il croisait. Il endossait un rôle bien différent de celui de sa sœur, entièrement dévouée à leur mère. Ainsi en avaient décidé l'époque et la société dans laquelle ils vivaient. Une chance qu'Audrey se soit découvert une véritable vocation ! Dès l'instant où elle endossait son uniforme et sa coiffe, elle se sentait vraiment vivante. Un peu comme quand Will s'installait aux commandes de son appareil, paré au décollage...

2

Lizzie et Audrey n'arrivaient pas à y croire. Le temps avait passé si vite, depuis leur rencontre ! Ces trois années d'études avaient filé en un clin d'œil. Audrey avait maintenant 21 ans, Lizzie 22, et voilà qu'elles étaient indéniablement adultes et officiellement infirmières dans leur blouse bleu pâle et leur coiffe blanche amidonnée qui constituaient l'uniforme de l'école. Dans leur vie privée, en revanche, les deux amies n'avaient pas connu de grande évolution. Lizzie avait eu quelques rendez-vous avec des garçons, sans donner suite. La plupart de ses camarades de lycée s'étaient mariées, certaines avaient eu des enfants. Mais Lizzie ne se sentait pas prête pour tout cela. Elle comptait bien profiter un peu de la vie avant de fonder une famille. Après ces trois années intenses, elle avait surtout envie de s'amuser. Or, comme d'habitude, avant même qu'elle ait pu faire ses propres projets, son père s'en était chargé à sa place. Il lui avait décroché un poste au Massachusetts General Hospital de Boston, où lui-même pratiquait. Lizzie n'ayant pas encore de spécialité, il l'envoyait aux soins post-opératoires du service de gynécologie, où elle acquerrait, pensait-il, une bonne expérience. La jeune femme savait que son père attendait des remerciements, au lieu de quoi elle était furieuse contre lui. Audrey prêta une oreille compatissante à la colère de son amie, à peine quelques heures avant la remise des diplômes.

— À chaque fois, mes parents me font le coup ! Il n'y en a pas un pour rattraper l'autre ! Ils décident pour moi, et il n'y a plus moyen de discuter. Mais je ne suis plus une enfant ! Au départ, c'est pour leur faire plaisir que je me suis inscrite en école d'infirmières. Je ne le regrette pas, évidemment, sinon je ne t'aurais jamais connue. Et puis infirmière, c'est un bon boulot, et au moins ça touche au domaine médical : je préfère ça plutôt qu'être enseignante ou secrétaire. Mais j'étais bien décidée à chercher un emploi à New York... Et voilà que mon père m'a trouvé une place à Boston ! Il ne se comporte pas comme ça avec mes frères !

— Va savoir..., dit Audrey pour tenter de la consoler. Es-tu vraiment certaine que Greg et Henry ont choisi de faire médecine ? C'est peut-être ton père qui les y a poussés. Comme pour Will. Personne n'a jamais remis en question le fait qu'il s'engagerait un jour dans la Marine. Mais s'il n'avait pas la possibilité de piloter des avions au sein de l'US Navy, il serait malheureux comme les pierres. Il aime bien faire de la voile le dimanche, mais de là à être capitaine de vaisseau...

— Mes parents ont déjà tout planifié pour moi, et jusqu'à la fin de mes jours ! Je te parie un million de dollars que si je ne suis pas fiancée d'ici un an, ils vont encore piquer une crise. Je n'aurai donc jamais un mot à dire sur ma propre vie !

Lizzie en pleurait de frustration, mais elle savait que le sort d'Audrey était bien moins enviable que le sien, à rester coincée à la maison avec sa mère malade pendant que son frère jouait les as de l'aviation en Californie. Tout cela était si injuste.

— On est quand même en 1941, pas en 1910. On a beau dire que tout a changé pour les femmes après la Grande Guerre, ce n'est pas vrai ! J'aurais dû aller en fac de médecine, et tant pis pour mes parents.

— Tu pourras peut-être y aller plus tard, lui dit Audrey.

— En attendant, peut-être que je devrais me trouver un poste ici, ou à Baltimore. Au moins, je ne serais pas trop loin de toi. Tu vas tellement me manquer !

Les larmes se mirent à couler et les deux amies tombèrent dans les bras l'une de l'autre.

Selon les plans paternels, Lizzie devait commencer à travailler deux semaines plus tard. Ses parents attendaient d'elle qu'elle revienne vivre sous leur toit, comme la jeune femme respectable qu'elle était. Ils ne la laisseraient jamais prendre un appartement en ville, pas même en colocation avec des collègues, comme elle aurait aimé le faire. Quant à Audrey, elle resterait vivre avec sa mère, et n'avait même pas cherché d'emploi.

Ellen était pleinement consciente des sacrifices que sa fille faisait pour elle. Pour lui exprimer sa profonde reconnaissance, elle la surprit par un fabuleux cadeau de fin d'études, qu'elle lui dévoila la veille de la cérémonie.

— Audrey, je veux que tu prennes des vacances, annonça-t-elle au dîner d'un ton résolu. Je paierai tous les frais pour toi et l'amie que tu voudras emmener.

Destination : Hawaï. Will est stationné là-bas en ce moment et il sera ravi de prendre quelques jours de permission pour vous escorter sur l'île. Je suppose que tu voudras y aller avec Lizzie, mais c'est toi qui choisis, bien sûr. Tu as besoin d'une vraie pause, de découvrir un bel endroit. Et pas dans un avenir lointain, qui finalement n'arrive jamais ! Je te laisse acheter les billets et réserver l'hôtel. Mme Beavis peut rester avec moi pendant huit à dix jours. Je lui ai posé la question, elle est d'accord. Pendant ce temps, tu as intérêt à t'amuser tant que tu peux ! Tu l'as bien mérité. Je suis très fière que tu aies décroché ce diplôme, et profondément touchée que tu l'aies fait pour moi. Mais à présent, c'est à moi de te chouchouter un peu. Alors il ne te reste plus qu'à caler les dates. Tu peux prendre un premier avion de New York à Los Angeles, puis un autre jusqu'à Honolulu. J'ai déjà mis de côté la somme nécessaire pour le voyage, tu ne peux pas refuser.

Audrey regardait sa mère avec des yeux ronds. Lorsqu'elle eut fini de parler, elle se jeta à son cou, puis se précipita sur le téléphone pour appeler Lizzie à l'internat.

— Et tu viens avec moi ! conclut Audrey, après avoir annoncé la nouvelle à toute vitesse. Maman paie aussi les frais pour toi ! Demande tout de suite à l'hôpital quand ils pourront te laisser une semaine de congé. Mon frère nous servira d'escorte.

— Seigneur, je n'arrive pas à le croire ! J'ai toujours voulu aller à Hawaï !

Quant à passer une semaine avec le frère d'Audrey… Maintenant qu'elle entrait dans la vie active, il la traiterait peut-être enfin comme une adulte ! C'était si généreux de la part de Mme Parker de l'inviter.

Ce jour-là, les deux jeunes filles s'endormirent en rêvant à leur voyage.

Le lendemain, la remise des diplômes fut très émouvante. Will n'avait hélas pas pu faire le déplacement, car il était en session intensive de préparation au combat pendant deux semaines. Pour Ellen, se déplacer jusqu'à l'école d'infirmières avec Mme Beavis représenta un effort héroïque. Elle avait tellement perdu le contrôle de ses muscles qu'Audrey avait dû la sangler dans son fauteuil roulant, de peur qu'elle n'en tombe. Audrey comprit que sa mère sortait sans doute de la maison pour la dernière fois, mais Ellen tenait à être présente, tout comme elle avait assisté à la remise de diplôme de Will trois ans plus tôt. Rien n'aurait pu l'en empêcher, pas même sa terrible maladie. Elle était extrêmement fière d'Audrey, classée major de sa promotion, suivie d'assez près par Lizzie. Ellen avait développé une profonde affection pour la jeune fille : elle la trouvait adorable, et c'était une amie fidèle pour Audrey. Sa seule amie, en fait. Les deux jeunes femmes se soutenaient mutuellement en toute circonstance.

Les parents de Lizzie ainsi que ses deux frères étaient eux aussi venus à Annapolis pour l'occasion. Lorsque l'on remit son insigne à la toute nouvelle infirmière, le visage austère de son père s'éclaira, tandis que sa mère avait les larmes aux yeux en se rappelant sa propre remise de diplôme.

Juste après la cérémonie, Lizzie évoqua l'invitation à Hawaï, très excitée à cette perspective.

— Nous en reparlerons…

Cette réponse fit à la jeune femme l'effet d'une douche froide. Elle se figea et regarda sa mère. Il n'était pas question qu'ils continuent à l'infantiliser de la sorte.

— Non, maman, nous n'en reparlerons pas. Je pars pour Hawaï. Je ne sais pas encore quand, cela dépendra de mon planning à l'hôpital, mais j'ai déjà répondu positivement à cette invitation, répliqua Lizzie d'un ton tranchant.

— Oh, je vois. Mais c'est un très long voyage, pour deux jeunes filles seules…

— C'est un très beau cadeau de la part de la mère d'Audrey, et d'ailleurs son frère sera sur place pour nous chaperonner. Je ne vous demandais pas la permission, je vous annonçais mon départ.

Lizzie tourna aussitôt les talons, et se trouva face à son frère Henry.

— Bien envoyé, sœurette ! murmura-t-il en lui adressant un clin d'œil. Ils vont finir par comprendre.

Si tous deux avaient l'habitude de négocier avec leur mère, ils n'avaient en revanche jamais osé s'opposer à leur père. Et ainsi que l'avait soupçonné Audrey, Henry rêvait en fait de devenir architecte. Seul son frère Greg voulait vraiment devenir médecin, mais alors qu'il aurait aimé se spécialiser en pédiatrie, son père l'avait détourné vers l'orthopédie, plus lucrative. Le Dr Benjamin Hatton était une force de la nature. Mais Lizzie ne laisserait personne la priver de ses vacances avec Audrey. C'était la chose la plus épatante qui lui soit jamais arrivée… et l'occasion rêvée de passer une semaine en compagnie du garçon qui lui avait tourné la tête deux ans plus tôt.

Lizzie présenta la mère d'Audrey à ses parents et les Hatton furent très touchés de rencontrer Ellen, qui, en dépit de sa maladie, rayonnait de fierté. En retour, Ellen ne tarit pas d'éloges pour Lizzie, qu'elle avait toujours accueillie chez elle avec grand plaisir.

Ce soir-là, au moment de retourner à Boston avec ses parents après trois ans à Annapolis, Lizzie versa des larmes en faisant ses adieux à Audrey et sa mère. Audrey se sentit terriblement seule après son départ : jamais elle n'avait eu d'amie aussi proche. Elle en éprouvait d'autant plus de gratitude pour l'incroyable cadeau que leur offrait sa mère. Et elle avait hâte de voir Will, qui n'était pas rentré à Annapolis depuis des mois. Hawaï, c'était si loin…

Le travail de Lizzie au Massachusetts General Hospital s'avéra exactement aussi ennuyeux qu'elle le craignait. Aucune procédure médicale intéressante n'avait lieu aux soins post-opératoires, de sorte que Lizzie avait souvent l'impression de n'être qu'une simple fille de salle, et non une infirmière diplômée. Elle était pourtant dotée d'un certain talent pour établir les pré-diagnostics, mais cette compétence ne lui était d'aucune utilité à ce poste-là. Une semaine après son arrivée dans le service, elle expliqua à sa supérieure qu'elle devait honorer une obligation familiale prévue de longue date à Hawaï. Bien qu'ils n'en soient pas enchantés, ses chefs lui accordèrent un congé sans solde courant novembre. En contrepartie, Lizzie devrait être de garde le jour de Thanksgiving, ce qu'elle accepta de bonne grâce. Elle appela aussitôt Audrey pour lui annoncer qu'elle avait le feu vert, et Ellen partagea leur joie.

Sur l'insistance d'Ellen, les deux jeunes femmes réservèrent des billets d'avion de San Francisco à Honolulu dans une bonne compagnie aérienne : elle tenait à les gâter, il fallait que ce voyage soit pour elles une expérience inoubliable. Et en temps ordinaire, mère et fille menaient une vie si frugale qu'elle pouvait bien leur permettre cet extra !

Sur le conseil de Will, elles réservèrent une chambre à l'hôtel Royal Hawaiian. Les deux filles n'avaient maintenant plus qu'à s'acheter des vêtements adaptés à la chaleur de l'île et au standing de l'établissement ! Chacune de leur côté, elles firent donc le plein de shorts, maillots de bain, robes de plage et sandales, sans oublier quelques jolies robes légères pour dîner au restaurant.

Le jeudi 6 novembre 1941, Lizzie et Audrey gloussèrent d'excitation en se retrouvant, avec leurs valises pleines à craquer de leur nouvelle garde-robe estivale, dans le hall de l'hôtel Hudson à New York – hôtel qui avait l'approbation de leurs parents, car il était réservé aux dames. Aussitôt installées dans leur chambre, elles appelèrent Ellen pour la rassurer : jusque-là, tout allait bien. Le lendemain, elles prirent l'autocar jusqu'à l'aéroport La Guardia et montèrent à bord de leur avion United Airlines en direction de San Francisco.

Alors que l'appareil survolait le continent américain d'est en ouest, les deux jeunes femmes remarquèrent plusieurs stewards très séduisants. Et en faisant un brin de causette avec l'une des hôtesses, elles apprirent qu'elle était infirmière de formation.

— Voilà ce que nous aurions dû faire, soupira Lizzie lorsque l'hôtesse se fut éloignée.

— Comment ça ?

— Nous aurions dû devenir hôtesses de l'air. Tu vois, ils n'embauchent que des infirmières. Je t'assure qu'elles s'amusent plus que moi au service des soins post-opératoires, et elles sont bien plus chics !

Audrey se mit à rire.

— Après quelques opérations de chirurgie esthétique, ils voudront peut-être de moi… Franchement, on la croirait mannequin plutôt qu'infirmière. Aucune fille de notre classe ne ressemblait à ça !

— Qu'est-ce que tu racontes ? Tu es superbe ! répliqua Lizzie. Avec la toque et l'uniforme ajusté, crois-moi, tu aurais toi aussi l'air d'un mannequin. Pourquoi est-ce que je n'y ai pas pensé avant ? C'est un boulot de rêve…

— C'est sûrement plus dur que ça en a l'air, remarqua Audrey, pragmatique.

Même si elle reconnaissait que ce métier ne manquait pas de glamour, Audrey n'aurait jamais voulu quitter sa mère pour devenir hôtesse de l'air. C'était la première fois en six ans qu'elle laissait Ellen plus de vingt-quatre heures. Il lui avait fallu s'organiser méticuleusement pour préparer son absence, même avec Mme Beavis à la maison.

Contrairement à certains passagers, et malgré quelques turbulences, Audrey n'eut pas peur dans l'avion. Bien au contraire : elle regardait le paysage par le hublot, émerveillée. Et puis à bord, le service était impeccable et la nourriture excellente. Pour se dégourdir les jambes, Audrey et Lizzie retournèrent bavarder avec l'hôtesse, prénommée Beth. Elles lui apprirent qu'elles étaient elles aussi infirmières et Beth confirma qu'elle adorait son métier actuel. Depuis un an qu'elle était en poste chez United Airlines, sa formation médicale ne lui avait jamais servi. Elle n'avait eu à régler que des désagréments sans gravité : aider un passager souffrant du mal de l'air, ou encore un enfant qui avait mal aux oreilles à cause de l'altitude.

Beth assura aux deux amies qu'elles allaient adorer Honolulu. Elle avait eu l'occasion d'y séjourner une fois, et Hawaï était un véritable paradis terrestre.

— Mon frère est militaire là-bas, révéla Audrey, et j'ai l'impression qu'il ne voudra plus jamais revenir !

Pendant le reste du vol, Audrey se plongea dans un livre et Lizzie somnola. Arrivées à l'aéroport de San Francisco, elles prirent un taxi jusqu'à l'hôtel Fairmont, célèbre palace surplombant la ville depuis le quartier de Nob Hill. Elles dînèrent au restaurant de l'hôtel et se couchèrent de bonne heure afin d'être en forme pour leur long vol jusqu'à Honolulu le lendemain.

Arrivées à l'aéroport, elles restèrent bouche bée devant l'énorme Boeing 314 Clipper qui les attendait, le plus gros avion de ligne de l'époque. En temps normal, cet hydravion pouvait transporter jusqu'à soixante-dix passagers, mais sur ce très long courrier, ils ne seraient que vingt-cinq à s'envoler pour Honolulu. Dès l'embarquement, une atmosphère festive régna à bord. Tous étaient en vacances, ravis de fuir la grisaille, et avaient hâte de se prélasser au soleil sur une plage de sable blanc. Le voyage fut mémorable. Le Clipper, aéronef d'exception entièrement réservé aux voyageurs de première classe, possédait deux ponts : l'étage inférieur comportait cinq compartiments, plus un grand salon central convertible en salle à manger, ainsi qu'une suite nuptiale. Les quatre membres du personnel de bord se tenaient prêts à répondre au moindre désir des passagers.

Le dimanche matin, au terme de près de dix-huit heures de vol dans ces conditions luxueuses, l'appareil se posa en douceur sur l'eau du lagon, juste devant le terminal. Deux jolies Polynésiennes attendaient les passagers à la sortie de l'avion et ceignaient chacun d'un *lei* de fleurs traditionnel. Le ciel bleu azur, la température délicieuse… tout était enivrant ! En levant la tête, Audrey aperçut son frère qui s'approchait d'elles dans son uniforme d'été d'un blanc immaculé. Avant qu'elle ait eu le temps de dire « ouf », il la souleva de terre pour la prendre dans ses bras. Puis il sourit à Lizzie. Sa robe, de la même couleur que ses yeux, moulait sa silhouette, et ses cheveux ondulés cascadaient dans son dos. Audrey vit quelque chose passer entre eux : il ne l'avait encore jamais regardée comme ça… Il chargea leurs bagages sur un chariot et les mena hors du terminal, visiblement très fier d'être aussi bien accompagné.

À la surprise des deux jeunes femmes, Will disposait d'une auto pour les conduire à l'hôtel Royal Hawaiian. Dès qu'elles eurent déposé leurs bagages dans leur chambre, il les emmena déjeuner sur la terrasse de l'établissement. On leur servit des jus de fruits frais dans des verres décorés de petites ombrelles en papier, et ils passèrent le repas à bavarder et à plaisanter. Audrey et Lizzie avaient dormi pendant le voyage, elles étaient fraîches et disposes. Will était aux petits soins avec sa sœur, mais son regard ne cessait de s'égarer en direction de Lizzie, ce qui la faisait fondre de plaisir. Il s'apercevait enfin qu'Audrey avait grandi, et son amie aussi... Et ils avaient une semaine entière devant eux pour s'amuser et découvrir les merveilles de Hawaï, y compris Honolulu et Ford Island, la base où Will était stationné. Le samedi suivant, veille du départ, Will participerait à un spectacle aérien qui donnerait aux filles l'occasion de le voir voler en formation.

Après le déjeuner, Will dut retourner à la base, mais il promit de les retrouver le soir au *luau* hebdomadaire organisé par l'hôtel. Ce festin traditionnel était agrémenté de musique et de danses. Audrey et Lizzie en profitèrent pour passer l'après-midi à se baigner et se prélasser sur la plage. Elles n'arrivaient toujours pas à croire à leur chance, et Lizzie avait des étoiles dans les yeux en pensant à Will... Jusqu'à présent, l'île paradisiaque tenait toutes ses promesses.

— On va passer une semaine fabuleuse, prédit Audrey, les paupières closes sous le soleil.

Jamais l'avenir ne leur était apparu aussi radieux, ni leurs rêves aussi doux. La vie n'aurait pu être plus parfaite.

3

L'hôtel Royal Hawaiian donnait directement sur la célèbre plage de Waikiki. La chambre des filles était pourvue d'un balcon (appelé *lanai* en dialecte local), où elles prirent leur petit déjeuner le lendemain matin. À 10 h 30, elles étaient de retour sur la plage, où elles passèrent toute la journée entre bronzette et baignade : elles ne rentrèrent à l'hôtel que pour le déjeuner, ce qui leur donna l'occasion de changer plusieurs fois de robe. Le soir venu, Lizzie en emprunta une à Audrey car elle lui plaisait mieux que les siennes, bien qu'elle soit un peu trop courte pour elle. Will les trouva toutes les deux plus fraîches et pimpantes que jamais en venant à leur rencontre dans le hall. Après le dîner festif, il resta longtemps à siroter des cocktails en leur compagnie, incapable de se décider à partir. Les filles se couchèrent tard mais se levèrent tôt, car elles voulaient profiter de tout ce que la journée avait à leur offrir. Will revint les chercher le lendemain matin pour leur faire faire un tour de l'île en voiture, avec de nombreux arrêts pour admirer la vue et prendre des photos. Puis il les emmena déjeuner au restaurant de l'hôtel Moana, après quoi il leur fit visiter la base navale de Ford Island, où il avait ses quartiers. Le port était plein de navires militaires et on voyait partout des marins et des officiers en uniforme blanc. L'insigne de pilote de Will et ses galons de chef d'escadrille suscitaient l'admiration.

— Nous n'avons peut-être pas autant de pilotes que dans l'armée de l'Air… mais nous sommes meilleurs !

Bien qu'il l'ait dit en riant, sa fierté était évidente. Will était pilote depuis maintenant trois ans et demi et sa formation à bord des porte-avions touchait à sa fin. À 25 ans, il était devenu si beau que Lizzie en avait le souffle coupé chaque fois qu'elle posait les yeux sur lui. Depuis leur arrivée il se comportait en gentleman, mais sa façon de la regarder en disait long. En fin d'après-midi, il les raccompagna à l'hôtel et tous trois se baignèrent dans la piscine. Will taquina beaucoup Lizzie, s'amusant à la poursuivre sous l'eau. À un moment donné, elle fit volte-face pour le regarder et ils se sourirent. Quand ils refirent surface pour prendre leur souffle, Will posa les mains sur les épaules de la jeune femme.

— Tu as changé, dit-il doucement.

— J'ai mûri, mais je suis toujours la même…

Ils ne dirent pas un mot de plus, mais leur échange n'avait pas échappé à Audrey. Son frère avait-il l'intention de tenter quelque chose avec Lizzie ? Audrey savait que son amie avait le béguin pour lui depuis des années, et elle n'aurait pas demandé mieux que de voir ces deux personnes chères à son cœur finir ensemble… Mais que pouvait-il se passer entre eux, en à peine une semaine de vacances ? Peu importait, pour le moment ils partageaient un moment merveilleux tous ensemble.

Le soir venu, Lizzie accorda un soin particulier à sa toilette. Elle enfila une robe bustier blanche qui soulignait ses formes, des sandales à talons argentées, et releva ses cheveux en chignon. À son cou, elle accrocha un simple rang de perles. Audrey portait quant à elle une robe de soie turquoise qui mettait en valeur son bronzage. Si Lizzie avait le teint clair et se méfiait des coups de soleil, son amie comptait bien revenir aussi hâlée que possible.

Cette fois-ci, Will les emmena dans un petit restaurant qu'il aimait bien, puis il les conduisit au belvédère de Diamond Head pour admirer le clair de lune. Audrey eut l'impression que, si elle n'avait pas été là, il aurait été ravi de pouvoir embrasser Lizzie... Elle s'éloigna donc pour leur laisser un peu d'intimité, et il lui sembla qu'ils se prenaient par la main. Une fois de retour à l'hôtel, ils commandèrent des cocktails sur la terrasse. Audrey ne but que quelques gorgées du sien avant de déclarer qu'elle montait se coucher. Son amie la rejoignit une demi-heure plus tard.

— Est-ce que mon frère se comporte bien ? Mais je suis peut-être indiscrète !

Lizzie hocha la tête, un sourire mystérieux aux lèvres.

— C'est un type épatant...

— Je sais bien, c'est mon frère. Je veux juste qu'il soit gentil avec toi et qu'il réalise à quel point tu es géniale, ajouta-t-elle plus sérieusement.

— Nous nous sommes promenés sur la plage, et il n'a eu ni parole ni geste déplacé, la rassura Lizzie.

— Encore heureux, nous venons à peine d'arriver ! répliqua Audrey en riant.

Leur romance s'épanouit doucement au fil des jours, telle une délicate fleur tropicale. Will leur fit découvrir des cascades enchanteresses, des plages préservées, une forêt luxuriante et embaumée. Il les emmena dans tous ses endroits préférés, y compris le restaurant chinois Lau Yee Chai, avec sa tourelle en forme de pagode, sans oublier le bar à sodas du drugstore Benson Smith. Un soir, il les invita dans un dancing à la mode. Il avait convié un camarade pilote pour qu'Audrey ait également un cavalier. Il aurait détesté que sa sœur ait l'impression de tenir la chandelle ! C'était également sa façon à lui de la remercier de prendre si bien soin de leur mère. Et il voulait que Lizzie aussi passe des vacances inoubliables. Will se demandait bien pourquoi il ne l'avait pas remarquée auparavant, car il lui semblait soudain avoir trouvé la femme de sa vie. Il aurait voulu que cette semaine ne se termine jamais. Mais tout cela était encore très nouveau. Dans un premier temps, et même s'il ne lui en avait pas encore parlé, il comptait lui rendre visite à Noël. Le sixième soir, lors d'une promenade sur la plage de Waikiki, il l'embrassa au clair de lune et elle fondit dans ses bras. C'était même mieux qu'être aux commandes d'un avion ! Lizzie avait elle aussi des papillons dans le ventre. Elle en parla le lendemain matin à Audrey, qui accueillit la nouvelle en souriant jusqu'aux oreilles.

— Si vous finissez ensemble, je serai la femme la plus heureuse du monde ! Je ne suis pas sûre qu'il soit prêt à se caser tout de suite… Mais je sais que le jour viendra !

— Je comprends qu'il soit accaparé par sa carrière. D'ailleurs moi non plus, je ne suis pas prête, répondit

Lizzie, songeuse. Je ne compte pas passer ma vie à vider les bassins dans un service de soins. Je veux faire quelque chose d'utile en ce bas monde !

— Moi aussi, dit Audrey d'un air sombre.

— Oh, mais ce que tu fais pour ta mère est incroyable ! Tu ne le regretteras jamais.

— Je sais… Mais peut-être que je pourrais aussi mettre à profit ce que nous avons appris au service d'autres personnes, le moment venu. En attendant, je veux que mon frère tombe raide dingue de toi et qu'il ne te laisse jamais partir, pour qu'on puisse rester sœurs toute notre vie ! Il est peut-être déjà amoureux… ?

— C'est ce qu'il m'a dit, en tout cas, avança Lizzie avec un sourire prudent. Je ne pourrai jamais assez te remercier de m'avoir emmenée avec toi.

— C'est moi qui te remercie, je ne serais jamais venue sans toi ! Et je doute que mon frère m'aurait fait voir autant de pays si j'avais été toute seule !

Toutes deux éclatèrent de rire.

Elles devaient se rendre à la base à midi pour assister à la démonstration aérienne dans laquelle Will volerait en formation. Les badauds avaient déjà commencé à s'installer sur les plages dans l'attente du spectacle, et Will avait délégué deux de ses amis pour escorter les jeunes femmes.

À l'heure dite, le spectacle commença : les acrobaties aériennes étaient à couper le souffle. Les Grumman F4F Wildcat volaient à trois mètres d'intervalle les uns des autres, avec Will à leur tête. À la moindre erreur ou au moindre écart, tous les avions risquaient d'entrer en collision. Lizzie était hypnotisée et Audrey rose de fierté. Après le show, Will vint les rejoindre.

— Waouh, c'était dingue ! déclara Lizzie.

— Juste de quoi divertir un peu la population locale, répondit modestement Will en déposant un baiser sur sa joue.

— Tu parles, tu m'as fait une peur bleue ! Le truc où on a l'impression que vous allez tous vous écraser, avant de vous redresser à la dernière minute... ça m'a retourné l'estomac...

— Oui, ça me faisait ça aussi, au début, plaisanta Will. Nous n'avons jamais eu d'accident au cours de ce type d'exercice. Piloter, c'est ce qu'il y a de plus excitant au monde. Enfin, ça l'était... jusqu'à ce que je te rencontre !

Lizzie sourit et hocha la tête : elle éprouvait les mêmes sentiments. Tout était arrivé si vite... Audrey et elle repartaient déjà le lendemain. Le soir venu, il lui annonça qu'il essaierait d'obtenir une permission au moment des fêtes, pour venir la voir à Boston.

— Je compterai les jours jusqu'à nos retrouvailles, murmura-t-il avant de l'embrasser passionnément devant la porte de la chambre d'hôtel où Audrey attendait son amie.

Leurs valises étaient bouclées, elles devaient s'envoler le lendemain matin pour San Francisco, au terme de vacances fabuleuses. Ellen leur avait vraiment fait le plus beau cadeau qui puisse se concevoir. Audrey était elle aussi ravie d'avoir pu passer une semaine complète avec son frère, alors qu'il ne leur avait rendu visite que rarement et brièvement au cours des dernières années. Elle garderait toujours dans son cœur le souvenir de ces moments partagés. Quant à Lizzie, elle était sur un petit nuage.

Le lendemain, Will les conduisit à l'aéroport et les aida à s'enregistrer au comptoir de la Pan Am. Puis ils retournèrent attendre devant le terminal, au milieu des arbres en fleurs. Là, il passa un *lei* de fuchsias au cou d'Audrey, et un autre de gardénias autour du cou de Lizzie, qu'il embrassa sous les yeux de sa sœur et des autres passagers. Audrey alla acheter un *lei* rouge et jaune à l'intention de sa mère, soigneusement emballé dans une boîte. Puis on annonça l'embarquement et les deux jeunes femmes descendirent sur le tarmac. Lizzie se retourna sans cesse pour adresser de grands signes à Will, et elle ne s'arrêta qu'en arrivant à la porte de l'avion. Audrey l'imita. Les larmes perlèrent au coin des yeux de Lizzie en regardant ce jeune homme, si grand et si beau, qui agitait le bras à son intention. Puis toutes deux disparurent dans l'appareil. Will resta là, l'air un peu perdu, jusqu'au décollage de l'avion qui emportait sa bien-aimée. Il ne s'était jamais senti aussi seul qu'en quittant l'aéroport au volant de sa voiture. Il ne pensait déjà qu'à revoir Lizzie.

Dans l'avion, les larmes coulaient encore sur les joues de la jeune fille. Audrey lui prit la main et lui offrit un sourire de soutien. Ce séjour resterait à jamais gravé dans leur mémoire. Et pendant tout le voyage, le parfum des *lei* les accompagna. Après une escale à San Francisco, elles atterrirent à La Guardia le lundi soir. Lizzie prit un dernier vol jusqu'à Boston, afin d'arriver au travail à l'heure le lendemain matin. Audrey, elle, prit un taxi pour rejoindre Pennsylvania Station et monta dans un train jusqu'à Baltimore. De là, c'est dans un nouveau taxi qu'elle fit la dernière partie de son trajet jusqu'à Annapolis. Il était très tard lorsqu'elle poussa enfin la porte de chez elle. Ellen s'était réveillée au milieu de la nuit, et Mme Beavis était en train de la recoucher. Elle était pâle et fatiguée, mais son visage s'éclaira et elle se détendit à la vue de sa fille. Audrey, bronzée et rayonnante, portait le *lei* que Will lui avait offert.

— Bienvenue à la maison, ma chérie. Tu m'as manqué ! Alors, c'était comment ?

Audrey se pencha pour l'embrasser.

— Oh, maman, c'était un véritable rêve, tu ne peux pas imaginer ! On a même pu voir Will faire une démonstration de vol en formation ! Tu nous as fait le plus beau cadeau qui soit.

Audrey brûlait de lui parler de l'idylle entre Will et Lizzie, mais à une heure pareille, ce n'était pas raisonnable et les grandes révélations pourraient attendre le lendemain. Néanmoins, elle retourna chercher sur le palier le collier de fleurs qu'elle avait acheté à l'intention d'Ellen. Elle le sortit de sa boîte, encore intact et parfumé, et le plaça sur la table de chevet tandis que sa mère se rendormait, un sourire aux lèvres.

C'est dans une sorte de brouillard que Lizzie servit le déjeuner à ses patientes le lendemain, mais elle se surprenait à sourire chaque fois qu'elle pensait à Will. Désormais, elle savait ce qu'elle attendait de l'avenir. Ses parents n'avaient peut-être pas eu tort, après tout. Le mariage et les enfants ne lui paraissaient plus aussi épouvantables. Si elle s'était inscrite en fac de médecine plutôt qu'en école d'infirmières, elle n'aurait jamais rencontré Audrey ni son frère, et ne serait pas allée à Hawaï. Elle avait d'ailleurs posé le *lei* que lui avait offert Will près de son lit.

Sa journée de reprise ne se terminerait qu'à 21 heures, mais cela lui était égal. Elle aurait pu enchaîner trois gardes d'affilée si on le lui avait demandé. Après avoir découvert l'amour à Hawaï, elle se sentait de taille à conquérir le monde. Mais le moment d'en parler à ses parents n'était pas encore venu. Elle n'allait certainement pas leur laisser le loisir de juger à sa place si Will ferait un mari convenable ! Et elle n'était pas absolument certaine qu'ils donnent leur bénédiction à un pilote de la Marine… Ce dont elle était sûre, en revanche, c'est qu'elle l'aimait et que leur amour était simple et beau. Elle ne demandait rien de plus.

Lizzie et Audrey se parlèrent au téléphone presque tous les jours de la semaine suivante. Lorsque Audrey raconta à sa mère ce qui s'était noué entre son amie et Will, Ellen ne fut pas vraiment surprise. Elle appréciait beaucoup Lizzie, et espérait que les tourtereaux auraient assez de volonté pour faire tenir cette relation à distance. Ils étaient encore très jeunes, et ne pourraient pas vivre ensemble avant quelques années. Elle regrettait un peu qu'Audrey n'ait pas connu au moins un flirt de vacances, mais la jeune fille ne semblait pas déçue. Elle se réjouissait du bonheur de son frère et de sa meilleure amie.

Le jeudi suivant était le jour de Thanksgiving. Comme convenu avec sa cheffe de service, Lizzie resta de garde à l'hôpital. Audrey et sa mère, quant à elles, dégustèrent le repas traditionnel en tête à tête. Après ces incroyables vacances à Hawaï, et en l'absence de Will, la fête n'avait malheureusement pas tout à fait le même attrait que les années précédentes.

Will posta sa première lettre à Lizzie le lendemain de son départ, mais la missive mit deux semaines à atteindre sa destinataire. Elle se jeta sur l'enveloppe dès son retour de l'hôpital et se mit à lire avec avidité, riant de joie par moments. Il lui disait qu'il était tombé fou amoureux d'elle et n'avait jamais rien ressenti de tel. Lizzie lui répondit le soir même. Elle avait attendu qu'il lui écrive le premier, mais elle partageait ses sentiments. Elle lui avoua qu'elle ne cessait de penser à lui depuis son retour. Après l'avoir cacheté, elle rouvrit son courrier deux fois dans la soirée pour rajouter de longs post-scriptum, et le posta le lendemain matin sur le chemin de l'hôpital. Noël approchait déjà à grands pas.

Will parviendrait-il vraiment à revenir pour les fêtes ? Il avait promis d'essayer, même s'il n'en avait fait la demande à sa hiérarchie que tardivement, et que les permissions étaient généralement très courtes. S'il en obtenait une, il devrait prendre un de ces vols militaires notoirement inconfortables, mais il était prêt à voyager ligoté au fuselage s'il le fallait ! Il tenait à rencontrer les parents de Lizzie pour leur faire connaître ses intentions : en honnête homme, il voulait commencer à bâtir un futur avec la jeune femme.

Lizzie dut doubler son temps de garde deux fois dans la semaine mais, portée par ses douces pensées, elle ne ressentait pas la fatigue. Les images des moments partagés à Honolulu étaient si vives qu'elle éprouvait encore la sensation des lèvres de Will contre les siennes.

Le samedi, elle resta tranquillement chez elle à laver et amidonner ses uniformes. Elle fit une sieste, lut des magazines et appela Audrey, qui était en train de doucher sa mère et de lui laver les cheveux avec l'aide de Mme Beavis. Ne pouvant lui parler, elle promit de la rappeler. Mais Audrey oublia, car sa mère souffrait de crampes et elle dut lui masser longuement les jambes dans la soirée. Après quoi il fut trop tard pour téléphoner à Lizzie sans réveiller toute la maison.

Audrey rappela le dimanche matin, mais son amie était à l'église avec ses parents, comme cela lui arrivait parfois pour faire plaisir à sa mère.

Audrey passa une partie de la matinée à faire les comptes de la maison et à remplir des chèques pour les différentes factures. L'écriture de sa mère était devenue illisible, elle avait du mal à tenir un stylo. Alors que son esprit était encore parfaitement clair, tout mouvement lui était difficile et requérait l'assistance de sa fille.

Audrey finit par poser son stylo à plume et alla préparer le déjeuner. Elle venait de servir son dessert à Ellen lorsque le téléphone sonna. C'était Lizzie.

— Enfin ! Nous n'arrêtons pas de nous rater. Désolée, je n'ai pas pu te rappeler hier…, commença-t-elle d'un ton enjoué, heureuse de l'entendre.

Mais Lizzie l'interrompit d'une voix qui trahissait la panique :

— Les Japonais viennent de bombarder Hawaï. Pearl Harbor.

La base de Will, qu'il leur avait fait visiter pour admirer les bateaux…

— Je viens de l'entendre à la radio, et ce n'est pas terminé. Mon Dieu, Audrey… Seigneur, faites que Will ne soit pas là-bas aujourd'hui…

À Hawaï, il était à peine plus de 8 heures du matin. Aucune des deux filles ne savait ce que Will était censé faire ce jour-là. Audrey frémit en se souvenant que son frère allait parfois faire un peu de mécanique sur son avion le week-end, et que depuis l'enfance il avait toujours été matinal.

— Lizzie, ma mère n'a pas fini de manger, et je ne veux pas lui en parler. Je te rappelle après le déjeuner. S'il te plaît… prie pour lui !

Paralysée de terreur, Lizzie ne parvint même pas à répondre et se contenta de raccrocher, avant de se rapprocher de ses parents qui écoutaient la radio avec anxiété. Il y avait des explosions et des coups de feu, c'était un véritable enfer. Un navire avait été bombardé à quatre reprises. Lizzie s'assit sur une chaise, pâle comme un linge, les mains crispées sur ses genoux.

Les mains d'Audrey tremblaient tandis qu'elle donnait à manger à sa mère, mais Ellen ne s'en aperçut pas. Elle parla de choses et d'autres à sa fille, qui opinait et souriait comme si de rien n'était. Il sembla à Audrey qu'elle mettait un temps fou à manger. Après l'avoir installée pour la sieste, elle se précipita dans la cuisine, ferma la porte et alluma la radio le moins fort possible, de peur que sa mère l'entende depuis sa chambre au rez-de-chaussée.

Les nouvelles étaient terrifiantes. Les attaques continuaient, et l'USS *Arizona* était en train de couler. Selon le journaliste, c'étaient les réservoirs de carburant du navire, pleins à ras bord, qui alimentaient les explosions. Plus effrayant encore : la base aérienne avait été touchée. C'était une attaque brutale, qui entraînerait des conséquences incommensurables. Mais Audrey ne pensait qu'à son frère, priant pour qu'il ait été épargné. Elle passa une heure à écouter les actualités. L'attaque semblait maintenant terminée, elle avait duré près de deux heures. Les navires qui mouillaient au port avaient subi des dommages importants dont certains irréversibles, et l'USS *Arizona*, toujours en feu, s'était transformé en tombeau géant. On estimait que plus de deux mille morts et un millier de blessés seraient à déplorer, mais il faudrait plusieurs jours avant d'obtenir un bilan définitif. En outre, toute la base aérienne et plusieurs centaines d'avions avaient été détruits...

Il était plus de 15 heures lorsque Audrey rappela Lizzie. À l'autre bout du fil, son amie pleurait.

— Il ne nous reste qu'à attendre de ses nouvelles, dit Audrey en essayant de maîtriser sa voix tremblante. Il ne pourra sûrement pas nous contacter avant un moment. Tout est sens dessus dessous, là-bas. S'il est blessé, ou pire, la Marine nous préviendra. En attendant, Lizzie, nous devons absolument partir du principe qu'il va bien.

— Et s'il lui était arrivé quelque chose ?

— Impossible. Nous l'aimons trop pour le perdre...

Des milliers de parents, d'enfants et de conjoints qui avaient des êtres chers à Hawaï se retrouvaient dans la même situation et n'avaient d'autre choix que d'attendre des nouvelles. Audrey commençait à culpabiliser de ne pas avoir prévenu sa mère tout de suite. Ellen finirait bien par l'apprendre à un moment ou un autre. Elle écoutait parfois la radio ou lisait les journaux, et avait le droit de savoir que son fils était potentiellement en danger. Audrey fit appel à tout son sang-froid pour lui annoncer le plus calmement possible que la base navale de Hawaï avait été attaquée. Ellen resta comme frappée par la foudre, puis demanda à sa fille d'apporter le poste de radio, afin qu'elles puissent l'écouter ensemble. Les commentaires des journalistes n'étaient pas rassurants, et tout le pays se demandait si les Japonais allaient bombarder d'autres villes américaines.

Ellen et Audrey veillèrent tard ce soir-là. Le lendemain, le président Roosevelt demanda au Congrès de déclarer la guerre au Japon. Les deux femmes venaient d'écouter son discours adressé au peuple américain lorsqu'on sonna à leur porte. Elles n'attendaient personne et Mme Beavis était auprès de sa mère. Audrey alla ouvrir, le cœur battant. Elle sentit son sang se glacer dans ses veines en se retrouvant face à deux hommes en uniforme.

— Mme Parker est-elle présente ? Mme Ellen Parker ? demandèrent-ils poliment.

Audrey avait grandi entourée d'officiers de marine. Elle vit immédiatement que l'un des deux était capitaine, comme son père, et que l'autre était dans l'aéronautique navale. À n'en pas douter, ils savaient qui avaient été son père et son grand-père. La jeune femme redoutait ce qu'ils allaient leur apprendre et ne se sentait pas le courage de leur poser la question. En fait, elle ne voulait pas savoir. Elle voulait seulement que Will soit vivant, même gravement blessé. Il n'avait que 25 ans, un avenir radieux devant lui… elles ne pouvaient pas le perdre.

— Ma mère est souffrante, expliqua Audrey d'une voix altérée.

L'espace d'un instant, elle faillit dire qu'Ellen n'était pas en mesure de les recevoir, mais cela n'avait pas de sens. Sa mère avait le droit d'entendre ce qu'ils avaient à lui dire. La jeune femme se reprit :

— Elle est alitée, mais je vais l'amener. Si vous voulez bien passer au salon.

Les militaires s'assirent sur le bord du canapé. Tant qu'elle les empêchait de délivrer la nouvelle, Will était vivant… Audrey entra dans la chambre du rez-de-chaussée et annonça à sa mère que deux officiers souhaitaient lui parler. Toutes deux savaient ce que cela pouvait signifier. Les mains d'Ellen se mirent à trembler violemment, mais elle demanda à Audrey et Mme Beavis de l'asseoir dans son fauteuil roulant et de l'amener au salon. Toute sa vie, Audrey se souviendrait de la robe d'intérieur, bleu marine à fleurs roses, que sa mère portait ce jour-là, ainsi que de ses pantoufles en velours bleu.

Audrey poussa le fauteuil jusque dans la salle de séjour et l'arrêta devant les officiers, qui se levèrent pour la saluer. Ellen leur présenta sa fille, ce que la jeune femme n'avait pas songé à faire elle-même. Le discours des deux hommes fut à la fois bref, formel, et plein d'empathie. La nouvelle était celle que les deux femmes redoutaient. Will avait été tué à sa base lors de la seconde vague d'attaques. Il était alors en train de travailler sur son avion et avait tenté d'abattre l'un des appareils japonais avec l'arme antiaérienne du sien, mais l'ennemi l'avait touché le premier. Un collègue avait assisté à la scène. Bien que blessé, ce dernier avait survécu, ce qui n'était pas le cas de Will…

— Il est mort au champ d'honneur, madame Parker, et son pays va lui décerner une médaille à titre posthume. C'était l'un de nos meilleurs pilotes. J'ai eu l'occasion de le rencontrer moi-même l'année dernière. Un jeune homme exemplaire. Nous vous présentons nos plus sincères condoléances au nom de l'US Navy et du président des États-Unis. Son corps sera rapatrié dès que nous pourrons envoyer un avion là-bas, car pour le moment il n'y en a plus aucun en service dans l'archipel de Hawaï. Nous avons perdu hier deux mille quatre cents hommes, et nous déplorons plus d'un millier de blessés. Cela risque de prendre un moment, mais nous ferons tout notre possible.

Alors que les deux hommes s'apprêtaient à serrer la main d'Ellen, ils virent que ce n'était pas possible : elle tremblait trop. Tandis qu'ils serraient celle d'Audrey, la jeune femme se demanda à combien de portes les deux officiers allaient ainsi sonner. Combien de cœurs allaient-ils briser, porteurs de la pire nouvelle qui soit ? Dès qu'ils furent partis, Audrey tomba dans les bras de sa mère et toutes deux se mirent à pleurer. Elles n'arrivaient pas à croire que Will soit mort. Audrey l'avait vu trois semaines plus tôt, jour pour jour. Elle était d'autant plus reconnaissante à sa mère de lui avoir offert ce voyage à Honolulu. Il lui fallait maintenant annoncer la nouvelle à Lizzie. Et elle était si loin… Audrey ne pourrait même pas la prendre dans ses bras. Malgré tout, il était de son devoir de l'appeler avant qu'elle ne tombe sur le nom de Will dans le journal, au milieu d'une liste des victimes.

Avec l'aide de Mme Beavis, Audrey remit sa mère au lit et lui apporta une tasse de thé, qu'elle refusa. Tandis que, les yeux fermés, elle sanglotait et tremblait de la tête aux pieds, Audrey lui caressait doucement le bras.

Mme Beavis parvint à la convaincre de prendre un calmant, et enfin elle s'endormit. Audrey se réfugia alors dans la cuisine, où se trouvait le téléphone, et composa le numéro de Lizzie à Boston. La jeune femme décrocha aussitôt, comme si elle attendait son appel. Lizzie était en congé, et son père avait annulé ses consultations. Le pays tout entier retenait son souffle en attendant de savoir ce qui allait se passer, maintenant que la guerre contre le Japon était déclarée. La dernière fois que les États-Unis s'étaient engagés dans une guerre remontait à vingt-quatre ans : ni Lizzie ni Audrey n'étaient encore nées. Et si les forces américaines ne s'étaient engagées qu'à la toute fin de la Grande Guerre, elles n'en avaient pas moins subi des pertes humaines colossales.

Lizzie ne posa pas de questions, elle attendit qu'Audrey prenne la parole.

— Deux officiers sont venus, dit cette dernière d'une voix éteinte. Il est mort en tentant de défendre la base, abattu par un pilote japonais. Ils vont rapatrier son corps dès qu'ils pourront.

Lizzie se laissa tomber sur une chaise et se mit à pleurer sans bruit.

— Oh Lizzie, j'ai tellement de peine pour toi. Il t'aimait tant. Tu es la seule fille qu'il ait jamais aimée. Il m'avait dit qu'il comptait t'épouser. Il va horriblement nous manquer…

Étouffée par les sanglots, elle fut obligée de raccrocher.

À Boston, le père de Lizzie s'approcha de sa fille et posa une main sur son épaule tandis que sa mère la regardait, navrée. Leur fille était en train de s'effondrer sous leurs yeux.

— Quelqu'un que tu connaissais bien ? demanda son père.

Elle hocha la tête, avant de répondre :

— Le frère d'Audrey Parker, William.

Elle tenait à ce qu'ils entendent son prénom… Elle leva les yeux vers son père, le visage baigné de larmes, avant d'ajouter :

— Je l'aimais de tout mon cœur, papa. C'était un homme extraordinaire.

— Je n'en doute pas, ma chérie. Le coup va être dur à encaisser pour sa mère. D'autant qu'elle est veuve, je crois ?

Lizzie opina. Ses parents avaient rencontré Ellen lors de sa remise de diplôme, ils savaient qu'elle était malade.

— Oui, et c'est Audrey qui s'occupe d'elle.

— Tu leur transmettras toutes nos condoléances. Dis-moi si je peux faire quoi que ce soit pour elles.

Son père n'avait pas rebondi sur sa déclaration d'amour. Il n'était pas certain d'en avoir compris la portée, et ce n'était pas le moment de la cribler de questions au sujet de ce garçon.

Lizzie fit la seule chose qui lui vint à l'esprit. Il n'y avait qu'un seul endroit où elle avait envie d'être : auprès de la famille qui l'avait aimé et à laquelle elle se sentait appartenir.

Le soir même, elle mit quelques affaires dans un petit sac de voyage et acheta un billet de train. Après un changement à New York, elle arriva à la gare de Washington, d'où elle prit le bus jusqu'à Annapolis. Il était 23 heures lorsqu'elle sonna à la porte des Parker. Quand Audrey lui ouvrit, elles tombèrent dans les bras l'une de l'autre, pleurant le jeune homme qu'elles avaient tant aimé. Le jeune homme qui rêvait de voler, et qui s'était tout entier consacré à l'aviation. Le pays était désormais en guerre, et Will faisait partie des premières victimes. Audrey craignait que sa mère n'y survive pas, et ne savait même pas comment elle s'en sortirait elle-même. Il était si jeune, si beau, si adorable comme frère et comme fils… Il aurait pu faire le bonheur de Lizzie. Mais il était parti trop tôt. Ni Audrey ni son amie ne parvenaient à imaginer ce qu'elles allaient devenir sans lui. Ce jour funeste avait bouleversé leurs vies. Elles n'imaginaient pas encore à quel point…

4

Lizzie passa toute la semaine à Annapolis avec Audrey et Ellen, et être ensemble leur fit du bien. Assises dans l'ancienne chambre de Will, dans laquelle Ellen avait emménagé quelques années plus tôt, les trois femmes passèrent des heures à regarder de vieilles photos de lui en pleurant. Elles n'arrivaient pas à croire qu'il ne reviendrait plus, et c'était particulièrement difficile pour Ellen. Lizzie, quant à elle, avait encore l'impression de sentir les lèvres de Will sur les siennes. Les souvenirs étaient incroyablement présents à son esprit. Entre eux, ç'avait été si bref, mais si puissant ! Et dire que trois semaines plus tard, il était mort… Son père lui rappela qu'elle devait reprendre son poste à l'hôpital. Il avait usé de son influence pour lui obtenir un nouveau congé sans solde d'une semaine, mais à présent il était temps pour elle de rentrer. Il ne se doutait pas de l'intensité de l'amour qu'elle avait éprouvé pour Will ni des promesses qu'ils avaient échangées. Si cela n'avait tenu qu'à Lizzie, l'hôpital aurait aussi bien pu la renvoyer : elle détestait cet emploi et, de toute façon, tout lui était devenu indifférent. Elle ne rêvait même plus d'intégrer une faculté de médecine ni de vivre dans une grande métropole. Tout son horizon était désormais sombre et désolé.

Lorsque Lizzie repartit pour Boston le dimanche, une semaine après l'attaque de Pearl Harbor, l'armée ne leur avait toujours pas donné de date pour le rapatriement du corps de Will. Partout, on ne parlait plus que de la déclaration de guerre et de ses conséquences. Les jeunes gens allaient être mobilisés sous peu, mais des milliers d'hommes s'étaient déjà présentés volontairement pour s'engager et Lizzie soupçonnait que ses frères s'apprêtaient eux aussi à accomplir ce geste patriotique. Si Greg, son frère aîné, pourrait s'enrôler comme médecin militaire, Henry, en revanche, n'en avait pas encore fini avec ses études. Lizzie se demandait ce que l'armée allait faire de lui. Certains des hommes seraient envoyés dans le Pacifique, d'autres en Europe.

À l'hôpital, l'ambiance était des plus moroses. Certains médecins parlaient de s'engager tandis que d'autres attendaient la conscription. À la surprise de Lizzie, plusieurs infirmières évoquaient elles aussi la possibilité de se porter volontaires. Il ne lui était même pas venu à l'idée que l'armée aurait besoin d'elles.

Au travail, elle effectuait ses tâches l'une après l'autre, tel un automate, et parlait à peine à ses parents en rentrant le soir. C'était comme si une partie d'elle-même était morte en même temps que Will à Pearl Harbor.

Lizzie dut rester de garde pour Noël. Ellen et Audrey, n'ayant pas le cœur à la fête, ne firent rien de spécial ce jour-là. Une certaine effervescence régnait en revanche dans les familles des futurs engagés, qui voulaient profiter au maximum de ces moments ensemble.

Enfin, le corps de Will fut rapatrié peu après Noël. Des centaines de dépouilles étaient restituées à leurs familles à travers tout le pays, tandis que d'autres reposaient encore au fond de l'eau à Pearl Harbor – malgré le travail des plongeurs pour les remonter à la surface.

Lizzie revint à Annapolis pour les funérailles organisées par Audrey. Les amis d'enfance de Will et ses camarades de promotion étaient éparpillés aux quatre coins du monde, aussi seules Audrey, Ellen, Lizzie et une poignée de leurs amies assistèrent à l'office célébré dans l'église que les Parker fréquentaient quand Audrey et Will étaient petits. Trop mal en point, Ellen ne s'y était plus rendue depuis plusieurs années. Après la cérémonie, on enterra Will au cimetière d'Annapolis. Voir le cercueil descendre lentement dans le caveau familial où reposaient déjà son père et ses grands-parents maternels fut d'une tristesse infinie pour celles qui l'avaient aimé. Deux officiers de marine tendirent à Ellen le petit drapeau qui décorait jusque-là son cercueil. Elle le saisit de ses mains tremblantes et le pressa contre sa poitrine.

De retour du cimetière, Lizzie partagea une collation avec les Parker. Audrey remit Ellen au lit tout de suite après. Sa santé s'était beaucoup détériorée depuis l'attaque de Pearl Harbor et la mort de Will. Tandis qu'Audrey continuait de se démener pour stabiliser son état, on aurait dit qu'elle-même avait perdu l'envie de lutter.

Les jeunes femmes étaient en train de boire un verre de vin à la cuisine quand Lizzie lâcha la nouvelle. En un mois, elle avait beaucoup maigri, ses yeux étaient cernés et avaient perdu tout leur éclat. Audrey n'avait pas meilleure mine, mais au moins s'occuper de sa mère l'empêchait de trop réfléchir.

— Je vais m'engager, dit Lizzie d'une voix si basse qu'Audrey ne comprit pas tout de suite le sens de ses mots.

— Tu vas *quoi* ? finit-elle par demander, incrédule.

— Je vais m'engager comme infirmière dans l'armée, répéta Lizzie, aussi simplement que si elle avait dit « Demain, je vais acheter du lait à l'épicerie ».

— Mais enfin, Lizzie, pour l'amour du ciel ! Les femmes ne sont pas mobilisables !

— Ça peut encore venir, même si j'en doute. Écoute, je n'ai rien d'autre à faire. Là, au moins, je serai utile. Je t'assure que je ne me sens pas indispensable, à vider des bassins toute la journée avant de rentrer chez mes parents le soir. Je trouve dommage de ne jamais pouvoir mettre en application ce que nous avons appris à l'école d'infirmières. Quand on voit le bazar que c'était à Pearl Harbor, tous ces blessés... L'armée va avoir besoin d'un maximum de personnel médical. Moi, je ne suis pas mariée, je n'ai pas d'enfants... Je n'ai pas de raison de rester chez moi. Je ne manquerai pas à mes patients, les collègues plus âgées peuvent très bien me remplacer. Alors autant que je m'engage et que je laisse l'armée m'envoyer là où on a besoin de moi. J'y pense depuis un moment et ça, au moins, c'est un travail qui aurait du sens.

Lizzie ne demandait pas son avis à Audrey, elle avait déjà pris sa décision. Audrey pressentit aussi que vivre ou mourir lui était devenu indifférent, ce qui n'était guère rassurant.

— Tu en as déjà parlé à tes parents ?

— Non. Ils vont encore faire une crise, mais ça m'est égal. Ils ont eu le dernier mot pour la fac de médecine, ils ne l'auront pas cette fois-ci. Je sais que c'est la bonne chose à faire. L'armée a besoin d'infirmières, et beaucoup ont charge d'âmes. Moi, je suis libre comme l'air. Mes frères vont partir. Pourquoi pas moi ?

C'était sa façon à elle d'honorer la mémoire de Will.

— Mais Lizzie, tu n'as pas peur ? s'enquit Audrey.

Lizzie avait tellement changé… Depuis la mort de Will, elle avait l'air de marbre, comme si tout espoir et toute joie l'avaient quittée.

— Non, je n'ai pas peur, répondit-elle en secouant la tête. De toute façon, les infirmières ne seront sûrement pas en première ligne. Je vais m'inscrire dès mon retour à Boston, et puis je l'annoncerai à mes parents.

Audrey, quant à elle, n'était pas complètement certaine que ce soit « la meilleure chose à faire », mais elle ne pouvait songer à s'engager à ses côtés puisqu'elle devait s'occuper de sa mère. Et elle avait très peur de perdre sa meilleure amie.

— Où irais-tu ? s'inquiéta encore Audrey.

— Là où ils m'enverront. J'imagine que de nombreux blessés seront rapatriés, alors je n'irai sans doute pas tellement plus loin qu'une base de l'armée, quelque part sur le territoire américain. Mais ici ou à l'étranger, ça m'est égal. Je suis prête à partir.

— C'est très courageux, souffla Audrey.

— C'est ce que me dicte ma conscience. Le pays est en guerre, j'estime que les jeunes doivent faire leur part, les femmes autant que les hommes.

Elles continuèrent à parler du choix de Lizzie jusque tard dans la soirée. Bien sûr, ses motivations n'étaient pas purement patriotiques. Les circonstances lui offraient l'occasion de se sentir utile, dans un moment particulièrement difficile pour elle.

Quelques jours plus tard arriva pour Lizzie le moment de rentrer à Boston. Alors qu'elle se tenait prête dans l'entrée de la maison des Parker, sa valise à la main, Audrey la serra contre elle de toutes ses forces, soudain angoissée à l'idée de ne pas savoir quand elle la reverrait.

— Donne-moi de tes nouvelles !

Lizzie sourit à son amie pour la première fois depuis plusieurs jours.

— Ne t'inquiète pas, je ne m'enfuirai pas comme une voleuse ! Je viendrai évidemment te voir avant qu'ils m'envoient je ne sais où.

En arrivant chez elle, le soir venu, elle trouva ses parents en grande conversation. Elle s'assit à leurs côtés, la mine sérieuse.

— J'ai quelque chose à vous dire, annonça-t-elle d'un ton calme.

Tout à coup elle paraissait plus mûre, plus adulte. Quelque chose avait profondément changé en elle au cours du dernier mois. Dès son retour de Honolulu, ses parents avaient remarqué qu'elle n'était plus la même, mais ils n'avaient su deviner pourquoi.

— Je vais m'engager comme infirmière dans l'armée.

Lizzie n'en dit pas davantage. La réaction ne se fit pas attendre longtemps.

— Ma pauvre fille, tu as perdu la tête ? gronda son père entre ses dents. Ils ne vont pas se mettre à enrôler les femmes.

— Eh bien peut-être qu'ils devraient. Je veux accomplir mon devoir patriotique. On va avoir besoin de beaucoup d'infirmières pour secourir les blessés.

Lizzie sentait que cet argument aurait plus d'impact sur ses parents que de leur dire qu'elle détestait son emploi actuel, n'avait rien de mieux à faire et ne se souciait guère de risquer sa vie, maintenant que Will était mort. Toutefois, elle ajouta :

— Je suis jeune, je suis infirmière. Ce sont les gens comme moi qui doivent y aller. Je n'ai pas d'enfants, je ne suis même pas mariée. Et ils vont avoir besoin de personnel médical. Je voulais juste vous informer de ma décision.

Ses deux parents la fixaient du regard, sous le choc, sans trouver d'argument pour la dissuader.

— Quand penses-tu t'engager ? demanda enfin son père d'une voix rauque.

— Très bientôt. D'ici quelques jours. Je vous tiendrai au courant dès que je connaîtrai la date de mon départ.

Sur ce, elle prit tendrement les mains de ses parents dans les siennes.

— Je pense que c'est une idée complètement folle, dit son père, très calme.

Il avait compris que, cette fois-ci, se disputer avec sa fille n'aboutirait à rien.

— Oui, comme m'inscrire en école de médecine aurait été une idée folle, n'est-ce pas ? riposta Lizzie.

— Est-ce que tu essaies de nous punir parce que nous ne t'avons pas laissée y aller ? demanda-t-il, inquiet.

Il avait peut-être sous-estimé l'obstination de sa fille… Après avoir plié pour le choix de ses études, elle semblait tout à coup en roue libre !

— Vous punir ? Quelle drôle de pensée !

C'est la vie qui l'avait punie, en lui reprenant Will. À présent, elle devait trouver un moyen de vivre sans lui, sans les rêves et les doux projets d'avenir qu'ils avaient partagés. Désormais, elle n'avait plus de rêves, juste une mission à accomplir. Elle possédait des compétences utiles, pourquoi ne pas les mettre à profit ?

Sa mère retrouva enfin l'usage de la parole.

— Tu n'as pas peur de partir sans connaître ta destination ? demanda-t-elle enfin.

— Pas du tout, répondit Lizzie avec une telle assurance que ses parents ne purent que l'admirer.

Quel caractère, et quel cran ! En la prenant dans ses bras, son père se sentit très fier de sa fille, qui s'engageait avant ses frères.

C'est ce qu'il avoua à son épouse quand Lizzie fut partie se coucher. Pour sa part, sa mère continuait de penser que c'était une idée insensée, et elle était furieuse que son mari ne lui ait pas tenu tête.

— Alice, nous ne pouvons pas nous opposer systématiquement à tout ce qu'elle veut faire. Tu veux mon avis ? Si nous avions essayé de l'en empêcher, elle aurait plié bagage quand même.

Il l'avait vu dans son regard... Cette fois-ci, rien ne pourrait arrêter Lizzie. C'était une fille, la petite dernière, et elle avait plus de courage à elle seule que tous les hommes de la famille.

Le lendemain, Lizzie posa sa journée pour se rendre au bureau de recrutement. Il y avait déjà un monde fou de bon matin, et elle dut attendre trois heures avant que son numéro soit appelé. Son tour venu, elle remplit et signa tous les formulaires. On lui dit de revenir deux semaines plus tard pour les tests physiques, qui définiraient si elle était apte au service. Ensuite, on lui donnerait la date à laquelle elle devrait commencer ses quatre semaines de formation aux protocoles de l'armée. Et enfin, on l'enverrait dans une base militaire. Tout semblait très simple. Elle informa l'hôpital dès le lendemain, précisant que son départ serait conditionné par son succès aux tests physiques. Mais elle ne voyait pas pourquoi elle serait recalée : elle était sportive, en parfaite santé. L'infirmière en chef fut très impressionnée par sa décision.

— Je suppose que bon nombre de collègues suivront votre exemple. C'est très courageux de votre part, Elizabeth.

— Non, pas vraiment. C'est ce que je dois faire, pour tout un tas de raisons.

Le soir venu, elle téléphona à Audrey pour lui dire qu'elle avait franchi le pas.

— J'espère seulement qu'ils ne t'enverront pas trop loin, ni dans un endroit trop dangereux… Tu crois que tu pourras rester aux États-Unis ?

— Oui, j'imagine que je ne quitterai pas le pays, mais franchement je suis prête à aller n'importe où.

— Tu vas me manquer… Je ne pourrai pas voyager pour venir te voir. Impossible de laisser maman. Et dis-moi : est-ce que je devrai te faire le salut militaire la prochaine fois que je te verrai ? demanda Audrey pour détendre l'atmosphère.

— Oh non, je ne suis même pas sûre que les infirmières puissent être gradées. Et puis ce n'est pas avec ce travail que je vais devenir riche. Je crois que tous les gens qui s'engagent le font, comme moi, parce qu'ils pensent qu'ils doivent servir leur pays. Il faudra bien que quelqu'un s'occupe des blessés… Pourquoi pas moi ? On m'a dit qu'il n'y avait dans cette mission ni gloire ni glamour. C'est un travail très difficile. Mais c'est ce dont j'ai besoin en ce moment.

En effet, autant mettre son cœur brisé au service d'autrui. L'engagement de Lizzie était tout ce qu'il y avait de plus méritoire, alors que cette horrible guerre avait déjà affecté très lourdement les deux jeunes femmes.

5

En septembre 1938, alors que Audrey et Lizzie faisaient sagement leur entrée à l'école d'infirmières, Alexandra Whitman White s'apprêtait à vivre l'un des moments les plus excitants de sa jeune vie. Belle comme une star de cinéma avec sa blondeur, sa silhouette sculpturale et ses traits aristocratiques, elle se préparait pour sa première saison au sein de la haute société new-yorkaise. La jeune femme, descendante des Astor et des Vanderbilt et apparentée à d'autres grandes familles de la côte Est – dont les Roosevelt eux-mêmes –, s'apprêtait à être présentée à tout le gratin de la métropole lors du traditionnel cotillon où sa mère et sa grand-mère, en leur temps, avaient elles aussi fait leur entrée dans le monde. Une semaine après le cotillon, ses parents donneraient un bal privé en son honneur dans leur hôtel particulier de la Cinquième Avenue. Sa sœur Charlotte était aussi passée par là cinq ans auparavant. Et avec un succès total, puisqu'elle avait rencontré son futur mari à un bal lors de la même saison. Les deux jeunes gens s'étaient fiancés six mois plus tard et le Noël suivant ils s'étaient mariés. Ils étaient à présent les heureux parents de trois petites filles.

Depuis plus d'un siècle, le bal des débutantes représentait le moment où les jeunes filles de bonne famille sortaient enfin de la solitude de la « salle d'étude » de leur hôtel particulier pour entrer dans le monde et trouver de beaux partis. Se concluaient alors de solides unions entre les jeunes gens, mais surtout entre leurs familles et leurs fortunes respectives. En réalité, les fiancés se connaissaient à peine le jour de leur mariage. Le système était calqué sur celui de la noblesse anglaise et, dans l'idéal, il n'y avait pas de mauvaises surprises puisqu'il s'agissait de ne s'allier qu'entre familles très en vue. Dans la pratique, ce n'était pas toujours le cas. Mais Charlotte, la sœur aînée d'Alex, filait pour sa part le parfait amour avec son mari, un grand banquier issu d'une famille aussi renommée que la leur. Le père d'Alex et Charlotte, Robert White, était lui-même banquier et estimait que c'était la seule carrière respectable pour un gentleman. La mère d'Alex ne travaillait pas, à l'instar de toutes les femmes de sa génération et de son milieu. Elles n'en avaient pas besoin, et cela aurait semblé inapproprié. Les rares femmes qui faisaient carrière étaient critiquées et restaient souvent célibataires. D'ailleurs, rien dans l'éducation des filles ne les préparait à travailler. On leur apprenait à discuter arts, théâtre, opéra et ballet, à tenir une maison élégante et à parler plusieurs langues. Alex parlait couramment le français et se débrouillait en allemand et en italien. Ses nurses lui avaient en effet transmis leurs langues maternelles tout au long de son enfance et de son adolescence. La mère d'Alex, Astrid White, se rendait néanmoins utile en participant avec ses amies à différentes œuvres de charité pour venir en aide aux moins fortunés. Ces traditions et ces valeurs se perpétuaient de génération en génération.

Alex était tout excitée à l'idée de son entrée dans le monde. De nature très sociable, elle adorait s'amuser et enviait sa sœur aînée pour tous les bals et autres fêtes auxquels elle était fréquemment conviée. À tel point que, le soir du bal donné en l'honneur de Charlotte, elle était restée sur le palier du premier étage, épiant les danseurs entre les barreaux de la balustrade. Ah, comme elle aurait aimé être parmi eux, à virevolter dans une magnifique robe blanche !

Mais son heure approchait enfin. L'été précédent, sa mère l'avait emmenée à Paris pour choisir sa robe dans les salons de la maison Patou. Alex avait hâte de revêtir cette création vaporeuse, en organza blanc. Pour son bal, elle porterait une autre robe achetée à New York. Et pour la première fois, elle pourrait relever ses cheveux en chignon. Elle aurait deux cavaliers différents pour le cotillon, ainsi que l'exigeait la tradition, et son bal privé serait tout aussi spectaculaire. Elle avait l'impression d'être Cendrillon chaque fois qu'elle y pensait. La fête, la danse, les centaines de personnes sous les yeux desquelles elle effectuerait une gracieuse révérence, tout cela l'attirait comme la lumière un papillon. Ce qui lui plaisait moins, en revanche, c'était que l'on attendait d'elle de trouver un fiancé qu'elle épouserait d'ici un an ou deux, puis de mettre rapidement au monde son premier enfant. Ce serait encore pire si ses prétendants vivaient loin de la ville, à l'instar de son beau-frère, qui avait emmené Charlotte s'installer dans sa propriété familiale du Connecticut pour y élever leurs filles. Alex n'avait aucune envie de se retirer à la campagne, et de toute façon elle ne souhaitait pas se marier avant plusieurs années. Elle connaissait les garçons qui seraient présents à son bal, et ils lui semblaient tous ridicules. De plus, elle ne comptait pas avoir d'enfants. Ce qu'elle voulait, c'était aller à l'université, comme certaines de ses amies issues de familles plus progressistes. Mais ses parents avaient jugé que ce n'était pas nécessaire. Ni sa sœur ni sa mère n'avaient fait d'études supérieures, pas plus que leurs grands-mères avant elles. Charlotte n'avait pas trouvé lieu de s'en plaindre, satisfaite qu'elle était de son statut de femme d'intérieur.

À l'âge de 17 ans, Alex avait pris ses parents de court en s'engageant comme bénévole dans un hôpital renommé proche de leur résidence, puis au Foundling Hospital où les Sœurs de la Charité accueillaient les bébés abandonnés. Ses parents l'avaient laissée faire pendant quelques mois sans rien dire, mais à l'approche de l'entrée d'Alex dans le monde, sa mère avait dû lui expliquer que, pour une dame de leur rang, s'engager dans des œuvres de charité consistait à faire partie du comité d'organisation, pas à travailler directement auprès des pauvres et des malades. Ce jour-là, Alex avait réalisé qu'elle était différente des autres membres de sa famille. Elle n'en était pas moins excitée à l'idée de participer à sa première saison. Et en effet, l'année de ses 18 ans avait été aussi épuisante qu'éblouissante. La jeune fille s'était rendue à toutes les fêtes. Elle s'y était beaucoup amusée, mais pas le moindre jeune homme n'avait retenu son attention. Lorsqu'elle avait entamé sa deuxième saison, la guerre sévissait déjà depuis quelques mois en Europe. Bien entendu, cela n'affectait pas directement sa famille, mais Alex était gênée de voir que certains ne pensaient qu'à se divertir et à élargir le cercle de leurs relations alors que des millions de personnes souffraient de l'autre côté de l'océan. En dépit des objections maternelles, elle avait poursuivi son travail bénévole. Sans la moindre demande de mariage en vue, Alex avait ensuite décidé qu'il n'y aurait pas pour elle de troisième saison. Elle regrettait plus que jamais de s'être laissé dissuader par ses parents de s'inscrire à l'université – d'après sa mère, les femmes trop savantes n'attiraient pas les hommes. Voilà qui semblait tout à fait étrange aux yeux d'Alex. Pourquoi un homme n'aurait-il pas voulu d'une épouse érudite, intelligente, ou dotée d'autant d'ambition professionnelle que lui ?

Alex avait bientôt commencé à trouver que son travail bénévole à l'hôpital ne lui suffisait plus. Cette fois, c'est sans demander l'avis de personne qu'elle s'était inscrite à un cursus accéléré dans une école d'infirmières. On était alors en janvier 1940, et Alex comptait décrocher son diplôme dès juin 1942. Astrid avait tenté de la persuader de se désister, puis son père lui avait dit qu'il serait plus simple pour tout le monde qu'elle écoute sa mère au lieu de lui faire de la peine. Comme la jeune femme n'avait encore que 19 ans, Charlotte avait glissé à leurs parents que la cadette devait être en pleine crise d'adolescence tardive. Mais Alex n'en avait cure : elle adorait ses cours et obtenait de très bons résultats.

Lorsque le Japon avait attaqué Pearl Harbor et que les États-Unis étaient entrés en guerre, en décembre 1941,

Alex n'était qu'à six mois d'obtenir son diplôme d'infirmière. Elle avait un objectif très clair pour sa sortie de l'école et, là encore, elle n'en avait parlé à personne, devinant quelle serait la réaction de son entourage. Alex était une jeune femme très déterminée.

Alex s'engagea comme infirmière militaire à 21 ans, deux jours après avoir décroché son diplôme. L'heure était grave, le pays avait besoin d'elle. Elle l'annonça aussitôt à ses parents, et sa mère pleura toute la nuit. Sa première saison remontait maintenant à quatre ans… Aucun homme au monde ne lui donnait envie de se marier, et elle n'allait tout de même pas se faire violence. Elle avait continué à vivre sagement sous le toit de ses parents pendant toute la durée de ses études, sans pour autant se priver d'accepter quelques invitations à dîner. Mais aucun de ses cavaliers n'avait su éveiller son intérêt. Tout ce qu'elle voulait, c'était soigner les blessés de retour du front. Il y en avait déjà beaucoup et leur nombre ne manquerait pas d'augmenter. Alex s'intéressait particulièrement à la psychiatrie – ce qui semblait encore pire aux yeux de Robert et Astrid White, car ils craignaient qu'elle ne se mette en tête de travailler dans un asile d'aliénés après la guerre.

Au moment de son engagement, on lui avait dit qu'elle devrait suivre une formation de quatre semaines au sein de l'armée. Et son intérêt pour la psychiatrie lui donnait la possibilité d'effectuer un stage complémentaire sur ce sujet. Ensuite, elle prendrait son poste dans l'un des hôpitaux militaires du pays. Jusque-là, Alex n'avait pas le moindre regret, cela correspondait exactement à ses attentes. Quand sa sœur elle-même monta à New York pour tenter de la faire changer d'avis, Alex lui fit valoir que ce genre de choses ne pouvait pas s'annuler au dernier moment comme un dîner en ville. Les documents qu'elle avait signés l'obligeaient ; si elle passait avec succès les tests d'aptitude physique, elle deviendrait infirmière militaire, c'était ainsi et pas autrement.

Si Charlotte rentra furieuse dans le Connecticut, leur père s'était pour sa part résigné à l'inévitable, même s'il considérait la décision d'Alex comme un égarement de jeunesse. Il ne pouvait que prier pour qu'elle soit envoyée dans un endroit pas trop dangereux, si possible aux États-Unis. Il avait lu récemment un article expliquant que, pour l'instant, les infirmières restaient toutes stationnées sur le sol américain. Contrairement à son épouse ou sa fille aînée, il comprenait bien que les documents signés par Alex ne lui permettaient guère de se désister à la dernière minute.

Le jour où la jeune femme partit pour sa formation militaire fut un jour de deuil pour sa famille. Seul son père l'accompagna à la gare. Il lui souhaita bonne chance et Alex s'aperçut avec surprise qu'il avait les larmes aux yeux. Elle se demandait souvent ce qu'elle partageait réellement avec sa famille. Elle se sentait comme une étrangère parmi eux, et de plus en plus.

À Boston, Lizzie Hatton fut déclarée apte au service et quitta la maison de ses parents début mars pour son entraînement de quatre semaines. Juste avant, elle parvint à s'évader quelques jours pour rendre visite à Audrey et sa mère à Annapolis. Ellen avait de plus en plus de mal à respirer et Audrey vivait dans la terreur qu'elle ne meure des suites d'un refroidissement. Elle dormait désormais sur un lit de camp dans la même chambre qu'elle, afin de vérifier qu'elle respirait bien la nuit.

Lizzie avait promis de leur écrire depuis son lieu de formation sans se douter qu'une fois là-bas elle disposerait de si peu de temps libre. On distribua aux recrues des combinaisons trop larges conçues pour des hommes, et la première tâche des infirmières fut d'ajuster leur tenue à leur taille. Ensuite, elles suivirent un entraînement physique rigoureux, doublé de cours sur les protocoles et les règlements propres à l'armée. Lizzie sympathisa immédiatement avec plusieurs de ses nouvelles camarades. Elles n'étaient pas issues du même milieu social que le sien, et toutes avaient en commun d'être des infirmières diplômées – et toutes, bien sûr, avaient choisi d'être là. Lizzie allait être cantonnée à la base militaire Presidio, à San Francisco, pour travailler au Letterman Hospital. Le bruit courait que c'était l'un des meilleurs de tout le pays, et plusieurs camarades de Lizzie enviaient son sort. La seule chose qu'elle regrettait, c'était d'être envoyée aussi loin d'Audrey. Elle réussit tout de même à passer une nuit chez sa meilleure amie, puis rentra chez ses parents pour une permission de deux jours avant le grand départ pour San Francisco. La voir dans son uniforme de ville contraria fortement sa mère. Cette tenue n'était guère seyante, mais elle donnait à Lizzie un air sérieux et solennel. La jeune femme avait choisi d'enfiler le pantalon plutôt que la jupe, car cela lui semblait plus pratique pour voyager.

Ses frères, qui avaient eux aussi intégré l'armée, se trouvaient déjà en Californie, en attendant de partir pour le Pacifique. Henry faisait ses classes à Fort Ord, près de Monterey, et Greg à Alameda.

Après des au revoir émouvants à ses parents, Lizzie fut ravie d'arriver à San Francisco au terme d'un long voyage. La ville était un véritable petit bijou. De toutes les collines, on avait vue sur la baie scintillante et sur le spectaculaire Golden Gate Bridge, qui depuis peu reliait la métropole au comté de Marin, plus rural. L'hôpital dans lequel Lizzie allait travailler était moderne et bien équipé. On lui attribua un lit dans une caserne réservée aux femmes, d'où des infirmières affairées entraient et sortaient à tout moment. D'autres prenaient leur pause debout devant la porte pour boire un café ou fumer une cigarette. L'ambiance était très conviviale et les collègues de Lizzie ne tardèrent pas à lui recommander les meilleurs endroits où se rendre pendant ses jours de congé.

Lizzie adorait explorer la ville avec ses nouvelles camarades, et le travail était intéressant. Elle envoyait des lettres enthousiastes à Audrey. Les blessés commençaient à affluer, amenés par les navires militaires, et tous les lits de l'hôpital étaient occupés. Lizzie avait enfin l'impression de faire quelque chose d'utile. Les hommes arrivaient avec de graves blessures et de lourdes séquelles psychologiques, car la bataille était féroce dans le Pacifique. Lizzie passa plus d'une nuit à essayer de rassurer des patients atteints de *shell shock* assaillis par les cauchemars, en particulier un soldat à peine plus âgé qu'elle. Ce garçon avait grandi dans une ferme de l'Alabama et ses blessures étaient assez graves pour l'obliger à rester encore un certain temps à l'hôpital, mais pas assez pour lui assurer l'exemption.

Lizzie prit soin de lui pendant un mois, après quoi il fut renvoyé au front, toujours aussi traumatisé. La veille de son départ, il lui demanda sa main, mais Lizzie lui répondit qu'elle ne voulait pas se marier. L'homme qu'elle aimait était mort à Pearl Harbor.

Le soldat traumatisé fut envoyé sur une base de la côte Est avant de repartir au combat, cette fois en Europe. Il était âgé de 24 ans, un an de plus qu'elle, mais avait l'air d'un enfant. Lizzie ne comprenait pas que l'on puisse le renvoyer au casse-pipe alors qu'il était encore brisé par ce qu'il avait vécu. Il la suppliait en pleurant, et elle n'avait encore jamais vu personne dans un tel état. Sa détresse lui montrait, aussi clairement que la mort de Will, toute l'horreur de la guerre.

— Ne me laissez pas y retourner sans m'avoir dit que vous m'aimez, gémissait-il.

Lizzie en était malade. Il allait se retrouver si seul, et une telle déclaration semblait bien peu de chose à lui offrir alors qu'il souffrait tant… Mais elle ne voulait pas lui mentir ni lui donner de faux espoirs.

— Voyons, Alfred, nous ne nous connaissons pas, dit-elle d'une voix douce.

— Mais si, je vous connais depuis un mois. En temps de guerre, les gens se marient pour moins que ça.

— Eh bien ils ne devraient pas, répliqua-t-elle en songeant à Will Parker.

Leur amour s'était embrasé en l'espace d'une semaine, alors que la guerre n'avait même pas encore commencé. Mais en réalité, ils se connaissaient déjà depuis deux ans.

— Si je vous écris, est-ce que vous me répondrez ? demanda Alfred.

Lizzie opina. Cela ne lui coûtait rien, et elle savait qu'elle ne le reverrait sans doute jamais.

— Alors on pourrait dire que nous sommes fiancés ? reprit-il avec espoir.

— Non, on ne peut pas, trancha Lizzie.

— À mon retour, je vous ferai tomber amoureuse de moi, affirma le soldat avec une détermination de petit garçon.

Lizzie devait aller s'occuper de ses autres patients, et lorsqu'elle finit sa garde sur le coup de 2 heures, Alfred avait fini par se rendormir. Il sortit de l'hôpital à 8 heures, alors qu'elle-même dormait à la caserne. Ses premières lettres commencèrent à arriver quelques jours plus tard, réclamant désespérément de l'amour. Orphelin, il avait grandi dans une famille d'accueil et était à peu près seul au monde. Lizzie avait de la peine pour lui, et elle lui répondait de temps à autre pour le rassurer et lui donner la force de survivre à son retour au front. L'écriture du soldat était à peine lisible. Lizzie s'efforçait de lui remonter le moral sans trop s'impliquer, mais il persistait à lui jurer son amour. Tout ce qu'elle espérait, c'était qu'il sorte vivant de cette guerre puis réussisse à gagner sa vie avec ce qui lui resterait de santé mentale.

Lizzie tenta d'espacer ses lettres, mais Alfred continuait de lui en écrire d'autres, la suppliant de répondre, de sorte qu'elle finissait toujours par lui envoyer un petit mot. Enfin, elle n'eut plus de nouvelles et supposa qu'il avait embarqué pour l'Europe. Ils étaient si nombreux dans le même cas… Lizzie soignait les corps, mais elle aurait donné cher pour savoir soigner aussi les esprits. Beaucoup de ces hommes étaient brisés à jamais, et la guerre ne semblait pas près de se terminer.

Après son entraînement, Alex reçut elle aussi l'ordre d'intégrer le Presidio. Elle passa une nuit à New York pour voir ses parents, puis embarqua au matin à bord d'un vol militaire. Son père espérait que son affectation à San Francisco ne serait pas suivie d'un ordre de mission dans le Pacifique. Pour sa part, la jeune femme était ravie d'être envoyée aussi loin de chez elle. Elle pouvait enfin vivre sa vie sans penser quotidiennement qu'elle était étrange et différente du reste de sa famille, ni à quel point elle décevait ses parents. San Francisco était pour elle comme un nouveau chapitre et un large sourire s'épanouit sur ses lèvres lorsqu'elle aperçut la ville à travers la vitre de la navette militaire qui l'emmenait à la base. Elle sauta du bus avec sa valise et son *duffel bag*, tout excitée. Après avoir erré un moment dans la base, elle trouva enfin la caserne des infirmières. Au bureau d'accueil, une jeune militaire assignait leur chambrée aux nouvelles venues. La pièce, au premier, contenait deux lits, et dans l'un des deux une femme dormait à poings fermés. Alex s'efforça de poser ses affaires le plus silencieusement possible. Le mobilier de la chambre était vieux et usé. Pas de décoration ni de confort superflu. Alex n'y trouva rien à redire, au contraire : ne plus se retrouver encombrée de luxe inutile représentait pour elle une forme de soulagement. Ici, elle était comme toutes les autres. La caserne était un véritable *melting pot* qui rassemblait des femmes issues de tous les horizons.

Alex découvrit les sanitaires communs au bout du couloir. Lorsqu'elle en revint, elle vit sa camarade de chambre assise sur le bord du lit, encore à moitié endormie. Peut-être avait-elle enchaîné deux gardes de suite.

— Salut, je m'appelle Alex White !

Le visage fatigué de l'autre s'éclaira d'un sourire :

— Salut, moi c'est Lizzie Hatton. Bienvenue à Buckingham Palace. C'est comme ça que les hommes appellent notre bâtiment : il paraît qu'on a attribué les meilleurs quartiers aux infirmières. Et puis tu as vu, j'ai même mis des fleurs sur le bureau !

Elle se leva en s'étirant, avant d'ajouter :

— Désolée pour cet horrible pyjama. Mon frère me l'a offert à Noël.

— Ma sœur, elle, aurait voulu m'offrir une camisole de force quand elle a su que je voulais m'engager ! répondit Alex.

Toutes deux rirent de bon cœur.

— Oh, ma famille aussi me croit dingue, la rassura Lizzie. D'où est-ce que tu viens ?

Cette Alex lui plaisait. Elle était aimable, sympathique, et semblait heureuse d'être là… Comme toutes leurs camarades, d'ailleurs. Engagées volontaires, elles étaient généralement satisfaites de leur choix et ne se plaignaient presque jamais. Voilà qui changeait de la vie civile : à l'hôpital dans lequel elle travaillait avant, tout le monde passait son temps à rouspéter. La vie était plus rude à l'armée, mais les filles avaient signé en connaissance de cause.

— Je suis de New York, répondit Alex. Et toi ?

— Boston. On a eu de la chance d'être envoyées ici. C'est l'un des meilleurs postes du pays. Et puis c'est à cinq mille kilomètres de mes parents, ce qui représente un avantage considérable !

— Oui, pareil pour moi ! dit Alex en s'asseyant sur son lit, qu'elle allait devoir faire elle-même pour la première fois de sa vie. Tu es dans quel service ?

— Traumatologie générale. Ils nous font beaucoup tourner. En fait, on a beaucoup d'hommes atteints d'obusite, en plus de leurs blessures physiques. Malheureusement, dès lors que le type est capable de marcher et de tenir un fusil, personne ne cherche à poser de diagnostic. Seuls les plus atteints vont en psychiatrie.

— Ah, justement, j'ai fait un stage complémentaire en psychiatrie. Mais je prendrai le poste qu'on me donnera !

— Tu verras, ce n'est pas facile tous les jours. Mais l'ambiance entre les filles est extra. Et puis tu vas adorer la ville !

Quelque chose dans l'attitude d'Alex suggérait à Lizzie qu'elle était de haute lignée et avait reçu une bonne éducation. Et ça n'avait rien d'impossible. Dans l'armée, on ne savait jamais, tout le monde était ramené à un pied d'égalité.

Tout en continuant à bavarder, Lizzie montra à sa camarade l'étroit placard qui lui revenait et Alex y rangea ses affaires. Quand Lizzie quitta la pièce pour aller prendre sa douche, elle avait l'impression de s'être fait une nouvelle amie. Puis, après avoir revêtu son uniforme, elle parcourut à pied la courte distance qui séparait la caserne de l'hôpital. Elle avait hâte d'écrire à Audrey pour lui parler de sa nouvelle coturne. Son amie lui manquait plus que jamais, et Lizzie était heureuse que le courant soit aussi bien passé avec la nouvelle :

comme elle, Alex s'était engagée contre l'avis de ses parents. Cela leur faisait déjà un point commun.

En traversant la base militaire, Lizzie apprécia la caresse du soleil sur son visage. La nuit avait été courte, mais la jeune femme était pleine d'entrain pour commencer sa journée de travail. Ici, on ne s'ennuyait jamais et elle était heureuse de côtoyer des femmes issues de milieux sociaux différents du sien. Oui, elle avait vraiment bien fait de s'engager dans l'armée.

Alex, qui la suivait du regard par la fenêtre, pensait exactement la même chose. Devenir infirmière militaire représentait une très bonne solution pour elle aussi. Elles étaient jeunes, et pouvaient se sentir en sécurité dans cette base de Californie : comparé à d'autres, c'était un poste enviable. Et elles étaient entourées de bonnes personnes, malgré la guerre qui faisait rage au loin. Les médecins étaient des plus compétents, les infirmières mettaient tout leur cœur dans leur ouvrage et, en apportant à chaque soldat secours et réconfort, elles avaient la satisfaction de servir leur pays. Et même si elles ne pouvaient pas guérir complètement les corps et les esprits brisés, elles faisaient de leur mieux. Qu'auraient-elles pu demander de plus ?

En poussant la porte de l'hôpital, Lizzie s'aperçut qu'elle ne s'était jamais sentie aussi vivante. Elle était maintenant pleinement satisfaite de son métier d'infirmière, sans plus éprouver ni regret ni frustration. Telle était sa vie, désormais, et elle ne demandait rien de mieux.

6

Alors que Lizzie et Alex profitaient de leurs rares jours de congé pour explorer San Francisco, Audrey ne quittait plus le chevet de sa mère. Les lettres de Lizzie venaient éclairer son quotidien quand elle lui racontait leurs aventures : leurs dîners en ville, dans un restaurant de Chinatown ou une pizzeria de North Beach, leurs promenades sur les plages du comté de Marin. Du moins celles où l'on n'avait pas érigé de batteries antiaériennes à la suite de Pearl Harbor, car il ne fallait pas négliger le risque d'une attaque japonaise sur la côte Ouest... Les jeunes femmes avaient même parfois loué une voiture pour explorer la région. Elles avaient fait cap vers le sud et poussé jusqu'à la plage de Big Sur, dont la beauté sauvage leur avait coupé le souffle. Et vers le nord, elles étaient parties explorer les rives du lac Tahoe, niché dans des montagnes ponctuées de stations de sports d'hiver. Grâce aux descriptions de Lizzie, Audrey avait un peu l'impression de connaître elle aussi Alex.

Le travail des jeunes infirmières était exigeant, pour ne pas dire épuisant, mais également très gratifiant

quand elles parvenaient à sauver un bras, une jambe…
ou une vie. Les hommes revenaient du Pacifique en
mauvais état. Les deux frères de Lizzie y avaient été
envoyés. Greg était médecin militaire dans un hôpital
temporaire de Nouvelle-Calédonie, qui avait le mérite
d'être composé de blocs préfabriqués plutôt que de
tentes et de barnums. Selon lui, c'était une structure très
fonctionnelle, avec électricité et eau courante. Ils traitaient aussi bien les traumatismes et blessures des combattants évacués des zones de combat que les maladies
telles que la malaria. Henry, quant à lui, était secouriste
au sud des îles Salomon. Lizzie s'inquiétait beaucoup
pour eux, et toute sa famille suivait les actualités de
près. Toute la fratrie était à présent sous les drapeaux.

À l'automne 1942, la majeure partie de l'Europe était
tombée sous la coupe d'Hitler et la guerre continuait
de faire rage. La Luftwaffe avait bombardé l'Angleterre
sans merci. Rien qu'à Londres, le Blitz avait déjà fait,
en 1941, quarante-trois mille morts et cent quarante
mille blessés. Mais en novembre, les troupes britanniques et américaines débarquèrent en Afrique du Nord.

Pendant ce temps, Audrey menait une guerre personnelle contre la maladie de sa mère, et perdait inexorablement du terrain. Peu avant Noël, un mauvais rhume
dégénéra en bronchite et manqua de tuer Ellen. Audrey
la veilla de jour comme de nuit, en alternance avec
Mme Beavis. Par miracle, Noël passa et Ellen survécut,
mais Audrey comprit qu'elle ne pourrait plus retarder
l'inévitable très longtemps. Ellen ne sortait plus de son
lit depuis des mois. Mais Audrey n'en parlait guère dans
ses lettres à Lizzie. Se plaindre n'aurait servi à rien,
si ce n'est à attrister son amie. Vaillant petit soldat,

elle continuait donc à se battre, en ne bénéficiant que du soutien de Mme Beavis. Elle se sentait aussi seule qu'une naufragée sur une île déserte.

Par comparaison, la vie de Lizzie et son travail à l'hôpital du Presidio lui apparaissaient comme le paradis terrestre, même si les blessures qu'elle devait soigner n'étaient pas belles à voir. Au moins, Lizzie et Alex pouvaient espérer guérir leurs patients. Audrey, elle, ne pourrait pas sauver sa mère. Bien sûr, elle avait toujours su qu'il en serait ainsi, mais être confrontée à cette réalité heure après heure, jour après jour, l'éprouvait de plus en plus durement. Lizzie le lisait entre les lignes quand elle recevait ses lettres, et l'admirait pour son courage.

Entre-temps, Alex avait été affectée selon son vœu au service psychiatrique de l'hôpital du Presidio et adorait son travail, même s'il lui demandait beaucoup d'énergie. Elle avait le chic pour garder une attitude positive et les soldats l'adoraient autant pour sa beauté spectaculaire que pour sa profonde compassion. Sa patience infinie lui permettait souvent d'obtenir de meilleurs résultats que ses collègues, voire que les médecins eux-mêmes.

Au détour de leurs conversations, Lizzie avait commencé à soupçonner que jusque-là la vie d'Alex avait été très différente de celle des autres infirmières. Un soir où elles étaient sorties en ville, Alex avoua presque malgré elle, après deux verres de vin, qu'elle avait été débutante à New York. Elle venait donc probablement d'une très grande famille, et avait dû grandir dans le luxe.

Aucune de leurs collègues ni Lizzie elle-même – pourtant issue d'une famille de médecins au train de vie plus que confortable – ne pouvaient imaginer le monde dont Alex était issue. Mais la jeune femme restait généralement très discrète sur ce sujet. Alex était toujours modeste, simple, chaleureuse, et parfaitement authentique. Elle ne se vantait jamais de sa richesse mais il lui était arrivé, en toute discrétion, de prêter un peu d'argent à des camarades à la fin du mois. Si Lizzie était navrée qu'Audrey ne connaisse pas Alex, elle ne désespérait pas de les faire se rencontrer un jour. Malgré toute l'affection qu'elle éprouvait pour la jeune New-Yorkaise, Audrey demeurait sa meilleure amie.

Début 1943, le bruit se mit à courir que certains membres du personnel médical allaient être envoyés vers le Pacifique ou l'Europe. Chirurgiens, médecins, infirmières et aides-soignants : on avait besoin de monde sur les bateaux-hôpitaux, car le nombre de blessés ne cessait de croître. Lizzie et Alex se demandaient si elles feraient partie de ce contingent. Elles n'avaient rien contre, et espéraient que leur tour approchait. Au terme de près d'un an au Presidio, leur travail commençait à leur sembler routinier, elles avaient soif de nouveaux défis.

Audrey mettait de plus en plus de temps à répondre aux lettres de Lizzie. La lutte pour prolonger la vie de sa mère la consumait, elle n'avait même plus le temps de s'asseoir pour écrire. Chaque jour était devenu une bataille contre la mort. En novembre, Ellen finit par rendre les armes, après être restée inconsciente plusieurs jours. Elle s'éteignit doucement, sa main dans celle de sa fille. La jeune femme était seule dans la maison, où régnait un silence sépulcral. Après s'être si vaillamment battue pendant de si longues années, Ellen avait droit au repos. Audrey déposa un baiser sur sa joue et resta un long moment assise à ses côtés, tandis que le froid de la mort s'emparait d'elle. En contemplant le visage de sa mère, Audrey prit conscience qu'elle était désormais orpheline. Ayant perdu ses deux parents et son frère, elle se retrouvait seule au monde. Si seulement Lizzie avait pu être là ! Elle lui envoya un télégramme à San Francisco, et Lizzie l'appela dans la soirée.

— Je suis tellement désolée…

Toutes deux pleuraient. Même si cette mort n'avait rien de soudain, c'était terriblement difficile. Le médecin avait été surpris de constater la longévité d'Ellen. Il savait que ce petit miracle résultait de l'assiduité d'Audrey et de la détermination d'Ellen à ne pas abandonner sa fille. Mais le destin avait fini par s'accomplir, d'autant que la mort de Will l'avait durement éprouvée.

— Que vas-tu faire maintenant ? demanda Lizzie, très inquiète pour sa meilleure amie.

— Je n'en ai pas la moindre idée. Je n'ai jamais rien fait d'autre que m'occuper de maman… Peut-être que je devrais m'engager comme toi… Je n'ai plus de famille, pas d'attaches. Je pensais chercher un poste d'infirmière, mais j'ai bien peur de devoir prendre un cours de remise à niveau. Depuis deux ans et demi, je me suis cantonnée aux soins dont maman avait besoin.

— Tu peux te remettre en selle en un mois ou deux, lui assura Lizzie. Si seulement je pouvais être certaine que tu sois affectée ici, avec moi !

Pour ce qui était des soldats, Lizzie savait que l'armée essayait parfois de laisser ensemble les hommes d'une même famille. Mais les amitiés n'étaient pas prises en compte de la même façon.

— Je crois que c'est ce que je vais faire, en commençant par m'inscrire à un cours. Je ne peux pas rester assise à me tourner les pouces dans cette maison vide.

Audrey savait que sa mère lui avait laissé un peu d'argent, et elle était désormais propriétaire de la maison, même si elle n'avait aucune envie de rester y vivre. Elle ne voyait que deux options : soit trouver un emploi d'infirmière à Baltimore, soit s'engager dans l'armée. Il était encore trop tôt pour prendre une décision, puisqu'elle n'avait même pas commencé les démarches pour l'enterrement de sa mère.

— Quoi que tu fasses, tiens-moi au courant, dit Lizzie avant de raccrocher.

Elle chérirait toujours le souvenir d'Ellen, si douce et si accueillante, qui lui avait ouvert son foyer pendant toute la durée de ses études. Elle lui avait offert la chance de connaître une deuxième famille, plus chaleureuse.

Les obsèques eurent lieu trois jours après la mort d'Ellen, au cimetière naval d'Annapolis. Seules Audrey, Mme Beavis et quelques voisines étaient présentes. Près de la tombe où reposaient déjà le père et le frère d'Audrey, le pasteur lut un passage de la Bible et dit quelques mots de la défunte. Puis le cercueil fut descendu dans la fosse. En ce jour de novembre, le ciel était de plomb et Audrey rentra chez elle seule. Elle entreprit de faire le tri de ses affaires dès le lendemain, sans même savoir où elle irait. Mais il n'était pas question pour elle de rester entre ces murs plus longtemps que nécessaire.

Inscrite à un cours de remise à niveau de quatre semaines dans son ancienne école d'infirmières, elle fut heureuse de constater qu'elle n'avait pas tout oublié. Elle en était à la moitié du stage et vivait toujours dans la maison vide lorsque Lizzie l'appela, le week-end de Thanksgiving. Alors qu'Audrey broyait du noir, n'ayant personne avec qui célébrer la fête, Lizzie semblait au comble de l'excitation à l'autre bout du fil.

— Tu ne devineras jamais ! Nous sommes tout un groupe à nous être portées volontaires, hier, pour devenir infirmières à bord des avions-ambulances. On nous envoie à Bowman Field, dans le Kentucky. Nous intégrons l'armée de l'Air ! On va bientôt partir pour une formation d'évacuation médicale par voie aérienne. Pendant six semaines, on va apprendre la survie en milieu naturel, le saut en parachute, mais aussi les protocoles en cas de crash ou d'amerrissage ! On va même nous apprendre quelques rudiments de pilotage ! Ils ont besoin d'infirmières et d'aides-soignants pour évacuer les blessés des champs de bataille et les ramener à l'hôpital. J'ai quelques camarades qui ont fait ça pendant le débarquement de nos troupes en Afrique du Nord, l'année dernière. C'était la première fournée d'infirmières de l'air, et elles n'ont pas eu droit à une formation très approfondie. On ne connaît pas encore les détails, mais à terme on espère partir pour l'Angleterre. Un autre contingent a été envoyé sur les bateaux-hôpitaux dans le Pacifique, mais j'aime mieux les avions ! Alex est affectée au même escadron que moi. La formation commence le 2 janvier, donc je suppose que je serai à Boston pour Noël. Tu n'auras qu'à monter me rejoindre ! Sinon, je me disais…

Si tu as toujours envie de t'engager, tu pourrais demander à entrer dans notre escadron. Ce serait si chouette de t'avoir avec nous !

Audrey resta coite. Tout compte fait, c'était exactement la grande aventure dont elle avait besoin, après toutes ces années de réclusion. Cela représentait une chance de mettre ses compétences en application et d'aider sérieusement les soldats sur le front. Si en plus elle pouvait travailler aux côtés de Lizzie, alors c'était la réponse à toutes ses prières.

— C'est d'accord, lieutenant ! J'irai dès demain au bureau de recrutement, déclara enfin Audrey, en notant toutes les références. J'espère que je ne vais pas rater le test d'aptitude physique ni dire de bêtises s'ils me posent des questions !

Audrey frémissait d'excitation. C'était le grand saut dans l'inconnu. Mais au moment de raccrocher d'une main tremblante, elle savait que son frère et ses parents auraient été très fiers d'elle.

Comme prévu, Audrey se rendit au bureau de recrutement d'Annapolis dès le lendemain, en donnant les informations fournies par Lizzie. Une semaine plus tard, elle passa haut la main les tests d'aptitude physique, mais elle ignorait encore si elle obtiendrait la formation pour l'escadron demandé. Elle passa les tests deux ans jour pour jour après Pearl Harbor et la mort de Will. C'était un étrange coup du destin.

Elle reçut sa lettre d'admission dans l'armée le 14 décembre. Sa demande d'intégrer l'escadron des infirmières de l'armée de l'Air avait été validée. Elle partirait donc en mission pour le Medical Air Evacuation

Transport, ou MAET. On l'avait affectée à la même session de formation que Lizzie et Alex : elle devait rejoindre la base dès le 1er janvier, pour commencer l'entraînement le 2. Audrey laissa échapper un cri de joie en lisant la lettre, avant de se précipiter sur le téléphone pour appeler Lizzie, qui venait de se réveiller à San Francisco.

— Ils m'ont prise ! Ils m'ont prise ! cria-t-elle dans l'appareil. Je suis dans la même unité que toi !

— Incroyable ! C'est merveilleux ! Oh, je suis si contente !

Elles parlaient toutes les deux en même temps, et les pensées se bousculaient dans la tête d'Audrey. Elle n'avait que deux semaines pour tout préparer et fermer la maison : housser les meubles, résilier les contrats, et trouver quelqu'un qui passe vérifier de temps en temps que tout allait bien. Elle demanda à une voisine qui, très impressionnée en apprenant que la jeune femme s'était engagée, accepta de bon cœur de garder un œil sur la maison. Lizzie réitéra son invitation pour Noël, mais Audrey n'était pas certaine d'avoir achevé toutes les démarches d'ici là et n'avait guère le cœur à la fête, si peu de temps après la mort de sa mère. Elle pensait beaucoup à toutes les choses extraordinaires qu'elle allait apprendre et aux aventures qu'elle s'apprêtait à vivre, le tout aux côtés de sa meilleure amie ! Toutes deux espéraient être stationnées en Angleterre. Plus rien ne retenait Audrey à Annapolis, ni même aux États-Unis. Elle avait une tâche importante à accomplir, des vies à sauver. Son existence était de nouveau investie de sens. Elle serait bientôt lieutenant de l'armée de l'Air, dans une unité d'évacuation médicale aérienne.

Il ne lui était rien arrivé d'aussi excitant de toute sa vie, et cela ne faisait que commencer...

Dans deux mois à peine, elle partirait pour sa première mission, Dieu seul savait où. De nouveaux tests auraient lieu à la fin de la formation, et Audrey espérait qu'elle parviendrait à tout assimiler. Lizzie avait entendu dire que l'entraînement physique était particulièrement exigeant. Mais Audrey était prête à tout affronter. À l'instar de Lizzie et d'Alex, elle ne se souciait pas plus du danger que du manque de confort. Elles avaient une vraie mission à accomplir et il leur tardait de s'y atteler.

Audrey boucla ses maigres bagages et ferma la maison de ses parents. D'un commun accord avec sa mère, elle n'avait touché à rien dans la chambre de Will, où Ellen avait fini ses jours. Deux ans après la mort de son frère, c'était encore pour elle une sorte de sanctuaire qu'elle voulait garder intact.

La jeune femme passa faire ses adieux à Mme Beavis, qui prenait des congés bien mérités avant de s'occuper d'une nouvelle patiente. Après tant d'années à prendre soin d'une personne aussi charmante, elle avait été durement éprouvée par le décès d'Ellen.

Le 24 décembre, Audrey se rendit à Boston en train. Lizzie vint la chercher à la gare. Elles ne s'étaient pas vues depuis vingt et un longs mois, mais il leur semblait que c'était la veille ! Rien n'avait changé entre elles, elles se sentaient même encore plus sœurs qu'auparavant, maintenant qu'elles s'apprêtaient à travailler ensemble. Sur le chemin de la maison, Lizzie avoua qu'elle n'avait annoncé sa permission à ses parents que quelques heures plus tôt. Ils avaient mal vécu le fait qu'elle reparte aussitôt, surtout pour être bientôt envoyée en Angleterre comme infirmière de l'air. Les amies allaient se retrouver au plus près du théâtre des opérations, au plus près du danger.

— Ils n'avaient pas envisagé que je puisse être envoyée à l'étranger. Quand je leur ai dit que tu serais aussi de l'aventure, ma mère s'est mise à pleurer encore plus fort. Je crois que mon père est fier de moi, mais il ne le dira jamais devant maman. D'ici peu, leurs trois enfants seront au front…

Audrey trouvait elle aussi que c'était inouï, et soupçonnait que cela n'aurait guère plu à sa propre mère. Mais sa décision était prise, et rien ni personne ne pouvait la faire changer d'avis à présent.

Après l'annonce du départ imminent de Lizzie, l'ambiance fut plus tendue que festive chez les Hatton. Elle espérait bénéficier d'une courte permission à la fin de sa formation, mais n'était encore sûre de rien. Elle promit toutefois de passer dire au revoir à sa famille si elle en avait l'occasion. Le soir du réveillon, Audrey, Lizzie et ses parents se rendirent à la messe de minuit. Le jour de Noël lui-même fut très calme.

Lizzie rendit visite à quelques-unes de ses anciennes amies, accompagnée d'Audrey. Les garçons, eux, étaient tous dans l'armée. Le soir de la Saint-Sylvestre, le Dr Hatton ouvrit une bouteille de champagne en l'honneur des deux jeunes femmes.

— Espérons que 1944 marque la fin de cette terrible guerre, déclara-t-il solennellement.

Puis il porta un toast à ses fils Greg et Henry, ainsi qu'aux « amis absents », selon l'expression consacrée, qui prenait tout à coup un sens très fort.

— Et à Will, ajoutèrent Lizzie et Audrey, la gorge nouée.

Le lendemain matin, les deux infirmières quittèrent la maison, Lizzie en uniforme et Audrey en civil. Direction le Kentucky, où leurs cours d'évacuation aérienne des blessés commenceraient dès le lendemain. Elles avaient beaucoup à apprendre.

Les parents de Lizzie agitèrent longtemps la main sur le quai de la gare tandis que le train s'éloignait. Rien ne pouvait plus empêcher les deux jeunes femmes de partir vers ce monde devenu incroyablement dangereux. Mais elles n'avaient pas peur de ce qui les attendait. Ensemble, elles pouvaient tout affronter.

Le retour d'Alex dans sa famille, à New York, ne fut pas plus facile que celui de Lizzie à Boston. Ses parents furent très choqués d'apprendre que leur benjamine s'était engagée dans le MAET et s'apprêtait à quitter le pays. Charlotte venait pour sa part d'avoir une quatrième fille, et continuait de penser que sa sœur était folle. Ils passèrent le repas de réveillon de Noël à tenter de la faire changer d'avis.

— Tu ne peux pas te faire porter pâle ? Refuser de partir ? demanda Astrid White d'un ton plaintif. Je suis sûre que nous pouvons trouver un médecin qui te fera un certificat attestant que tu n'es pas assez en forme…

Elle jeta un regard implorant à son mari, dans l'espoir qu'il fasse changer leur fille d'avis ou qu'il lui interdise de partir.

— Maman, je suis dans l'armée à présent. Il ne s'agit plus de bénévolat à la Croix-Rouge. Si je ne répondais pas à l'appel, on m'accuserait de désertion. Et puis je veux y aller, c'est mon choix. On a désespérément besoin d'infirmières pour ramener les blessés du front.

— Mais enfin, justement ! Tu t'es portée volontaire, ils ne sont pas venus te chercher ! Donc tu dois bien pouvoir te désister ?

— Non. Pour être exemptée, il me faudrait une raison valable. Et je t'assure que je suis en parfaite santé et apte au service !

— Il faut croire qu'ils ne prennent pas en compte la santé mentale ! persifla Charlotte en sirotant sa coupe de champagne.

Les Hatton avaient invité comme tous les ans un vaste cercle d'amis pour le réveillon. En tout, ils étaient vingt-quatre autour de la table, les dames en robe de soirée et les messieurs en smoking. La présence des autres convives n'empêchait pas les parents de Lizzie d'accabler leur fille de leur contrariété. Seul son beau-frère, Eustace Bosworth, lui murmura après le dîner quelques mots de soutien – qu'il n'aurait jamais osé prononcer tout haut.

— Bravo, Alex. Vraiment, tu peux être fière de toi. Je ne sais pas si j'aurais eu autant de cran.

Eustace était lui-même réformé à cause des blessures occasionnées par sa pratique du football américain au temps de ses études : alors qu'il était capitaine de l'équipe de Harvard, il s'était abîmé la rotule et avait pris un mauvais coup qui avait entraîné l'ablation de sa vésicule biliaire. Il était donc sur le banc de touche et la guerre se déroulait sans lui.

L'engagement d'Alex donna lieu à une profusion de commentaires tout au long du repas. Toutefois, en arrivant au dessert, la conversation avait glissé sur le déroulement des combats, sur la difficulté d'acheter des automobiles en temps de guerre, sur les regrets de chacun de ne plus pouvoir voyager en Europe. Une cousine d'Astrid déplora que sa belle-sœur, à San Francisco, ait perdu tous ses domestiques et jardiniers japonais, envoyés dans des camps d'internement. Plusieurs messieurs déclarèrent que tout n'était pas perdu : la cave de Robert était encore si bien pourvue en vins français ! Ils espéraient que le stock tiendrait jusqu'à la fin du conflit, ou du moins jusqu'à la libération de la France.

À un moment donné, le père d'Alex croisa le regard de sa fille, atterrée par ce qu'elle entendait de la bouche de ces gens qu'elle connaissait depuis l'enfance. Ils se montraient tous si parfaitement insensibles à la réalité de la guerre, aux souffrances des Européens comme à celles des soldats mourant sur les champs de bataille… Elle se sentait en total décalage avec eux et savait qu'ils considéraient son engagement comme la lubie d'une adolescente attardée en mal de rébellion. Eux ne pensaient qu'à s'acheter encore une nouvelle auto, du vin français, et leur plus grand malheur semblait être de ne plus pouvoir disposer de main-d'œuvre nippone. Alex était profondément choquée. Elle n'avait vraiment plus rien en commun avec eux, et ce depuis de longues années. Dire que ses parents avaient voulu lui choisir un mari dans ce monde-là ! Même Eustace, qui était au demeurant un type tout à fait correct, ne pensait qu'à son confort et à celui de son épouse oisive et trop gâtée. Dans leur propriété du Connecticut, ils disposaient d'un majordome, de femmes de chambre et de plusieurs nurses, de sorte que Charlotte n'avait jamais à lever le petit doigt. Certes, sa sœur était très belle. Mais en quoi était-ce un accomplissement personnel ? Pour sa part, Alex ne se souciait plus vraiment de son apparence.

Ce soir-là, pour faire plaisir à sa mère, la jeune femme portait une robe en velours noir avec un large ruban en satin blanc noué sur les reins en guise de ceinture. Cette tenue lui allait à ravir, mais Alex regrettait presque de ne pas être descendue dîner en uniforme, pour leur rappeler à tous qu'une guerre faisait rage audehors, dans la vraie vie, où ni ses parents ni leurs invités n'avaient jamais mis les pieds, coincés qu'ils étaient dans des coutumes d'un autre siècle. La seule chose qui les avait affligés était le désagrément occasionné par le krach boursier qui, quatorze ans auparavant, avait ruiné quelques-unes de leurs connaissances. Mais ces dernières avaient été rapidement oubliées et remplacées par d'autres, plus solvables.

Leur cynisme donnait la nausée à Alex. Son pire cauchemar aurait été de se retrouver mariée avec un homme adhérant à une telle vision du monde. Elle se sentait étrangère parmi les siens, et l'idée qu'en grandissant ses quatre nièces n'auraient d'autre point de repère que les valeurs superficielles incarnées par leur mère l'attristait beaucoup. Aux yeux de Charlotte, seules les personnes de leur petit cercle étriqué et privilégié étaient dignes d'intérêt, tandis qu'une femme se consacrant à une carrière ou une occupation utile méritait d'être exclue, moquée, traitée en paria. Alex comptait bien poursuivre son travail d'infirmière après la guerre, même si ses parents continueraient très probablement à le lui reprocher. Quoi qu'elle fasse, elle susciterait toujours leurs critiques. Elle eut bien du mal, lors de ce repas de réveillon, à ne pas exploser de rage. Aussi, elle préféra s'éclipser avant que les convives passent au salon pour le café et les liqueurs. Il y avait beaucoup de monde, son absence passerait inaperçue. Alex en profita pour fumer une cigarette et déguster une dernière coupe de champagne au calme, dans sa vaste chambre tendue de satin rose. Cette soirée terriblement snob, basée sur l'apparence et l'étalage de la fortune de chacun, était bien loin de l'idée qu'elle-même se faisait de l'esprit de Noël. Mais c'était ainsi que sa famille le célébrait depuis toujours…

Alex sursauta en entendant frapper à la porte. C'était Brigitte, la femme de chambre de sa mère, une Française qui travaillait pour la famille depuis qu'Alex était enfant.

— Qu'y a-t-il, Brigitte ? demanda-t-elle, surprise, en avisant cette petite dame en robe noire, tablier et coiffe blancs.

Alex savait que si ses camarades de l'armée avaient eu connaissance du luxe dans lequel elle avait grandi, elles aussi se seraient moquées d'elle, mais pour des raisons diamétralement opposées à celles de sa sœur. Elle s'en était bien cachée – même de Lizzie, qu'elle considérait pourtant comme son amie la plus proche. Car comment auraient-elles pu comprendre ? Au final, elle n'appartenait à aucun des deux mondes…

Après une petite révérence, Brigitte prit la parole :

— Mademoiselle, je tenais à vous dire que nous tous, à l'office, sommes très fiers de vous. Et moi tout particulièrement. Ma famille vit à Paris sous l'occupation allemande. Mon neveu a pris le maquis dans le Midi. Mon frère est en prison depuis trois ans pour avoir contesté publiquement le nazisme et distribué des tracts dans la rue. Certains de nos voisins, sous prétexte qu'ils étaient juifs, ont perdu leur logement et ont été envoyés dans des camps. Même les enfants ! Les Européens ont besoin des Américains pour les aider à retrouver la liberté. Si vous partez là-bas, vous rendrez service à beaucoup de gens. Vous êtes quelqu'un de très courageux, depuis toute petite, déjà, et vous savez exactement ce que vous avez à faire. Alors… merci.

Sur une nouvelle courbette, elle se retira avant qu'Alex ait le temps de réagir. La jeune femme, profondément touchée par ces paroles, avait les larmes aux yeux en avalant la dernière gorgée de sa coupe de champagne. Alex commençait à comprendre que la situation en Europe était encore pire qu'elle l'avait imaginé, et elle espérait plus que jamais y être envoyée. Brigitte avait raison : les Européens avaient besoin du secours des troupes américaines. Et ces troupes avaient besoin du secours d'Alex. L'opinion de ses parents lui importait peu, elle était prête à accomplir cette mission importante au risque de sa vie.

Alex constata amèrement qu'elle n'aurait sans doute pas envie de revenir dans ce monde-là après la guerre. Plutôt mourir que gaspiller sa vie en futilités à New York, où sa famille n'avait à lui offrir qu'indolence, snobisme et entre-soi. Elle partirait en Europe pour Brigitte et les siens, et pour tous ceux qui partageaient la même détresse. Les paroles de la femme de chambre n'avaient fait que conforter sa décision.

7

Au moment de l'attaque sur Pearl Harbor, en décembre 1941, Louise Jackson exerçait déjà comme infirmière depuis un an et demi. Dès juin 1940, à l'âge de 21 ans, elle avait reçu son diplôme d'une école très estimée – une école réservée aux jeunes femmes noires. Puis elle avait été embauchée au bloc opératoire d'un hôpital de bonne réputation, le St Agnes Hospital – un établissement réservé aux patients noirs, avec du personnel noir. Car il en était ainsi à Raleigh, la ville de Caroline du Nord où Louise avait grandi en ces tristes temps de ségrégation raciale. Son père Ted était cardiologue et sa mère, prénommée Margaret, directrice d'une école pour enfants « de couleur ».

Louise, grande, élancée, avec des traits délicats, était une jeune femme d'une beauté saisissante. Fille unique, elle était choyée par ses parents qui ne l'avaient jamais contrainte qu'à une chose : s'appliquer à l'école et faire de bonnes études. Le reste leur importait peu. Et Louise avait travaillé dur dans le domaine qu'elle avait choisi. Ses parents plaçaient l'éducation plus haut que tout. Il ne leur serait pas venu à l'idée de se laisser tenter par une promesse d'argent facile lorsque, à plusieurs reprises, Louise avait été approchée par des agences de mode lui proposant de devenir mannequin à Paris, où les lois raciales n'existaient pas. Dans son adolescence, la jeune fille en avait été frustrée, mais au moment d'intégrer l'école d'infirmières, à 18 ans, tout ça était bien loin.

Enfant, Louise s'était offusquée du fait que, pour les Blancs et les Noirs, tout soit toujours séparé. Pour toute réponse, ses parents lui avaient dit que les choses changeraient peut-être un jour, mais que le moment n'était pas encore venu. Ils étaient chez eux en Caroline du Nord, et ils ne se voyaient pas déménager.

Louise choqua tout de même profondément ses parents lorsqu'elle s'engagea comme infirmière militaire en janvier 1942. En plus du danger inhérent à ce choix, son père lui rappela que l'armée américaine était soumise à la ségrégation et gangrenée par le racisme. Il ne voulait pas que sa fille soit victime de préjugés, d'injures ou d'humiliations. Il fit donc tout son possible pour la dissuader, mais Louise était une jeune femme solide, réfléchie et tenace. Elle ne se laissa pas influencer, et lui répondit tranquillement que si on espérait mettre fin un jour aux préjugés raciaux, il allait bien falloir poser des actes courageux. Or elle était déterminée à servir son pays.

Louise avait toujours eu le chic pour dire très exactement ce qu'elle pensait, sans jamais perdre son calme. C'était le cas à l'hôpital, quand survenaient comme partout des frictions avec les supérieurs. Ce fut aussi le cas à l'armée avec les femmes officiers. Et bien souvent, son tact et son don pour prendre en compte le point de vue de son interlocuteur lui permirent d'avoir gain de cause.

Louise fut envoyée à Chicago, et pas dans un État du Sud, au grand soulagement de son père. Dans son unité, composée malgré tout uniquement d'infirmières noires, elle se révéla très vite l'une des plus compétentes. Elle se porta volontaire, dès que l'occasion se présenta, pour intégrer l'escadron d'évacuation médicale aérienne. Sa demande fut immédiatement acceptée. Il se trouva qu'elle était la seule recrue « de couleur » à avoir été acceptée dans l'escadron… et la seule à s'être portée candidate. Personne n'avait encore songé à appliquer la ségrégation dans cette nouvelle unité. L'officier qui avait choisi les candidates était progressiste : il avait décidé de tenter l'expérience, priant pour que les autres recrues présentent la même ouverture d'esprit, de même que les dirigeants de l'unité de la RAF qui accueillerait l'escadron si jamais il était envoyé en Angleterre.

En apprenant qu'elle était acceptée pour ce nouvel escadron, le père de Louise protesta de façon encore plus virulente. Cette fois, c'est la dangerosité du poste qui l'effrayait : il ne voulait pas perdre sa fille unique. Mais Louise n'était pas du genre à changer d'avis une fois que sa décision était prise.

Le 1er janvier, la jeune femme arriva à 17 heures précises à la base de Bowman Field, Kentucky. Vêtue de son uniforme, valise à la main, elle était prête pour ses six semaines d'entraînement intensif. Le groupe fut réparti dans des baraques de vingt lits chacune et la sergente, aussi surprise que les recrues de voir arriver Louise, lui assigna un lit au fond. Cependant, personne ne fit de remarques à voix haute sur la couleur de sa peau. Les quelques coups d'œil échangés entre ses camarades n'échappèrent pas à Louise, mais elle ne se départit pas de son calme en enfilant la combinaison trop grande qu'on leur avait distribuée pour la session de renforcement musculaire avant le dîner.

À la suite de cette séance intensive, elle se plaça après Audrey et Lizzie dans la file d'attente du mess. Juste derrière elle, Alex se plaignait de tous les squats, abdos et pompes qu'elles avaient dû enchaîner, tandis que Lizzie se moquait d'elle.

— Où est passé le cours de lecture de cartes qu'on devait avoir ? gémit Alex. Je sens que je ne pourrai même pas mettre un pied devant l'autre demain matin tellement j'ai mal aux cuisses.

— Arrête de râler, on n'en est pas encore au cours de simulation d'attaque ennemie ni au saut en parachute ! répliqua son amie.

— Oh là là, je suis infirmière, moi, pas cascadeuse ! lança Alex en souriant à Louise.

— Vous êtes arrivées toutes les trois en même temps ? s'enquit cette dernière.

— Lizzie et moi étions stationnées ensemble au Presidio, à San Francisco, expliqua Alex. Nous venons d'être transférées ici. Et Audrey était à l'école d'infirmières avec Lizzie avant la guerre. Elle vient de faire ses classes. On a demandé à se retrouver toutes les trois ici.

— Tu manges avec nous ? proposa Audrey à Louise.

— Avec plaisir ! Moi, j'arrive de Chicago, où je suis restée stationnée pendant deux ans. La ville est fabuleuse.

114

Les quatre jeunes femmes eurent droit à un repas roboratif mais peu appétissant. Dès qu'elles eurent avalé la dernière bouchée, une femme officier vint leur annoncer que leur demi-groupe était convoqué à la piscine : elles devaient nager quarante longueurs aussitôt après le dîner. Rien que d'y penser, les quatre femmes se sentaient mal.

— Ah, je vois, reprit Alex. C'est ça, la simulation d'attaque ennemie ? Nous jeter à l'eau juste après avoir mangé pour qu'on ait des crampes et qu'on se noie ? Une façon de sélectionner les plus résistantes…

— Non, pour ça, il suffit de voir lesquelles d'entre nous survivent à leur rata indigeste ! renchérit Lizzie.

Les trois autres pouffèrent. Après avoir déposé leurs plateaux, elles se dirigèrent vers la piscine au petit trot. Louise se demanda comment réagiraient les autres : une piscine accessible à tous quelle que soit la couleur de la peau, ce n'était pas habituel pour elle… Même à Chicago, dans l'Illinois, un État du Nord, il y avait des choses qu'elle ne pouvait pas faire, surtout dans l'armée. Là-bas, son unité était entièrement composée d'infirmières noires, et elle ne s'occupait que des soldats noirs. Elle enfila comme les autres le maillot et le bonnet de bain affreux fournis par l'armée, puis hésita sur le bord du bassin, s'attendant à encaisser quelque remarque désagréable. Derrière elle, Alex lança :

— Ben qu'est-ce que t'attends ? J'espère que tu sais nager, parce que je serais bien incapable de te sauver !

Louise fut soulagée : la raison de son hésitation n'était pas venue à l'esprit d'Alex, le concept de ségrégation étant complètement étranger à ces femmes originaires des États du Nord.

— J'ai mon brevet de natation, comme toi. J'ai juste la trouille, elle a l'air glacée ! Après toi, je t'en prie…

— Trop aimable, répondit Alex avant de sauter.

Louise exécuta juste à côté d'elle un plongeon parfait. Effectivement, l'eau était très froide, et c'était intentionnel de la part des chefs, pour développer leur résistance. Après leurs quarante longueurs, on leur demanda de remettre leur combinaison sans prendre le temps de se sécher, et de parcourir trois kilomètres à la course. Le pire, c'étaient les cheveux : l'eau leur dégoulinait dans le cou alors qu'un petit vent glacial soufflait dans la nuit de janvier.

— Qui a eu l'idée de venir ici ? gémit Lizzie, à bout de souffle, en regardant ses camarades. Ramenez-moi à San Francisco !

Enfin, on les autorisa à prendre une douche chaude et on leur dit d'aller se coucher. Le lendemain, dès 4 heures, elles auraient droit à une nouvelle séance de renforcement musculaire.

Alors que Louise passait devant elle en rejoignant les sanitaires, la sergente, une petite femme à l'air coriace, cracha entre ses dents :

— Tu te crois au-dessus du lot, pas vrai ? Ta mère est blanche ou quoi ?

— Non, elle est d'origine éthiopienne, répondit froidement Louise.

— Continue à faire la maligne avec moi, et tu finiras au trou…

— En dehors d'ici, sergent, je suis votre supérieure, repartit Louise avec son calme olympien, alors que ses camarades assistaient à l'échange, un peu anxieuses.

— Ouais ! Ici, c'est moi qui commande, et ne t'avise pas de l'oublier !

— Non, sergent, dit Louise avant de reprendre la direction des douches.

Au moins, elle avait exprimé le fond de sa pensée.

— Ne le prends pas personnellement, ils nous traitent à la dure pour nous préparer au combat…, avança Lizzie, nerveuse.

Elle n'avait encore jamais rencontré quelqu'un d'aussi hargneux que cette petite sergente.

— Je suis habituée, répondit doucement Louise. Je rencontre ce type de comportement tous les jours.

Les autres en étaient profondément choquées. Enfin, après s'être lavées et séchées, elles se glissèrent dans leurs lits, exténuées.

— Pourquoi diable nous font-ils lever à 4 heures ? grommela Alex.

— Juste pour nous montrer qu'ils sont les chefs, répondit Audrey. Ça devrait être plus facile par la suite.

En réalité, cela ne devint pas « plus facile » avant de nombreuses semaines. Les cours étaient aussi intenses que passionnants, et la simulation d'attaque ennemie fut absolument terrifiante : on leur tira dessus avec des cartouches à blanc, en leur disant qu'elles étaient réelles ! Les filles devaient ramper d'un abri à l'autre pendant que les armes pétaradaient dans tous les coins. On leur apprit la survie en milieu naturel, le saut en parachute et les procédures en cas de crash ou d'amerrissage, avec des consignes spéciales si jamais elles s'égaraient derrière les lignes ennemies. Leurs compétences médicales étant données pour acquises, il s'agissait maintenant

117

de mettre leurs connaissances militaires à niveau, en vol comme au sol.

Au bout d'un mois, elles étaient prêtes à affronter toutes les éventualités. Et au cours des deux dernières semaines, elles durent pratiquer toutes les activités vêtues du lourd équipement des aviateurs.

Toutes avaient l'impression d'avoir traversé l'enfer au cours de cet entraînement intensif. Mais aucune n'avait échoué ni laissé tomber la formation. Elles étaient désormais fin prêtes, et on leur dit qu'elles seraient transférées cinq jours plus tard. En six semaines, elles n'avaient pas eu une seule journée de permission. Pour Louise, c'était presque un soulagement, car il lui aurait été difficile de sortir en ville avec ses nouvelles amies dans le Kentucky, un État sudiste ou la ségrégation était encore de mise.

Avant le grand départ pour l'Angleterre à bord d'un navire de transport de troupe, on leur accorda trois jours de liberté. Aucune des quatre jeunes femmes ne laissait de petit ami aux États-Unis, en revanche trois d'entre elles avaient promis de passer dire au revoir à leurs parents. Le navire appareillerait depuis New York, de sorte qu'Alex serait déjà sur place. Audrey, pour sa part, refusa l'invitation de Lizzie à l'accompagner à Boston. Elle en profiterait pour se reposer et lire un peu avant la traversée transatlantique. Pas question pour elle de s'imposer chez Lizzie, qui passerait là ses derniers jours en famille avant longtemps.

Les autres quittèrent le centre d'entraînement au plus vite. Toutes redoutaient les adieux à leurs parents, qui s'annonçaient inévitablement chargés en émotion. Même si elle était l'une des rares filles à rester à la base, Audrey n'en était pas moins heureuse de profiter de quelques jours de repos à l'issue de ces semaines éprouvantes.

Après avoir déposé son paquetage dans le hall d'entrée et confié son manteau à un domestique, Alex trouva ses parents attablés pour le dîner, tout surpris de la voir arriver : elle n'avait pas eu le temps de les prévenir de sa visite.

— Je ne suis pas venue pour me disputer avec vous, prévint-elle en entrant dans la salle à manger. Je suis venue vous dire au revoir. Je pars pour de bon dans quelques jours.

On lui avait demandé de ne pas préciser sa date de départ ni sa destination exacte. Mais elle savait que son groupe partirait pour l'Angleterre afin d'y rejoindre l'unité aérienne d'évacuation médicale.

Alex se mit à table et, tandis que Brigitte ajoutait son couvert, elle se mit à leur parler de l'entraînement qu'elle venait de subir. Son père fut impressionné. Sa fille lui avait toujours semblé si gracieuse et féminine ! Il ne parvenait pas à l'imaginer en train de faire le dixième de ce qu'elle leur décrivit – et ne se voyait pas le faire lui-même...

— On dirait que c'est le même programme qu'ils réservent aux hommes, remarqua-t-il avec respect.

— Il faut bien que nous soyons capables de sauver notre peau et de ramener les patients à l'hôpital en toutes circonstances. Dix-huit pour cent de nos blessés sont évacués par avion. Et c'est pour cela que nous sommes là.

Alex ne précisa pas que les Allemands avaient pris pour habitude de viser spécifiquement les avions marqués d'une croix rouge, ainsi que tous les appareils soupçonnés de transporter des blessés, en plus de couler les bateaux-hôpitaux... La Luftwaffe ne cherchait pas seulement à détruire les troupes alliées, mais aussi à briser leur moral.

— J'ai vraiment hâte que cette guerre se termine, soupira sa mère. Quand le président Roosevelt a déclaré la guerre, j'étais si soulagée de ne pas avoir de fils... Et voilà que tu es partie t'engager volontairement !

— Je suis désolée, maman. Mais je ne me voyais pas participer au cotillon tous les ans jusqu'à mourir vieille fille. Je préfère me rendre utile à mon pays.

— Tu aurais pu te contenter d'enrouler des bandages, comme toutes les femmes de ma connaissance ! Et puis tu aurais pu passer ce temps à chercher un mari, alors que tu auras un certain âge à la fin de la guerre.

— Maman, je vais avoir 24 ans, pas 40 !

— Peut-être, mais à 25 ans tu seras en compétition avec des femmes de 18, soupira Astrid White, découragée.

— Alors je n'aurai plus qu'à trouver un homme qui veuille bien d'une vieille peau comme moi ! lança Alex avec un sourire.

— Cesseras-tu d'être infirmière une fois la paix revenue ? demanda son père.

— J'espère bien que non. Je ne saurais pas quoi faire d'autre. Je ne pourrai jamais me contenter de composer des arrangements floraux ou de passer ma vie en déjeuners en ville !

Robert White hocha la tête. Cela ne le surprenait guère.

— Tu pourrais passer du temps chez ta sœur à Greenwich, l'aider avec les enfants…, suggéra sa mère.

Alex ne releva même pas. Elle préférait largement sauter en parachute : elle était infirmière, pas nounou !

— Est-ce que tu sais où vous serez stationnées ? voulut encore savoir son père.

— On ne nous l'a pas encore dit, éluda Alex. Mais vous pourrez continuer à m'écrire comme quand j'étais à San Francisco. Le courrier mettra plus de temps, mais il finira par arriver.

— À choisir, j'aurais préféré qu'ils te renvoient là-bas, gémit encore sa mère.

Chacun se retira pour la nuit peu de temps après.

Alex avait plaisir à se retrouver dans cet appartement immense et cette chambre que ses parents avaient luxueusement meublée à son intention. Mais d'un autre côté, cette vie-là avait quelque chose d'irréel, comme si les atrocités qui se déroulaient hors de ces murs n'existaient pas. Alex passa ses trois jours de permission à faire de menues emplettes pour la traversée : crème pour les mains, baume pour les lèvres, papier à lettres… Quelque chose lui disait qu'elle n'aurait pas l'occasion de flâner en ville avant longtemps.

Comme c'était étrange de marcher dans les rues de New York dans son uniforme vert olive et son chemisier kaki… Les gens la dévisageaient, se demandant à quel corps de l'armée elle appartenait. Personne ne reconnaissait les deux petites ailes dorées au revers de sa veste, ni l'insigne « N » pour « *nurse* », qui l'identifiaient comme infirmière de l'air.

Le dernier soir, Charlotte vint se joindre à eux pour le dîner. Alex fit ses adieux après le repas, car elle quitterait la maison à 6 heures le lendemain matin et ne voulait pas les réveiller. Pour une fois, Charlotte se montra sincère et chaleureuse en prenant sa jeune sœur dans ses bras.

— J'aurais préféré que tu ne te mettes pas dans ce pétrin, dit-elle, la voix tremblante d'émotion.

— J'aimerais ne pas avoir à le faire, et je croise les doigts pour que la guerre finisse bientôt.

— Tu ne te serais peut-être pas enfuie pour te jeter dans la fournaise si j'avais été plus gentille avec toi ? avança Charlotte, prise de remords.

— J'y serais allée quand même, ne t'inquiète pas. L'armée de l'Air a désespérément besoin d'infirmières.

— Maintenant, débrouille-toi pour revenir, Allie. Je te promets d'être gentille à ton retour.

Alex en doutait fort, mais elle appréciait l'intention.

— Je reviens bientôt, Charlie. Prends bien soin de tes petites. Et tu pourrais essayer d'avoir un garçon, pour changer !

— Oh non, c'est fini pour moi. J'ai déjà fort à faire avec les quatre filles. Imagine un peu quand elles seront toutes adolescentes, d'ici dix ans !

— J'avoue que c'est une perspective terrifiante, confirma Alex avant de la prendre à nouveau dans ses bras.

Lorsque Charlotte quitta l'hôtel particulier, quelques minutes plus tard, les larmes roulaient sur ses joues.

Il fut difficile à Alex de dire au revoir à ses parents et de trouver les bons mots, car ils risquaient de ne pas se revoir. Ses parents le savaient bien, et Alex s'efforçait de ne pas y penser. Au moins ces trois jours s'étaient-ils déroulés sans anicroche.

Quand elle se retrouva seule dans sa chambre, à fumer une cigarette à la fenêtre, Alex s'aperçut que, en dépit de tous leurs défauts et de tout ce qui les séparait d'elle, les membres de sa famille l'aimaient au mieux de leurs capacités. Cette pensée avait quelque chose de très réconfortant alors qu'elle s'apprêtait à les quitter. Si, pour une fois, elle était triste de partir, elle n'avait en revanche pas du tout peur de ce qui l'attendait. Elle avait hâte d'arriver en Angleterre et de commencer ses missions aériennes.

À Boston, Lizzie était arrivée à des conclusions similaires. Ses parents étaient eux aussi très angoissés de la voir partir si loin, d'autant que ses frères étaient déjà dans le Pacifique. Mais quelles qu'aient pu être leurs idées ou leurs ambitions pour elle, et bien qu'ils n'entendent rien à ses propres rêves, elle n'avait jamais douté de leur amour. Ils seraient toujours là quand elle aurait besoin d'eux, et cette certitude était le seul viatique dont elle avait besoin pour entreprendre ce périlleux voyage.

Pendant sa permission, Louise retourna dans le Kentucky, très heureuse de pouvoir passer ce moment avec ses parents. Le premier jour, son père annula toutes ses consultations pour rester avec elle, et sa mère les rejoignit dès qu'elle le put.

Louise avait toujours été proche d'eux, et ils l'avaient toujours encouragée à suivre ses rêves, à se battre pour ce en quoi elle croyait. Elle s'efforçait à chaque instant d'être à la hauteur de leurs espoirs et plaçait elle-même la barre très haut. Il en allait de même pour la voie qu'elle avait choisie. Ils étaient très fiers et lorsqu'elle repartit, ils se tinrent très droits sur la portion du quai de gare réservée aux personnes de couleur. En se penchant par la fenêtre, vêtue de son uniforme, pour répondre à leur signe de la main, Louise vit que des larmes brillaient sur leurs joues. Elle continua à agiter la main jusqu'à les perdre de vue.

Le matin de l'appareillage, les quatre jeunes femmes arrivèrent au port à l'heure dite, très heureuses de se retrouver. Ces quelques jours avaient été chargés en émotions pour elles toutes. Audrey, en revanche, avait passé un moment d'introspection tranquille. Toutes avaient hâte de commencer la grande aventure qui les attendait, se demandant quelles nouvelles rencontres elles s'apprêtaient à faire et quelles seraient leurs missions. Seraient-elles à la hauteur ?

Seule Alex s'était déjà rendue en Angleterre par le passé. En revanche, ses trois amies n'avaient jamais quitté les États-Unis, comme la plupart des autres filles de l'unité. Sur place, elles travailleraient aux côtés des infirmières de la RAF et partageraient les mêmes casernes. L'armée élargissait leur horizon et leur offrait des opportunités qui changeraient leur vie à jamais.

Tous les membres de l'unité répondirent à l'appel, et les filles montèrent à bord du USS *Henry Gibbons*, qui relierait New York à Southampton. Le navire pouvait accueillir plus de deux mille passagers ! En tout, elles étaient quatre-vingt huit infirmières de vol à partir pour l'Angleterre, le reste des troupes étant composé d'hommes. Chaque cabine abritait six lits superposés. Alex, Lizzie, Louise et Audrey furent assignées à la même cabine avec deux autres infirmières. À 6 heures du matin, une corne de brume sonna et le navire se mit en branle, vingt-quatre heures avant l'horaire initialement annoncé. Alex se réveilla en sursaut tandis que la plupart de ses camarades continuaient à dormir sur leurs deux oreilles. Pour tromper l'ennemi, ils partaient un jour plus tôt que prévu. La traversée s'effectuerait à pleine vitesse, de nuit comme de jour, dans l'espoir d'échapper aux radars des sous-marins et des avions de chasse allemands. À leur arrivée au port, les infirmières seraient transférées en autobus jusqu'à la base de la RAF de Down Ampney, dans le Gloucestershire, à deux heures de route de Southampton et, leur dit-on, à deux heures trente de Londres.

Tout au long de la traversée, la plupart des infirmières restèrent entre elles, se racontant d'où elles venaient, par où elles étaient passées et où on les avait affectées en Angleterre. Une fois sur place, elles recevraient leurs instructions directement de la RAF.

Par un matin clair et froid, accoudées ensemble au bastingage pour profiter des premiers rayons du soleil, elles profitaient d'une vue plongeante sur la marée de soldats qui prenaient l'air sur le pont inférieur en une masse impressionnante d'uniformes kaki. Lizzie se demanda combien de ces soldats elles devraient bientôt transporter jusqu'à l'hôpital. Cela donnait à réfléchir…

En secret, certaines infirmières se mêlaient aux soldats, bien que ce soit interdit. Audrey et ses amies, quant à elles, n'avaient aucune envie d'être mises à l'amende pour un flirt, et préféraient rester sagement entre elles.

— Et dire que ma mère voulait m'empêcher de partir, de peur que je ne trouve jamais de mari ! ironisa Alex, ce qui fit rire les autres. Mais il est vrai que je n'ai jamais envisagé de rencontrer un homme dans l'armée…

Certaines, en revanche, estimaient qu'il était bien agréable de n'avoir que l'embarras du choix, pour une nuit ou plus si affinités.

— Moi, je ne veux rencontrer personne, décréta Lizzie.

Cela faisait déjà plus de deux ans, mais elle n'avait toujours pas oublié Will. Aucun de ceux qu'elle rencontrait ne lui arrivait à la cheville.

— Et pourquoi pas un bel Anglais ? suggéra Audrey.

Si, au cours des dernières années, la maladie de sa mère avait anéanti toute possibilité romantique, elle ne désespérait pas de trouver l'amour un jour.

— Moi, je préfère attendre la fin de la guerre, déclara tranquillement Louise.

Aucune d'entre elles ne cherchait à tout prix à se trouver un petit ami, bien au contraire : elles étaient trop accaparées par la mission qui les attendait.

Les deux infirmières avec lesquelles le petit groupe partageait la cabine avaient eu l'air surprises en voyant Louise arriver, mais elles s'étaient contentées d'échanger un coup d'œil sans faire de commentaires. Les autres l'ignoraient, tout simplement.

À bord, les journées s'étiraient les unes à la suite des autres, rythmées par quelques moments de tension quand le navire devait soudain ralentir sa course. Tous comprenaient alors que la vigie avait aperçu quelque chose ou que le capitaine avait été mis en garde par radio. Et puis ils reprenaient de la vitesse. Des navires comme le leur avaient déjà été torpillés par des sous-marins, ou bombardés par la Luftwaffe. Mais au bout de cinq petits jours, la côte apparut à l'horizon et deux mille cris ravis s'élevèrent du pont. La traversée s'était déroulée sans incident, l'aventure les attendait maintenant à terre.

8

Au moment de la déclaration de guerre en Europe, au mois de septembre 1939, les parents de Prudence Pommery avaient été parmi les premiers, malgré leur âge déjà avancé, à ouvrir leur demeure à tous les petits réfugiés qu'ils pouvaient héberger dans le cadre de l'évacuation des enfants de la ville de Londres. Eux-mêmes étaient les parents de trois enfants, maintenant adultes : Maximilian avait 22 ans, Prudence 20 et Phillip 19. Leurs deux fils s'étaient engagés presque tout de suite dans la RAF. Un mois après, Prudence s'était inscrite à une formation accélérée d'infirmière à l'université la plus proche de leur manoir du Yorkshire.

Les Pommery avaient transformé en dortoirs presque toutes leurs chambres d'amis, et recruté pas moins de quatre jeunes filles du village pour s'occuper des vingt-quatre enfants. Le gouvernement incitait en effet tous les parents à envoyer leurs chères têtes blondes hors des grandes villes, à l'abri des bombardements. Dans toutes les provinces anglaises, des familles se proposaient de leur offrir un refuge, mais peu en accueillaient autant que les Pommery. En effet, tout le monde ne possédait pas une demeure aussi vaste ! Les soirs et les week-ends, Prudence donnait elle aussi un coup de main, et la maisonnée tournait rondement. Lord et lady Pommery parlaient affectueusement de leurs « petits-enfants adoptés » et ne se départaient jamais de leur bonne humeur.

Hélas, au printemps 1944, presque la moitié des enfants avaient déjà perdu leurs parents, que ce soit sur le champ de bataille ou lors des bombardements. Après la guerre, ces orphelins seraient placés dans des familles d'adoption. Mais en attendant, ils demeuraient dans le Yorkshire, chez les Pommery. La grande capacité d'accueil de la maison avait permis à plusieurs frères et sœurs de rester ensemble, alors que dans beaucoup d'autres cas, les fratries avaient dû être séparées. Le plus jeune enfant hébergé au manoir avait maintenant 6 ans, et le plus âgé 18. Il s'apprêtait à s'engager dans l'armée. Tenir la maison et superviser l'éducation des enfants occupait lady Pommery à plein temps. Son mari et elle conduisaient à tour de rôle le minibus qu'ils avaient acheté pour emmener ce petit monde à l'école du village tous les matins.

Après avoir travaillé à l'hôpital local pendant un an à l'issue de ses études, Prudence avait décidé de partir à Londres pour s'enrôler comme infirmière dans la Royal Air Force.

Prudence était à Londres depuis un an lorsqu'elle se porta volontaire pour intégrer l'escadron d'évacuation médicale aérienne, qui rassemblait des infirmières britanniques, australiennes et américaines. Elles volaient à bord d'avions-cargos Douglas C-47 Skytrain, des bimoteurs lourds et fiables parfaitement adaptés aux trajets courts et aux lourdes charges. Ils pouvaient en effet transporter jusqu'à vingt-quatre patients sur des brancards, ainsi que quelques blessés assis, s'ils étaient en état de marcher.

Sur chaque vol, une infirmière et deux aides-soignants militaires prenaient soin des blessés. Chaque escadron était supervisé depuis la base par un chirurgien et une infirmière-coordinatrice. Les avions se rendaient dans les zones de combat et en ramenaient autant de blessés que possible. C'est-à-dire tous ceux qui avaient une chance de survivre au voyage… Sur place, il fallait effectuer un diagnostic rapide et parfois prendre des décisions déchirantes. Mais le transport aérien permettait de sauver bien plus de soldats que les ambulances, d'autant que le terrain était souvent accidenté. Toutefois, les avions étaient eux-mêmes soumis aux dangers de la guerre et risquaient à tout moment d'être abattus par l'ennemi, d'autant que l'armée n'avait pas le droit de marquer ces avions-ambulances d'une croix rouge. Il arrivait qu'ils soient escortés par des avions de combat chargés de leur protection, mais c'était loin d'être toujours possible.

Prudence faisait partie de l'escadron spécial depuis un an et adorait son travail. À 25 ans, elle était déjà considérée comme une ancienne et avait acquis un très haut niveau de compétences. Tandis que beaucoup de ses camarades étaient des civiles en uniforme, elle dépendait pour sa part directement de la RAF.

Les frères de Prudence avaient effectué un nombre incalculable de missions au-dessus de l'Allemagne en tant que pilotes. Du haut de ses 24 ans, le plus jeune, Phillip, était peut-être le plus doué mais aussi,

131

sans aucun doute, le plus téméraire des deux. Max en avait 27 et avait toujours été de nature plus prudente. Mais tous deux étaient de fabuleux pilotes. S'ils taquinaient parfois leur sœur en lui disant qu'elle travaillait à bord d'un avion-ambulance pour « attraper les hommes au vol », ils avaient cependant pleinement conscience des risques qu'elle encourait et étaient très fiers d'elle. Pru avait toujours été courageuse et, quand ils étaient petits, elle était sans cesse en compétition avec ses deux frères. Il lui arrivait même de les battre à la course, que ce soit à pied, à cheval ou à vélo, et c'était toujours à qui grimperait le plus haut dans les arbres. Quand elle tombait, elle se relevait sans jamais pleurer, même en sang. Max avait toujours admiré ce trait de caractère et reconnaissait volontiers que sa petite sœur avait cessé avant lui d'éclater en sanglots à la moindre contrariété. Quant à Phillip, c'était le casse-cou du trio, un risque-tout que rien n'arrêtait et qui, tels les chats, semblait jouir de neuf vies. On racontait qu'il avait déjà utilisé plusieurs d'entre elles, et sa capacité à se tirer de situations apparemment désespérées lui valait une certaine notoriété dans la RAF.

En somme, les deux frères de Prudence étaient de véritables légendes, y compris auprès des amies de la jeune femme. Prudence n'avait jamais fait un secret de ses origines, et la plupart des enfants de l'aristocratie s'étaient d'ailleurs enrôlés et défendaient vaillamment leur patrie. Pru était respectée de toutes ses camarades pour ses compétences hors pair. Elle était infatigable, capable de passer à la mission suivante après deux petites heures de sommeil voire sans avoir dormi du tout, et on disait d'elle qu'elle n'avait peur de rien – ce qu'elle démentait systématiquement, car sa modestie confinait à l'humilité. Les aides-soignants l'appréciaient autant dans le cadre du travail que dans les soirées au pub après les heures de service. Elle tenait mieux l'alcool qu'eux et se présentait toujours à l'heure, fraîche et dispose, le lendemain.

— C'est parce que j'ai deux frères, expliquait-elle en souriant quand ils lui faisaient remarquer son caractère intrépide et sa capacité à lever le coude.

— Si je ne l'aimais pas autant, je la détesterais, déclarait souvent Ed Murphy, son coéquipier. Ma parole, même si elle se faisait écraser par un bus, elle serait capable de se relever comme une fleur, de sauter dans l'avion et de travailler vingt-quatre heures d'affilée. Elle n'est pas humaine !

Si tous ceux qui travaillaient avec le lieutenant Pommery l'adoraient, c'était aussi parce qu'elle ne jouait jamais du galon, comme on disait dans l'armée. Elle n'abusait pas plus de son grade que de son ascendance aristocratique. Au contraire, ses décisions étaient toujours justes et mesurées. Prudence venait d'une famille où régnaient la bienveillance, la compassion et le sens des responsabilités, et elle-même avait un cœur en or.

Ce soir-là, après avoir transféré tous ses patients dans les ambulances et complété les dossiers à transmettre à l'hôpital, Prudence trouva la caserne en ébullition. Depuis le hall, on percevait des rires et des éclats de voix, comme si une grande fête était organisée au premier étage. Elle s'arrêta au bureau pour saluer la secrétaire.

— Laisse-moi deviner : les Yankees viennent d'arriver ? demanda-t-elle.

— Oui, pas plus tard que cet après-midi.

— On dirait qu'elles s'amusent bien ! dit Prudence en adressant à la secrétaire un grand sourire malgré la fatigue.

Ce jour-là, elle avait failli perdre un de ses patients, mais avait réussi à le sauver grâce à une prise de décision héroïque de sa part et à sa mise en œuvre efficace par son collègue. Ed avait posé un garrot sur la jambe du soldat pour le sauver de l'hémorragie, au risque de lui faire perdre sa jambe s'il serrait trop... Prudence avait prévu d'aller voir le blessé à l'hôpital après avoir pris une douche et mangé un morceau : elle n'avait pas eu le temps d'avaler quoi que ce soit de la journée. Son avion avait été pris en chasse par un appareil de combat allemand, heureusement abattu par l'avion-escorte.

Elle monta l'escalier et passa la tête par la porte ouverte d'une chambrée, où cinq ou six jeunes femmes étaient en train de ranger leurs affaires et de faire leurs lits.

— Bienvenue en Angleterre, les filles ! On vous attendait avec impatience. Il y a un pub tout à fait correct à l'entrée du village, et d'excellents *fish and chips* juste à côté. Je vous y emmène demain, c'est promis. Ce soir, je dois passer voir l'un de mes patients à l'hôpital. Au fait, moi c'est Prudence. Prudence Pommery.

Les filles répondirent à son sourire communicatif. Prudence était grande et mince, avec des yeux sombres chaleureux. Elle flottait dans sa combinaison de vol maculée de sang. Ses cheveux, très bruns, étaient en bataille.

— Tu rentres juste de mission ? s'enquit Alex.

134

— À l'instant, oui. Ma chambre est juste là, si vous avez besoin de quoi que ce soit. Je suis un peu la maman de tout l'étage. Il n'y a qu'à demander : aspirine, sparadrap, épingles de nourrice, élastiques… Je crois que vous dites « chouchoutes », pour les cheveux ?

Les Américaines éclatèrent de rire.

— On dit « chouchous », corrigea Lizzie. Mais « chouchoutes » est plus drôle, surtout dans mon cas, puisque mes cheveux ressemblent souvent à une choucroute !

En effet, elle se plaignait souvent de ses boucles indomptables.

— Moi, je n'ai pas ce problème, ironisa Pru. Ma coiffeuse passe me faire un brushing tous les jours à 16 heures !

Sur ce, elle tapota sa crinière hirsute d'un air affecté, comme si elle ne venait pas de passer ces dernières heures les mains dans le sang, dans un avion pourchassé par l'ennemi.

Tout le monde rit de bon cœur.

— Vous commencerez la formation demain, annonça-t-elle ensuite. C'est surtout un cours d'orientation pour vous expliquer nos protocoles dans la RAF. Une vraie perte de temps ! Je sais que vous seriez parfaitement capables de vous en sortir sans tout ça. Ils veulent juste vous impressionner.

Peu après, Prudence alla se doucher et revint vêtue d'une combinaison propre, alors que les Américaines s'apprêtaient à rejoindre le mess. Pru se contenterait d'un morceau de pain, elle dînerait plus tard.

— Je vais voir un type qu'on a sauvé de justesse aujourd'hui, expliqua-t-elle en descendant l'escalier avec la joyeuse troupe. Pour vos premiers vols, on sera en binômes anglo-américains, ensuite vous vous débrouillerez toutes seules. J'espère qu'on sera ensemble !

À l'hôpital, Prudence trouva le blessé encore vivant. On avait bon espoir de sauver sa jambe. Le rescapé fut heureux de la voir. Elle resta un moment avec lui pour lui dire qu'il avait fait preuve d'un courage exemplaire et que le docteur était optimiste, mais rapidement la morphine le fit replonger dans le sommeil.

Prudence descendit ensuite jusqu'au pub pour féliciter Ed. L'aide-soignant était irlandais, grand, blond et costaud. Avant la guerre, il était assistant en pharmacie. Sans doute ne réaliserait-il jamais son rêve de devenir médecin. Il ne pouvait pas se permettre de reprendre des études car sa nombreuse famille, restée en Irlande, dépendait de son soutien financier. En effet, il avait perdu son père très jeune, et avait dû exercer toutes sortes de petits métiers pour aider sa mère à nourrir ses sept frères et sœurs.

— Félicitations, Ed, ton garrot était parfait ! dit Prudence en le gratifiant d'une tape dans le dos. Si le patient survit, les chirurgiens pensent qu'ils pourront sauver sa jambe.

À 19 ans, ce soldat était encore pratiquement un enfant. La guerre dévorait tous les jours des gamins comme lui et c'était un déchirement pour Prudence quand elle ne parvenait pas à les sauver. Elle poussait toujours Reggie, son pilote, à prendre des risques pour les ramener au plus vite. C'était chaque jour une terrible course contre la montre.

— Un nouveau contingent d'infirmières vient d'arriver, des Américaines, annonça Prudence à son collègue.

Il lui tendit une pinte qu'elle n'avait pas demandée, mais dans laquelle elle trempa les lèvres avec plaisir. Ed était un homme à femmes. Il ne savait pas résister à une jolie infirmière, et beaucoup d'entre elles le lui rendaient bien. Au-delà de son physique avantageux, il était incroyablement gentil et c'était un secouriste très compétent.

— Tu m'en vois ravi, répondit-il avec un large sourire.

— Je m'en doutais… Mais je ne devrais pas boire cette bière, déclara Prudence. Je n'ai pas mangé, j'ai juste envie de dormir.

— Tu veux que j'aille te chercher un *fish and chips* à côté ?

— Je crois que je suis même trop crevée pour manger. Et on décolle à 4 heures cette nuit. Je vais aller me coucher.

— Moi aussi, déclara Ed en balayant la pièce du regard. C'est juste que je n'ai pas encore décidé avec qui…

Prudence eut un petit rire : il n'était pas aussi cavaleur qu'il aimait le faire croire pour amuser la galerie. Toujours est-il qu'il adorait flirter. Les femmes l'adoraient et les hommes l'admiraient.

— Garde ton énergie pour les Américaines. En passant à la caserne tout à l'heure, j'ai rencontré aux moins quatre beautés rien qu'à mon étage.

— Quand est-ce qu'on les aura avec nous ?

— Pas demain, mais sûrement très bientôt. On va d'abord leur donner les instructions, même si elles n'en ont pas vraiment besoin. Elles apprendront sur le tas, comme nous tous. Bon, j'y vais.

Sur ce, elle tendit sa chope à Ed, qui la reposa sur le comptoir.

— Je te raccompagne en voiture ! proposa-t-il. Tu dors debout.

Elle sortit à sa suite et ils échangèrent quelques mots pendant le court trajet jusqu'à la caserne. Le bâtiment des infirmières était l'un des plus grands de la base.

— Bonne nuit, et à demain ! lança Ed en repartant.

La description que Prudence avait faite des infirmières américaines lui trottait dans la tête. Étaient-elles aussi jolies qu'elle le prétendait ? Il avait hâte d'en juger par lui-même.

Emma Jones dormait déjà à poings fermés lorsque Prudence entra sur la pointe des pieds. Elles partageaient la même chambre depuis un an maintenant et, après des débuts tumultueux, elles étaient devenues très proches. Prudence avait entendu dire que la mission d'Emma avait été particulièrement éprouvante ce jour-là : elle avait perdu un patient, ce qui ne lui arrivait que rarement. De toute l'unité, c'est Emma qui avait eu la plus longue expérience comme infirmière avant la guerre. Elle avait grandi dans les bas quartiers de l'East End, à Londres, et ne reniait pas ses racines. Quand les premières bombes s'étaient abattues sur la ville, elle s'était aussitôt engagée dans l'armée, puis dans l'escadron spécial dès qu'il avait été formé. Elle était sortie un moment avec un pilote dont l'avion avait été abattu au-dessus de l'Allemagne en 1941. Depuis, il n'y avait pas d'homme dans sa vie et elle n'en voulait pas. Elle se concentrait sur son travail.

De petite taille, elle avait parfois l'air d'une enfant malgré ses 26 ans. Mais c'était une femme fougueuse, une bagarreuse des faubourgs capable de se battre comme une furie pour défendre les personnes auxquelles elle tenait. Prudence ne connaissait aucune infirmière à même de lutter avec autant de pugnacité pour sauver la vie de ses patients.

Au début, elles avaient eu quelques accrochages car Emma se méfiait viscéralement des personnes issues des classes dominantes et se prenait sans cesse le bec avec Prudence. Jusqu'au jour où elle avait compris que la jeune aristocrate n'était pas snob pour un sou et qu'il ne lui serait jamais venu à l'idée de la mépriser en raison de ses origines populaires. Depuis, elles étaient les meilleures amies du monde. Il arrivait à Emma de taquiner Prudence sur ses origines, et Pru lui retournait la politesse en la traitant de « racaille de l'East End ». Ceux qui entendaient pour la première fois ces insultes proférées avec le sourire étaient horrifiés, avant de comprendre que les deux femmes s'adoraient et que chacune aurait donné sa vie pour l'autre. Un jour, dans un pub, Emma avait décroché un uppercut à un soldat parce qu'elle pensait qu'il avait offensé son amie. Une bagarre générale s'était ensuivie et les deux femmes s'étaient échappées, riant tout le long de leur course jusqu'à la caserne.

Prudence avait de la peine pour Emma et le soldat qu'elle avait perdu. Elle savait que son amie souffrait beaucoup de ces décès et les prenait comme une défaite personnelle. Mais en dépit de leurs efforts, elles ne pouvaient pas les sauver tous.

Emma bougea sous les couvertures tandis que Pru enfilait sa chemise de nuit pour se glisser dans le lit d'en face. Son petit visage surmonté de cheveux roux coupés court, qui lui donnaient l'air d'un lutin, finit par émerger.

— C'est toi ? demanda-t-elle d'une voix ensommeillée.

— Non, c'est Greta Garbo, ironisa Prudence.

— C'est bon, marre-toi ! T'as mangé ? s'enquit Emma en reposant la tête sur l'oreiller.

Puisque personne n'autre ne le faisait, elles prenaient soin l'une de l'autre. Elles étaient sœurs d'armes dans le meilleur sens du terme.

— Non, je suis passée à l'hôpital pour voir un de mes patients qu'on a récupéré de justesse.

— Moi j'en ai perdu un, déplora Emma, qui avait maintenant les yeux grands ouverts dans le noir. Une balle dans le poumon. On a tout essayé. Il est mort à mi-parcours. On aurait dû décoller plus tôt, mais l'avion n'était pas plein et les équipes ont mis beaucoup trop de temps à nous amener les autres.

— On ne saura jamais ce qui aurait pu se passer, Em. Tu te rappelles, moi aussi, j'en ai perdu un comme ça le mois dernier. Ce sont des choses qui arrivent.

— Il n'avait que 21 ans, c'était un gamin.

— Ce sont tous des gamins. Tu ne verras jamais de vieux sur le champ de bataille. Rien que des jeunes qui ne devraient pas finir au casse-pipe.

Emma hocha la tête, avant d'annoncer :

— On a toute une cargaison d'Américaines qui sont arrivées aujourd'hui. Je les ai vues en rentrant. Elles n'arrêtent pas de jacasser et de se marrer.

— Ça va mettre un peu d'ambiance. J'ai croisé quelques-unes d'entre elles. Très sympas !

— Si tu le dis…

Emma mettait toujours un peu plus de temps que Prudence à accorder sa confiance aux nouveaux venus.

— On devrait essayer de faire connaissance, insista Pru. On va bientôt partir en mission avec elles.

— J'espère qu'elles ont le niveau, commenta Emma, la mine sérieuse.

— J'en suis sûre. Et puis tu sais bien qu'en fin de compte, on apprend toujours sur le tas !

Emma opina en refermant les yeux.

— Allez, dors un peu, tu as l'air crevée, lui conseilla son amie.

— Affirmatif, soupira Emma. Et je dois me lever à 3 h 30 pour décoller à 4 heures.

— Moi aussi.

— Secoue-moi si je me réveille pas !

— Bonne nuit, Em, murmura Prudence. Fais de beaux rêves.

Pru ferma les yeux et tenta de faire le vide dans son esprit. Elle se demandait parfois si elle aurait pu survivre à tout cela sans le soutien de ses collègues et amis, comme Emma et Ed. Leur solidarité leur donnait la force de recommencer chaque jour. Certaines des Américaines finiraient-elles par devenir des amies, elles aussi ? Le temps le dirait…

Le réveil d'Emma sonna à 3 h 30, ce qui donnait tout juste le temps aux deux jeunes femmes de s'extirper de leur lit pour sauter dans leur tenue de combat, se brosser les dents et se débarbouiller, avant de descendre au mess avaler une tasse de café. Le terrain d'aviation était situé à plus d'un kilomètre de la caserne. S'il n'y avait pas de voiture disponible, elles devaient y aller en courant. Elles calculaient l'heure du réveil à la minute près afin de pouvoir dormir le plus possible.

Le café de rationnement était amer et le sucre rare, mais il était encore plus difficile de trouver du thé. Ni Emma ni Prudence ne prenaient le temps de petit-déjeuner. Elles pouvaient compter sur leurs coéquipiers pour leur rapporter quelque chose du mess, ne serait-ce qu'une tranche de pain grillé ou une pomme, ou un peu de porridge dans un quart en fer-blanc. Cela leur suffisait pour attaquer la journée.

Leurs avions attendaient côte à côte sur le tarmac, tandis que les pilotes vérifiaient les moteurs. Ed arriva en voiture quelques minutes après Prudence. Il lui adressa un sourire, visiblement frais et dispos après cette courte nuit. Emma était déjà grimpée à bord de son C-47 et faisait l'inventaire du matériel. Ils avaient utilisé beaucoup de fournitures la veille, et ses aides-soignants avaient renouvelé le stock. Dix minutes plus tard, ils étaient parés au décollage. Pru jeta un œil aux brancards vides : ils étaient prêts à ramener vingt-quatre soldats à la base.

— On va où ? demanda-t-elle au pilote, qui avait en main la carte et le plan de vol.

Emma enfila son parachute. Quelques minutes plus tard, l'appareil se mit en position sur la piste. Ils ne se rendaient que dans les zones de combat les plus dangereuses, et le commandement leur indiquait par message codé le lieu où le besoin de secours était le plus pressant.

— On nous a appelés il y a une heure. La Luftwaffe a frappé à 130 kilomètres d'ici. Ils ont trente-neuf blessés, prêts à embarquer. On prend les vingt-quatre cas les plus urgents, une autre équipe se charge des blessés légers.

L'avion d'Emma décolla le premier. La Luftwaffe avait durement sévi durant la nuit. Cette pensée était sinistre, mais la jeune femme espérait que les soldats alliés avaient fait autant de dégâts en Allemagne. Pourvu que cette guerre se termine au plus vite…

Le lourd aéronef s'éleva dans un ciel de velours constellé d'étoiles. Ils atterriraient juste avant l'aube, ramèneraient les soldats à la base et renouvelleraient les stocks de matériel médical, avant de repartir pour la mission suivante. Toute la journée, ils transporteraient des corps brisés, un flux incessant de soldats blessés. Après plus de quatre ans de guerre, bon nombre de villes européennes étaient en ruine. Dans presque toutes les familles, on déplorait la mort d'un fils, et des milliers d'enfants étaient orphelins.

Dans l'autre avion, l'équipage de Prudence était composé de Reggie, son pilote, d'un copilote, de son ami Ed, ainsi que de Charlie, un autre aide-soignant. Elle contemplait le ciel nocturne, assise sur un strapontin. Tout semblait si paisible… Il était difficile de croire que tant de gens mouraient chaque jour.

— C'est beau, commenta Ed, assis juste derrière elle, en lui tendant une pomme.

Elle le remercia d'un hochement de tête et mordit dedans.

— Un jour, tout ça nous manquera, ajouta l'aide-soignant.

— Ça va pas, non ? Comment peux-tu dire ça ?

— Ça donne un sens à nos vies. On sait pourquoi on est là. Notre mission est importante. Tous les jours, plusieurs fois par jour, on a la chance d'accomplir des miracles en sauvant des vies.

— Sauf que ça fait un mal de chien quand on n'y arrive pas.

Prudence pensait à la tristesse d'Emma, la veille au soir. Elle ne connaissait pas le soldat mort pendant le transport, mais cela n'y changeait rien : la vie de ce garçon était précieuse. Pru songeait parfois qu'elle ne voudrait jamais d'enfants, même après la guerre. Elle en avait déjà trop perdu. Comment faisaient-ils pour survivre, les parents de ces soldats tombés au front, ou ceux qui avaient perdu leurs petits dans les bombardements ? Elle ne l'aurait pas supporté, et espérait ne plus jamais avoir à faire face à des situations aussi dramatiques une fois que tout cela serait terminé. Elle était entrée dans l'âge adulte avec la guerre, mais elle aspirait à la paix.

Tout à coup, l'avion bifurqua.

— Accrochez-vous, j'ai vu quelque chose, annonça Reggie avant de faire brusquement plonger l'appareil, scrutant intensément le ciel.

Un instant plus tard, ils aperçurent un chasseur-bombardier prêt à larguer sa cargaison mortelle, bientôt suivi de deux autres. Reggie réduisit encore l'altitude. Ses coéquipiers retenaient leur souffle, s'attendant à ce que les avions allemands les prennent en chasse. Au loin, le ciel s'illumina. La mort venait de frapper. L'avion-ambulance bifurqua à nouveau, restant très en dessous des chasseurs-bombardiers, mais ces derniers poursuivirent leur route sans prendre la peine de pourchasser le lourd cargo. Leur mission accomplie, ils rentraient en Allemagne. Pru, Ed et Reggie regardèrent l'incendie prendre de l'ampleur en dessous d'eux. Des gens mourraient et d'autres vivraient, certains seraient sauvés, d'autres non. Ainsi était faite une journée de travail ordinaire pour Pru et les hommes qui l'accompagnaient.

— Dix minutes, annonça Reggie.

Son copilote pointa la carte et confirma qu'ils étaient presque arrivés à destination. Pru, Ed et Charlie se préparèrent à débarquer. Le cœur de la jeune femme battait la chamade alors que le ciel se teintait de violet, zébré de rose. Le pilote sortit le train d'atterrissage.

— Aujourd'hui, tout va bien se passer, dit Ed.

Tandis qu'ils roulaient sur la vieille piste d'atterrissage défoncée, bordée de civières posées dans l'herbe, Prudence priait pour que la prédiction de son collègue se confirme.

9

Ce soir-là, Emma et Prudence arrivèrent à la base presque en même temps après leur dernier vol de la journée. Cela faisait quatorze heures qu'elles étaient en mission et elles tombaient de fatigue. Si le pilote était remplacé en début d'après-midi, le personnel médical, lui, restait le même tout du long. Soulever les civières ou parfois les hommes eux-mêmes, les déplacer, leur administrer les premiers soins… Tout cela était éreintant physiquement et psychologiquement. Dans la mesure du possible, ils parlaient aux blessés pour les rassurer et les maintenir éveillés. Certains étaient inconscients – parfois à cause de leurs blessures, parfois sous l'effet des antalgiques –, mais beaucoup étaient terrifiés et souffraient le martyre. Les missions requéraient une concentration de chaque instant et exigeaient des prises de décision rapides. Il n'y avait aucune règle gravée dans le marbre. Pru et son équipe, comme tous les autres, tentaient l'impossible pour sauver les soldats.

Lorsqu'elles se retrouvèrent sur le tarmac, les deux amies échangèrent un sourire las, puis se racontèrent leur journée. Ni l'une ni l'autre n'avait perdu de patient en cours de route, et c'est tout ce qui comptait pour elles.

Ed avait maintenu en place, de ses propres mains, les entrailles d'un garçon de 18 ans, en lui parlant en continu de son enfance en Irlande pour lui changer les idées. À leur retour à Down Ampney, les ambulanciers avaient pris le relais. Après avoir confié leurs derniers soldats, Emma et Pru étaient libres pour la soirée. Ce travail nécessitait des nerfs d'acier, mais ni elles ni aucune de leurs camarades n'en auraient voulu d'autre. Elles ne s'étaient pas engagées dans l'armée pour rester assises derrière un bureau ou arpenter un couloir d'hôpital.

— Tu viens avec moi pour causer un peu avec les Américaines que j'ai rencontrées hier ? suggéra Pru.

Emma hésita. Bien qu'elle soit épuisée, elle voulait se montrer bonne camarade. Et elle se demandait comment faisait Pru pour être aussi en forme… Son amie était toujours partante pour tout, même après une journée de quatorze heures à transporter des soldats dont la vie ne tenait qu'à un fil. À croire que c'était précisément de là qu'elle tirait cette force surhumaine. Seul le décès d'un soldat pouvait l'abattre momentanément, mais ensuite elle en discutait avec son équipe ou ses amies pour voir s'ils auraient pu gérer la situation autrement, et être en mesure de sauver le patient une prochaine fois.

— Ouais, pourquoi pas ? opina Emma en allongeant ses foulées pour régler son pas sur celui de son amie. Elles ont l'air plutôt sympas.

— C'est bien que les Yankees nous envoient des infirmières, commenta Pru.

Elle sentit que cette remarque crispait Emma, qui répondit du tac au tac :

— N'empêche qu'on est aussi bien formées qu'elles.

— Bien sûr, sourit Prudence. Mais elles ne sont pas au charbon depuis aussi longtemps que nous. Elles sont plus fraîches !

— Ça, c'est bien possible…

Emma avait l'impression d'avoir passé sa vie à la base aérienne, et d'y avoir vieilli. Comment se sentir jeune, avec les horreurs qu'elles voyaient tous les jours ?

Comme elles avaient le temps, elles rentrèrent à leur caserne à pied. L'air frais leur faisait du bien, après une journée passée dans l'odeur de sang, de brûlé et de désinfectant. Les deux amies humaient à pleins poumons la brise vespérale et son odeur de terre.

Plusieurs petits groupes de femmes se tenaient devant la caserne. En passant devant elles, Emma et Pru entendirent se mêler une multitude d'accents britanniques et américains, de toutes les régions et de tous les milieux sociaux. Un groupe riait de concert. Prudence reconnut les filles rencontrées la veille. Elles sortaient de la salle de cours, un cahier à la main. Pru s'arrêta pour leur présenter Emma et leur adresser quelques mots.

— Alors ça y est, vous savez tout sur la RAF ? Dites-leur de se grouiller, parce qu'on a besoin de vous dans les avions. Et tous ces protocoles ne vous serviront à rien, une fois là-haut ! Surtout que l'entraînement que vous avez eu chez vous n'est pas une partie de rigolade, d'après ce que j'ai entendu…

— J'ai failli y laisser ma peau, confirma Lizzie.

Audrey l'appuya d'un hochement de tête.

— Ça vous dit de venir dîner avec nous au pub ? Mais vous ne voulez peut-être pas rater le menu gastronomique du mess ?

— Ce n'est pas meilleur dans l'US Army, affirma poliment Alex.

En réalité, ses amies et elle avaient pu constater la veille que la nourriture de l'armée britannique était encore pire que ce qu'on leur avait fait ingurgiter au pays : un rationnement strict était en vigueur en Angleterre comme dans le reste de l'Europe.

— Le pub, ça nous changerait un peu, déclara Louise.

— C'est notre seule solution pour échapper à l'horrible tambouille qu'on sert ici, conclut Emma, ce qui fit rire ses camarades.

Toutes les six se mirent donc en route vers le pub. Elles furent ravies de commander de la bière avant d'attaquer des plats de haricots aux saucisses ou de hachis parmentier, dans leur version revue et corrigée par le rationnement. Mais le repas fut convivial et égayé par l'alcool.

— Quand est-ce que vous commencerez à partir en mission avec nous ? demanda Emma à Lizzie et Louise, pendant qu'Audrey et Alex conversaient avec Prudence.

Emma s'était ralliée au point de vue de son amie : ces filles étaient vraiment sympathiques. Il ne restait plus qu'à espérer qu'elles soient également solides sur le plan professionnel.

— On nous a dit que ce serait la semaine prochaine, répondit Louise. Enfin pour le reste du groupe, en tout cas. Moi, je vais d'abord travailler à l'hôpital. Dans un premier temps, apparemment, je suis assignée à l'unité fermée qui soigne les prisonniers de guerre allemands.

— Ah oui, je vois…

Prudence échangea un regard entendu avec Emma, puis décida de révéler la vérité toute nue à Louise, au cas où personne ne l'aurait encore fait.

— Dans l'armée britannique, la ségrégation raciale telle que vous la connaissez en Amérique n'existe pas… du moins pas officiellement. Il n'empêche qu'il y a tout de même des « missions spéciales » réservées aux infirmières de couleur, qu'elles soient britanniques ou américaines. L'unité des prisonniers de guerre en fait partie. Là-bas, presque toutes les infirmières sont noires. Toutes les infirmières de couleur doivent passer par là avant d'être mutées au transport aérien. Les dortoirs ne sont pas séparés, tu peux te mettre avec qui tu veux. Et tu peux flirter ou te marier avec qui tu veux. Mais quoi qu'il arrive, tu dois te coltiner les prisonniers allemands. Je me demande bien pourquoi. Sûrement parce que personne n'a envie de les soigner…

— C'est toujours mieux que ce qui se passe chez moi. Mon père ne voulait pas que je m'engage parce que la ségrégation est encore pire dans l'armée. Et il n'y a pas une seule infirmière noire dans la Marine. Donc par comparaison, ce n'est pas si mal, ici. Je suis très heureuse qu'on m'ait laissée intégrer la formation à l'évacuation aérienne, où j'étais la seule personne de couleur. Je pense que nous ne sommes pas nombreuses à avoir été prises.

— Alors ça veut sûrement dire que tu es sacrément douée, et qu'ils le savaient très bien, remarqua Prudence, suscitant l'approbation des autres.

Depuis son arrivée en Angleterre, Louise n'avait pas eu à affronter de regards hostiles. Rien qu'à la façon dont ils posaient les yeux sur elle, elle sentait que les Britanniques n'étaient pas aussi limités par les tabous et préjugés que la plupart des Américains. Ils la regardaient comme une personne, non comme un objet de haine, de concupiscence ou de mépris. Ici, elle était juste une femme comme les autres. Bien sûr, le travail auprès des prisonniers de guerre ne semblait pas particulièrement attrayant, et ce n'était clairement pas pour cela qu'elle était venue. Mais elle avait confiance dans le fait qu'elle finirait comme prévu à l'évacuation aérienne des soldats alliés. Elle devait simplement franchir une étape supplémentaire avant d'atteindre son objectif. C'était déjà mieux que tout ce qu'elle aurait pu espérer en restant aux États-Unis, où elle aurait été traitée comme une citoyenne de seconde zone par des Blancs ignorants.

— Bon, mais parlons de choses sérieuses, reprit Prudence après être allée chercher leur seconde tournée de bière. Qui d'entre vous a un amoureux ?

Tout le monde éclata de rire.

— C'est le désert ! répondit Alex au nom du groupe. Moi, je n'ai personne. Je me suis engagée pour éviter d'être mariée à un des sinistres banquiers que mes parents considéraient comme socialement désirables à New York. Dès que j'ai pu, je me suis inscrite en école d'infirmières, et puis je suis entrée dans l'armée aussitôt après Pearl Harbor. Depuis, je n'ai pas eu un seul rendez-vous, faute d'avoir rencontré quelqu'un d'intéressant. Ma mère prétend que les hommes détestent les femmes qui travaillent, surtout si elles portent d'affreux uniformes. Elle dit que le kaki ne me va pas et que j'ai l'air d'un dragon en culottes.

Pru et Emma rirent de bon cœur du franc-parler de leur nouvelle amie.

Audrey fut la suivante à prendre la parole, en rougissant :

— Moi non plus, je n'ai pas de petit ami. Mon père est mort quand j'avais 15 ans, et après ça ma mère est tombée gravement malade. Si j'ai fait des études d'infirmière, c'était surtout pour m'occuper d'elle. Elle est décédée il y a quelques mois, je me suis engagée tout de suite après. C'est mon premier poste. Mais pendant tout ce temps, je n'ai fait que soigner ma mère... Alors je n'avais pas vraiment l'occasion de rencontrer de garçons. Et puis j'avais trop peur de la laisser seule pour m'autoriser à sortir le soir. Résultat : je n'ai jamais eu de vrai rendez-vous galant, à part quelques sorties au drugstore quand j'étais au lycée, et je crois bien que je n'ai jamais été amoureuse. Qui sait, ça peut arriver ici ?

— C'est tout le mal que je te souhaite ! assura Prudence en lui posant gentiment la main sur l'épaule.

Le récit de Lizzie fut bref.

— Moi, j'avais un gros coup de cœur pour le frère d'Audrey depuis deux ans quand il m'a enfin remarquée. Audrey et moi, on s'est rencontrées à l'école d'infirmières. Il était dans la Marine, stationné à Honolulu. On est allées lui rendre visite parce que la mère d'Audrey nous a payé le voyage pour nous récompenser pour notre diplôme. Et enfin, il s'est aperçu de mon existence. On est tombés amoureux.

Ses yeux se remplirent de larmes mais elle poursuivit bravement :

— Je ne retrouverai plus jamais de garçon comme lui. Trois semaines plus tard, Pearl Harbor a été bombardé et il est mort. Ça fait un peu plus de deux ans. Je ne suis sortie avec personne depuis et ça m'est bien égal. Je suis ici pour bosser, c'est tout ce qui m'intéresse.

Avec un petit sourire courageux, elle essuya les larmes qui coulaient le long de ses joues. Emma lui tapota la main.

— Je sais exactement ce que tu ressens, dit-elle. Moi aussi, j'avais un petit ami fabuleux au début de la guerre. Un pilote de chasse de la RAF, bien sûr. Un type incroyable. Il y a trois ans, il s'est fait descendre alors qu'il survolait l'Allemagne. Depuis, c'est fini pour moi. Pas un seul rendez-vous, ça ne me dit rien du tout. Je suis infirmière et il n'y a que ça qui m'intéresse. De toute façon, les gars chicos ne veulent pas de moi, avec mon accent de l'East End, et je ne veux pas d'eux non plus. L'East End, c'est le quartier de Londres où on trouve les pires taudis d'Angleterre. C'est là où j'ai grandi. Les types de mon milieu sont dockers ou camionneurs, ils boivent trop et battent leur femme. Non, vraiment, je suis mieux seule que mal accompagnée, conclut Emma en se redressant sur sa chaise.

— Eh bien, vous avez toutes des choses plus intéressantes que moi à raconter, enchaîna Prudence. Moi j'ai grandi dans le Yorkshire, à la campagne. Je montais à cheval, je grimpais aux arbres avec mes frères. Je connais tous les garçons de la région depuis que je suis toute petite, et ma famille s'attendait à ce que j'épouse l'un d'entre eux. Mais mes deux frères sont dans la RAF, alors je me suis dit : « Pourquoi pas moi ? » J'ai eu quelques rendez-vous, mais je n'ai eu envie de revoir personne. Et puis l'époque ne se prête pas à la bagatelle. Je ne veux pas tomber amoureuse et risquer de perdre celui que j'aime. Alors je continue mon petit bonhomme de chemin sans trop y penser. J'ai mon boulot et mes copines, ça me suffit.

— Pareil pour moi, renchérit Louise. Mes parents tiennent l'éducation pour la vertu suprême. Mon père est médecin, ma mère directrice d'école. Alors j'avais intérêt à être bonne élève, première de ma classe... C'est ce que j'ai fait, et tout ce temps passé à étudier ne m'a pas laissé le temps de penser aux garçons. Maintenant, c'est la même chose, je veux me concentrer sur mon boulot.

— Eh ben, qu'est-ce qu'on est sages ! C'est triste ! s'exclama Prudence en riant. Aucune fille légère parmi nous, aucune qui regrette des aventures débridées. Franchement, je nous trouve très décevantes, et j'espère bien que vous aurez des réponses plus croustillantes à me donner la prochaine fois que je vous poserai la question... quitte à me raconter des salades !

Toutes se mirent à rire de bon cœur. Cette conversation avait révélé qu'elles étaient toutes aussi sérieuses qu'impliquées dans leur travail. Et que deux d'entre elles, malgré leur jeunesse, avaient déjà perdu les hommes qu'elles aimaient.

Alors qu'elles continuaient à faire connaissance en buvant et en fumant, elles calculèrent qu'à elles six, elles avaient quatre frères dans l'armée : deux pour Lizzie, et deux pour Prudence. Elles avaient beaucoup à perdre dans cette guerre, et Prudence avait raison : tomber amoureuse semblait bien risqué par les temps qui couraient. La mort pouvait à tout instant leur briser le cœur et réduire en miettes leurs rêves d'avenir.

C'est pourquoi la camaraderie comptait pour elles davantage que la romance. Mais de nombreuses autres jeunes femmes, dans leur unité, ne partageaient pas cette vision des choses, de sorte que les soldats en mal de tendresse ne manquaient pas de filles avec lesquelles passer du bon temps. En tant qu'ancienne sage-femme, Emma avait remarqué que de nombreux enfants illégitimes étaient déjà nés, et naîtraient encore pendant cette guerre, de pères tués au front ou de soldats qui profitaient de la situation pour se soustraire à leurs responsabilités.

— J'en ai vu beaucoup, des filles comme ça, dans mon quartier de Poplar, expliqua Emma. Il n'était pas question pour moi de suivre le même chemin. Avec mon gars, on faisait sacrément attention.

Elle ne prétendait pas être une sainte. La plupart des filles du groupe n'avaient quant à elles encore jamais eu de relations, mais il faut dire qu'Emma était la plus âgée d'entre elles. Elle avait aussi grandi dans des conditions plus rudes, et n'avait pu compter sur sa famille pour la soutenir ou la protéger. Ce récit de vie suscita l'admiration des cinq autres : malgré un démarrage difficile, Emma s'en était si bien tirée !

Lorsque les jeunes femmes prirent le chemin du retour, encore un peu plus fatiguées mais d'excellente humeur, de nouvelles amitiés s'étaient nouées, basées sur un respect mutuel.

Au bout d'une semaine, après leur bref cours d'introduction sur les règles, traditions et valeurs de la RAF, les infirmières américaines purent enfin accompagner leurs homologues britanniques dans quelques-unes de leurs missions. Elles formeraient des binômes jusqu'à être assez à l'aise pour prendre un vol en charge de façon autonome.

Seule Louise travailla à l'hôpital pendant cette période de transition, dont trois jours dans l'unité réservée aux prisonniers allemands. Cela ne l'enchantait pas, mais il se trouva que plusieurs de ces soldats étaient des officiers cultivés qui parlaient couramment l'anglais, et que leur conversation, pendant qu'elle renouvelait leurs pansements, n'était pas inintéressante. Elle n'aimait pas ce qu'ils représentaient, mais s'aperçut que plusieurs d'entre eux étaient plutôt contents de passer une partie de la guerre en Angleterre, loin de l'horreur du front.

Alors qu'elle en parlait à Emma le deuxième soir, sa nouvelle amie la mit en garde :

— Attention, fais gaffe à ne pas tomber amoureuse d'un boche ! Tu ne pourrais pas le ramener chez toi. Et ils ont beau être charmants et cultivés, ça reste des nazis !

Louise venait d'avoir une conversation passionnante avec l'un d'entre eux, au sujet de Goethe et Thomas Mann. Elle ne connaissait aucun Américain, noir ou blanc, avec lequel elle aurait pu avoir un échange de ce niveau. C'était un changement bienvenu, mais d'un autre côté elle savait qu'Emma avait raison : devenir trop proche de ces prisonniers aurait été une très mauvaise idée. Les discussions passionnées qu'elle pouvait avoir avec ses parents lui manquaient beaucoup. Mais mieux valait attendre de rentrer au pays pour stimuler à nouveau son intellect.

Pour leur première mission, Lizzie fut assignée à l'équipe de Prudence, Alex à celle d'Emma, et Audrey à celle d'une Australienne de leur chambrée avec laquelle elle s'entendait bien. Cependant, Emma était toujours sur la réserve avec Alex, et elle en parla à Prudence.

— J'aurais préféré qu'ils m'envoient une autre fille du groupe. C'est avec toi qu'Alex devrait faire équipe.

— Ah bon ? Et pourquoi ?

— Parce que, même si vous vous en cachez très poliment, vous êtes toutes les deux des filles de la haute ! Elle vient d'une famille chicos, ça se voit tout de suite, et tu as entendu comme moi ce qu'elle raconté au pub l'autre soir. Toi, au moins, tu saurais de quoi causer avec elle.

— Déjà, la seule chose dont vous aurez à causer, comme tu dis, c'est du soldat qui vient de se faire arracher la jambe, et de comment l'empêcher de se vider de son sang avant d'atterrir à la base. Ou de celui qui a perdu un bras, ou ses yeux, ou ne sera plus jamais capable de marcher. Personne ne vous demande de parler de littérature ou d'opéra, ne t'inquiète pas.

Emma rit de la repartie de son amie, qui poursuivit :

— De plus, elle est américaine, donc elle n'entend pas ton accent. Moi non plus, d'ailleurs, car je m'en fiche complètement. Est-ce que tu as du mal à me parler, à moi ?

— Non, mais c'est parce que je te connais, maintenant.

— On est toutes pareilles, Em ! C'est à ça que sert l'uniforme. On est infirmières, et on est toutes là pour garder ces types en vie. D'où on vient ou pourquoi on s'est engagées… tout le monde s'en fiche ! On est là pour sauver des vies, pas pour boire du thé et manger des scones le petit doigt en l'air. Peut-être bien qu'elle est « chicos », comme tu dis, mais elle n'aura pas le temps d'y penser quand elle aura les mains dans le sang ou le vomi, ou qu'un gars mourra dans ses bras. Qui se sent chicos dans des situations pareilles ?

— Tu dois avoir raison, concéda Emma. Je m'attends tout le temps à ce que les gens me méprisent à cause de mon accent. Il y en a qui sont tellement snobs…

— Pas ici. Et aucun être humain digne de ce nom ne s'arrête à de telles bêtises. Je sais à quel point on vit dans un pays coincé, mais j'espère que la guerre va un peu changer la donne. Toi ou moi, il n'y en a pas une qui soit supérieure à l'autre. Si ce n'est que tu es probablement meilleure infirmière. Ces filles sont américaines, elles viennent du Nouveau Monde. Elles n'ont pas grandi avec les préjugés qu'on a chez nous depuis des siècles, comme quoi chacun doit rester à sa place. Emma, tu es plus intelligente et plus savante que toutes les filles que j'ai pu rencontrer dans mon ancienne vie. Elles n'ont appris qu'à danser la valse, à peindre à l'aquarelle et à faire du cheval. La plupart d'entre elles sont si stupides que je ne peux pas passer une heure avec elles sans mourir d'ennui. D'après ce qu'elle raconte, Alex non plus n'est pas enchantée du monde dans lequel elle a grandi, et c'est précisément pour ça qu'elle se retrouve ici. Ce style de vie n'a plus aucun sens de nos jours, en tout cas pas à mes yeux, et sans doute pas à ceux d'Alex non plus. Laisse-lui sa chance !

Emma hocha la tête, convaincue. Pru était toujours si fine et si réfléchie !

Le jour de son premier vol avec Prudence et son équipe, les genoux de Lizzie tremblaient au moment de monter à l'échelle pour embarquer. Serait-elle à la hauteur ? Leur avion serait-il abattu par des tirs enne-mis ? C'étaient des choses qui arrivaient. Plusieurs équipes d'évacuation aérienne avaient déjà été tuées. Mais Lizzie s'inquiétait surtout de savoir si elle saurait mobiliser les bons gestes techniques…

Percevant son anxiété, Prudence tenta de la rassurer tandis qu'elles faisaient l'inventaire du matériel.

— Ne t'inquiète pas, on va prendre bien soin de toi !

— J'ai peur de ne pas avoir les bons réflexes.

— Mais si, tu vas y arriver.

Prudence se souvint de ce que Lizzie leur avait dit du frère d'Audrey. C'était une histoire tragiquement banale en cette période, et cela lui faisait de la peine pour ses deux nouvelles amies. Pru n'osait imaginer ce qu'elle ressentirait si l'un de ses frères mourait. Elle s'inquiétait constamment à leur sujet, surtout pour Phillip, qui se jouait toujours du danger.

— Tu n'as qu'à traiter les patients un par un, expli-qua Pru à Lizzie. Les aides-soignants effectuent un tri dès qu'on leur amène les blessés, donc c'est eux qui nous disent de qui on doit s'occuper en premier. C'est eux qui font tout le travail en amont. Certains soldats ne sont pas à l'article de la mort et ne réclament pas de soins immédiats. Ceux-là, on les prend en charge en dernier et il suffit de les installer confortablement pour le vol. Certains sont même en état de marcher. Quand ils souffrent trop, on n'hésite pas à leur administrer de la morphine et ils dorment pendant le voyage. De toute façon, on ne peut que parer au plus pressé, pas les soigner en quelques minutes. Une ambulance, qu'elle soit automobile ou aérienne, ce n'est jamais qu'un taxi médicalisé. Bien sûr, on doit parfois prendre des décisions urgentes, mais la plupart du temps, ce qu'il y a à faire est assez évident. Quand c'est vraiment grave, tu fais ce que tu peux, et tu pries pour qu'ils tiennent le coup jusqu'à la base. Observe bien ce que Ed et moi faisons, et tu trouveras rapidement tes marques.

Prudence présenta Lizzie aux deux aides-soignants, Charlie et Ed, puis aux deux pilotes. Charlie Burns était un Écossais dynamique et un excellent urgentiste. Quant à Ed Murphy, c'était le meilleur aide-soignant avec lequel elle ait jamais travaillé. Ses connaissances dépassaient de beaucoup celles de la plupart de ses collègues.

— Il aurait dû faire des études de médecine, confia Prudence à Lizzie alors qu'elles s'installaient sur leurs strapontins et bouclaient leurs ceintures de sécurité.

— Moi aussi, je voulais faire médecine, déclara Lizzie d'un air dégagé. Mais mon père ne voulait pas. Il est cardiologue, et ma mère infirmière. Enfin elle l'était, jusqu'à ce qu'elle ait des enfants. Mon frère aîné est orthopédiste, et le plus jeune a interrompu ses études de médecine pour s'engager dans l'armée après Pearl Harbor. Mon père estime qu'une femme ne doit pas devenir médecin. Son rôle est de se marier et de rester à la maison pour élever les enfants. Donc je me suis inscrite en école d'infirmières pour faire plaisir à mes parents. Mais j'aurais préféré m'inscrire en médecine.

— Peut-être que tu pourras le faire après la guerre, suggéra Prudence.

— Faire quoi ? s'enquit Ed.

Il s'était tourné vers elles après avoir échangé quelques mots avec Charlie sur leur projet de week-end à Londres. Quelqu'un lui avait parlé d'un club de jazz où on pouvait rencontrer des filles intéressantes et il comptait sur la présence de son camarade pour partir en chasse.

— On parle d'université de médecine, l'informa Prudence.

— Ah. Moi, je n'avais pas les moyens d'y aller mais j'espère qu'il y aura des aides à la reconversion pour les anciens combattants après la guerre. J'ai fait toutes sortes de jobs pour aider ma mère à élever mes frères et sœurs, mais ils seront bientôt tous assez grands pour travailler, alors je ne perds pas espoir de devenir médecin un jour.

— Ce serait super pour toi, dit Lizzie. Moi, mon père ne m'a pas laissée y aller.

— Ah bon ? Pourquoi ?

— Parce que je suis une femme.

— Et donc ? Tu en connais beaucoup, des femmes prêtes à sauter en parachute pour sauver des blessés ?

— Je crois bien qu'elles sont toutes ici.

— Exactement. Par comparaison, donner des consultations dans un cabinet, ou même travailler dans un hôpital, ce serait de la rigolade pour toi, si tu ne redoutes pas les années d'études. Tu étais douée ?

— Du moment que je suis motivée, ça va. Et c'est le cas.

Lizzie aimait bien ce type. Il était simple et direct, et semblait penser comme elle.

162

— D'où est-ce que tu viens ? demanda Ed alors qu'ils décollaient, destination le continent.

— Boston, répondit Lizzie.

— J'ai un cousin là-bas, révéla Ed. Un type dingue, qui tient un restaurant de poisson. Il est là-bas depuis des années mais il n'est pas apte au service, donc il continue de faire des affaires pendant que nous, on risque notre peau avec les boches. Comment tu as eu l'idée de venir ici, au fait ?

— Ça tombait sous le sens. Avant, j'étais stationnée à San Francisco, mais j'avais l'impression de ne pas en faire assez. Alors je me suis portée volontaire pour l'évacuation aérienne.

— Chapeau bas, dit-il en scrutant le ciel, d'où les avions allemands pouvaient surgir à tout moment. Moi aussi, j'avais envie de passer au niveau supérieur. Ma fiancée est morte pendant les premiers bombardements de Londres. À la suite de ça, je ne pouvais plus me contenter de conduire une ambulance.

— J'ai aussi perdu quelqu'un, dit doucement Lizzie. À Pearl Harbor.

Ed hocha la tête et tous deux gardèrent le silence. Peu après, le pilote annonça qu'ils n'étaient plus qu'à dix minutes de leur destination. Les deux aides-soignants se relevèrent pour vérifier une dernière fois les brancards et le matériel médical. Ils étaient prêts. Quand l'avion amorça la descente, le pilote annonça que l'atterrissage serait délicat.

— Je n'ai pas envie d'être attrapé par les boches aujourd'hui, Reggie, alors tâche de ne pas nous faire repérer. Ce soir, je veux aller boire ma bière au pub, pas dans un *Biergarten* !

— Ouais, ouais, je fais de mon mieux, répondit le pilote en manœuvrant le gros avion d'une main experte.

Ils atterrirent sur une vieille piste abandonnée. Ed et Charlie ouvrirent les portes et sortirent l'échelle pendant que Lizzie et Pru se tenaient prêtes à passer à l'action. Dehors, des soldats britanniques accoururent, chargés d'une première civière. Le copilote prêta main-forte aux soldats et aides-soignants pour hisser un à un tous les blessés pendant que Reggie restait aux commandes, prêt à décoller en urgence. En moins de dix minutes, les vingt-quatre patients étaient sanglés sur leurs brancards. Pru claqua la porte, la verrouilla, et rejoignit son strapontin à toute vitesse, après quoi ils décollèrent. Dès qu'ils eurent repris de l'altitude, Pru quitta son siège, suivie d'Ed. L'aide-soignant lui transmit les informations :

— On a une blessure thoracique grave, plus un qui est blessé à la tête. Il est inconscient, ils lui ont donné de la morphine à l'infirmerie de campagne. Le blessé à la poitrine a du mal à respirer, c'est peut-être lié à l'altitude. Ensuite, on a une jambe gangrenée et un bras amputé.

La liste se poursuivait ainsi : brûlures graves, yeux crevés par des shrapnels... Quand Ed eut terminé, Lizzie proposa son aide.

— Qu'est-ce que je peux faire ? Si vous voulez, je peux surveiller celui qui a du mal à respirer.

— Bonne idée, merci, dit Ed.

Pru se dirigea vers le soldat à la jambe gangrenée. Il devait être amputé, mais l'infirmerie de campagne n'était pas équipée pour assurer l'opération. Le chirurgien de la base s'en chargerait. Les quatre soignants commencèrent à s'affairer. Le soldat à la poitrine perforée se mit soudain à suffoquer, et son pouls devint irrégulier. Avec l'aval de Prudence, Charlie lui administra une piqûre d'adrénaline. Lizzie attendit que son pouls se stabilise pour prendre les constantes des autres, et faire une intraveineuse de morphine à celui qui avait perdu un bras. Quand ils atterrirent une heure et demie plus tard, aucun soldat n'était mort ni n'avait vu son état s'aggraver. Les ambulances les attendaient sur le tarmac et, en quinze minutes, tous les patients furent pris en charge. Le bloc opératoire était déjà prévenu de l'arrivée du blessé au thorax.

À l'issue de cette première mission, Lizzie se révéla très impressionnée par l'efficacité du transport aérien. Beaucoup de ces hommes n'auraient pas survécu s'ils avaient dû être évacués en ambulance ou en camion militaire.

— Vous faites un boulot incroyable, les gars ! déclara-t-elle à ses collègues.

Pru avait raison : Ed était bien plus doué que la plupart des aides-soignants ou secouristes. Il possédait des connaissances médicales approfondies.

— On repart dans vingt minutes, leur annonça le pilote en passant devant eux.

Pendant qu'il faisait le plein, Lizzie et Prudence complétèrent rapidement le stock de matériel et de médicaments. Il leur resta tout juste le temps d'avaler un café dans le hangar avant la mission suivante.

Ce jour-là, ils firent cinq allers-retours jusqu'au continent. Lizzie fut surprise par la diversité des blessures auxquelles ils étaient confrontés, et par le degré d'expertise avec lequel ils traitaient chaque cas. Petit à petit, ses collègues lui assignèrent davantage de patients et, à la fin de la journée, elle avait l'impression d'être l'un des rouages d'une machine bien huilée. Ed lui jeta un regard admiratif :

— Je crois bien que tu fais l'affaire, déclara-t-il en ébauchant un sourire. D'ici peu, tu t'en sortiras très bien toute seule. Tout ce qu'il te faut, ce sont deux bons aides-soignants pour t'épauler, et nous en avons d'excellents parmi nous. Félicitations, lieutenant !

— Merci !

Lizzie était rayonnante. Et tandis qu'elle descendait de l'avion, elle se dit qu'elle s'était fait un ami. Puisse-t-il un jour réaliser son rêve de devenir médecin ! Pour sa part, elle n'y comptait plus.

De son côté, alors qu'il changeait les draps des brancards et refaisait les stocks, Ed pensait exactement la même chose de Lizzie...

10

Si Emma s'aperçut rapidement, à la façon dont elle mena les premiers examens cliniques et fixa les diagnostics, qu'Alex était une infirmière compétente, elle s'attendait encore à ce que l'Américaine lui oppose une attitude hautaine et lui décoche un commentaire méprisant ou sarcastique. À la grande surprise de la Londonienne, cela n'arriva pas. Au contraire, Alex se montra conciliante et respectueuse et écouta avec gratitude tous ses conseils.

À la fin de leur première journée, une fois tous les patients transférés dans les ambulances, Alex se mit à la remercier avec profusion. Ensemble, travaillant au coude à coude, elles avaient sauvé plus d'une vie !

— Tu sais quoi, Alex ? Tu es complètement différente de ce que je croyais…, dit Emma, sidérée.

— Ah ? Dans quel sens ?

— Tu es modeste, ouverte aux conseils… Bref, tu es une chouette coéquipière, et une infirmière épatante.

— Oh, merci beaucoup ! Toi aussi. J'ai adoré travailler avec toi aujourd'hui. J'espère qu'ils me laisseront partager ton avion encore un peu. J'ai tellement de choses à apprendre…

— Moins que tu le penses. Tu te serais très bien débrouillée sans moi dans la plupart des situations, et puis tu as vu : les gars sont là pour nous épauler, et ils sont supers !

— Oui, les aides-soignants sont très doués aussi… En fait, vous êtes tous très impressionnants ! Vous autres, les infirmières aériennes, vous êtes de vrais anges gardiens qui volez au secours des blessés. La moitié de ces hommes n'auraient pas survécu si on avait essayé de les emmener par voie de terre… Au début, je m'inquiétais un peu qu'il n'y ait pas de médecin à bord. Mais on n'en a pas vraiment besoin, finalement. Tes connaissances et ton expérience sont bien supérieures à celles de la plupart des infirmières.

Emma eut un petit rire.

— Mon expérience, rappela-t-elle à Alex, c'est comme sage-femme que je me la suis faite. Note que je n'ai pas tellement eu l'occasion de faire d'accouchement depuis que je suis dans l'armée !

— Mais d'autres peuvent s'en charger à ta place. Avec tes compétences, tu es bien plus utile ici.

— Et moi qui pensais que tu me mènerais la vie dure !

— Pourquoi aurais-je fait une chose pareille ?

— Parce que tu viens d'un milieu chicos, et tellement supérieur au mien ! Moi, j'ai grandi dans un immeuble infesté de rats, dans le quartier le plus malfamé de Londres. Et ici, il suffit que j'ouvre la bouche pour que les gens sachent exactement d'où je viens. Toi, tu viens d'une famille beaucoup plus privilégiée que nous autres. Comme Prudence. Je m'inquiétais, au début. Les aristocrates britanniques sont tellement snobs… Mais Pru, au contraire, est la fille la plus simple, la plus gentille et humble que je connaisse. Finalement, tu n'es pas si différente d'elle.

— Merci, Emma, répondit Alex qui, si elle l'avait osé, l'aurait volontiers prise dans ses bras. Tu sais, pour moi, le statut social ne fait pas la valeur des gens. Je suis loin d'admirer ma famille. Ils n'ont jamais rien fait de leur vie. Seul mon père travaille, ou plutôt il fait travailler les autres. Ils sont tous égocentriques. Ma sœur se prend pour la reine de l'univers, elle ne pense qu'à elle et n'a jamais rien fait de ses dix doigts. Tout ce qu'ils m'ont appris, c'est que je ne voulais pas devenir comme eux. Ils ne m'inspirent aucun respect, je n'ai aucune envie de leur ressembler. Je préfère rester seule plutôt que de fonder une famille avec quelqu'un de ce monde-là. Mon beau-frère n'est pas méchant, mais ses valeurs me donnent la nausée. Ça me fait de la peine de penser que mes nièces finiront aussi gâtées et égoïstes qu'eux.

— Mais toi, tu n'es pas comme ça.

— Non, enfin je l'espère. Mais ce n'est pas facile. Quand j'essaie de leur ouvrir les yeux, je me retrouve face à un rouleau compresseur, et en fin de compte je me sens très isolée.

— Pour le coup, je n'ai pas l'impression que Prudence se dise la même chose de sa famille. Ses parents ont l'air très gentils. Ils accueillent beaucoup d'enfants qui ont dû quitter Londres pour échapper aux bombardements. Plusieurs d'entre eux sont orphelins, maintenant. Tout ce que Pru reproche à ses parents, c'est d'être un peu vieux jeu. Je ne comprends pas qu'on ait encore une noblesse dans ce pays, mais finalement Pru est la seule aristo que j'aie jamais rencontrée, et c'est une vraie crème !

Depuis qu'elle la connaissait, Alex aussi trouvait que Prudence incarnait la vraie noblesse – celle du cœur – par ses choix de vie exemplaires.

— Moi, j'ai honte de faire partie de ma famille, dit-elle.

— Peut-être que ce sera différent, à ton retour. Ici, on dit que la guerre va bouleverser l'ordre social. C'est bien possible, même si je ne veux pas trop miser là-dessus. Nous autres Britanniques, on est tellement coincés dans nos traditions… On dirait qu'il faut à tout prix garder les classes inférieures là où elles sont, sans jamais leur donner une chance de s'en sortir. Comme la naissance compte plus que le mérite, je resterai une pauvre fille issue des bas quartiers. Mais l'Amérique, c'est le pays où chacun peut tenter sa chance, pas vrai ? Chez vous aussi, je suis sûre que les choses vont changer. Et des deux côtés de l'Atlantique, les femmes ont leur mot à dire depuis qu'elles ont pris la relève des hommes mobilisés. Non seulement elles continuent à s'occuper de la maison et des enfants, mais elles ont aussi pris la place de leurs maris à l'usine ou à la ferme. Elles sont même devenues patronnes ! Alors les hommes ne pourront plus nous exclure de la marche du monde. Je pense qu'après la guerre, tu seras beaucoup plus libre de faire ce qui te chante.

— On voit que tu ne connais pas ma famille : ce genre d'idées ne les effleure même pas. Mais quand je te vois… Tu as vraiment accompli quelque chose, en devenant infirmière, sage-femme, et finalement membre de la RAF. On peut dire que tu as fait un pied de nez à l'ordre établi, alors tous les espoirs sont permis !

— C'est aussi ce que dit Prudence, mais je doute que les autres membres du gratin s'en réjouissent autant qu'elle. Pru est une fille exceptionnelle, quelqu'un qui a du cœur. Ce n'est pas le cas de la plupart des aristos.

— D'après ce que tu m'as dit, ses parents sont très généreux, puisqu'ils ont recueilli tous ces enfants ? Ça ne viendrait jamais à l'esprit de ma famille, par exemple !

— Peut-être que tu pourras leur ouvrir un peu les yeux… Je pense que tu devrais essayer, quand tu les retrouveras. Il va bien falloir que le monde change, après la guerre. Il doit changer pour le mieux, pour que chacun puisse en profiter. Sinon à quoi ça aura servi, de subir tout ça ?

Tout en partageant son avis, Alex trouvait bien idéalistes les paroles d'Emma. Dans un monde parfait, elle aurait eu tout à fait raison. Mais le monde était loin d'être parfait. Il était même en ruine et il faudrait de nombreuses années pour le réparer. Et tous ne seraient pas prêts, pendant cette longue reconstruction, à céder un peu de ce qu'ils avaient pour rendre la vie meilleure à d'autres. Elle voyait ses parents d'ici : ils se plaindraient de la difficulté de trouver du personnel, du prix exorbitant de choses dont ils n'avaient pas vraiment besoin, ou des hôtels de la côte d'Azur encore fermés. Ils ne chercheraient pas à comprendre les raisons derrière tout ça, ni à les résoudre.

Ce soir-là, alors qu'elles dînaient au pub toutes ensemble, Alex raconta combien elle avait été impressionnée par les missions qu'elles avaient accomplies dans la journée. Ses camarades partageaient son sentiment. L'évacuation aérienne réalisait de véritables prouesses pour sauver des milliers de vies. D'ailleurs, le Bureau de la Guerre était plus que satisfait des premiers retours de cette nouvelle unité.

Un peu plus tard, Ed entra dans le pub et repéra le groupe d'infirmières. Emma et Alex poursuivaient la conversation engagée en fin de journée tandis que Lizzie bavardait avec Louise et Audrey.

— Prudence n'est pas là ? s'étonna-t-il en s'approchant de leur table.

— Elle avait mal à la tête, elle est allée se coucher, répondit Lizzie en faisant de la place à l'aide-soignant sur sa banquette.

Il s'assit pour un brin de causette. Il avait apprécié leurs conversations au cours de la journée, quand la prise en charge des patients leur en avait laissé le temps. Entre des moments incroyablement intenses, ils avaient des périodes plus calmes.

— J'ai repensé à ce que tu m'as dit ce matin, pendant le premier vol, commença Ed. À propos du fait que tu as perdu ton homme à Pearl Harbor. C'est dur d'oublier quelque chose comme ça. C'est ce qui m'est arrivé avec Belinda. La plupart d'entre nous ont perdu quelqu'un à qui ils tenaient : conjoint, fiancé, frère, sœur, ami… Personne n'y échappe, mais il ne faut pas que ça nous empêche de vivre. Ils ont disparu, c'était leur destin. Nous sommes encore jeunes. Un jour, la guerre finira, l'avenir s'ouvrira enfin à nous. Ne garde pas le deuil trop longtemps, Liz. Pardon de te dire ça de but en blanc, mais c'est juste un conseil d'ami. Pour ma part, j'ai fini par comprendre que Belinda n'aurait pas voulu que je la pleure toute ma vie. Elle n'était pas comme ça. C'était une fille pleine de vie… Comme ton fiancé, peut-être ?

— Oui, je ne l'ai jamais vu triste, confirma la jeune femme en songeant à Will.

— Alors tu dois aller de l'avant et vivre ta vie. Nous ne les oublierons jamais. Mais un jour, j'en suis sûr, tu rencontreras quelqu'un qui est fait pour toi.

Même deux ans après le drame, Lizzie n'arrivait toujours pas à se projeter. Mais elle savait Ed animé de bonnes intentions et elle lui sourit. Elle aimait bien son accent irlandais. Il avait une voix si calme et si douce, lorsqu'il réconfortait les patients…

Quand l'aide-soignant quitta le pub, les autres infirmières pressèrent Lizzie de questions.

— On dirait qu'il en pince pour toi ! s'exclama Louise.

— Mais non, voyons, il essaie juste de se montrer amical.

Sous les « Ouh là là » de ses amies, elle rougit jusqu'aux oreilles et se récria de plus belle :

— Ça m'étonnerait qu'il s'intéresse à moi. Pru et notre autre coéquipier disent qu'il a des tas de petites amies.

— En attendant de trouver la bonne, remarqua Alex, un grand sourire aux lèvres.

Emma riait, elle aussi.

— Là d'où je viens, dit-elle, on se pose pas autant de questions. Quand on croise un beau gosse comme ça, on l'attrape et on le lâche plus !

En réalité, l'ancienne sage-femme n'avait toujours pas fait le deuil du petit ami qu'elle avait perdu au début de la guerre. Pas question pour elle de s'enticher de quelqu'un qui risquait de mourir. Or, dans leur unité, le danger était omniprésent.

Après avoir quitté le pub, Ed s'aperçut, un peu gêné, que le conseil qu'il venait de donner à Lizzie n'était pas complètement désintéressé. Depuis la mort de Belinda, c'était la première fois que quelqu'un lui faisait autant d'effet…

En mission aérienne, le lendemain, il s'efforça cependant de rester professionnel. Malgré un reste de migraine, Pru était fidèle à son poste, mais elle laissa Lizzie prendre plus de choses en charge, ce qui constituait un bon exercice pour elle. Cela amena Ed et Lizzie à se côtoyer bien davantage que si Prudence avait pris la direction des opérations. À un moment donné, sans même y réfléchir, l'aide-soignant posa une main sur son bras et elle leva vers lui un regard étonné. Il retira alors prestement la main et s'éloigna sous prétexte d'aller prendre les constantes du patient suivant. Mais l'envie de la toucher et de se lier plus profondément à elle persista. Il pensait encore à elle après la journée de travail. En fait, il s'aperçut qu'il pensait à elle tout le temps, mais craignait de l'effrayer. Prudence l'avait remarqué, elle aussi : il se tenait plus près d'elle, venait lui parler à tout propos, se montrait d'une extrême gentillesse quand il l'aidait auprès d'un patient, ou lui tendait la main lorsqu'elle descendait l'échelle à la fin de la journée. C'en était fini de l'air bravache dont il avait usé avec les filles au cours des dernières années. La présence de Lizzie le laissait K.O.

— Tu ne serais pas en train de tomber amoureux ? lui demanda Prudence un soir où ils s'étaient retrouvés dans la réserve à matériel médical.

Elle le savait plus sensible qu'il voulait bien le montrer. Après une hésitation, Ed hocha la tête.

— Tu ne crains pas de souffrir à nouveau ? avança l'infirmière. Par les temps qui courent...

— Mais enfin, Pru, tu ne peux pas penser comme ça ! Moi, en tout cas, je ne peux pas. C'est vrai, j'ai souffert en perdant quelqu'un que j'aimais. Mais la vie ne doit pas s'arrêter pour autant. Nous sommes jeunes, il y aura un « après ». Nous devons y croire, sinon ce n'est même pas la peine de se lever le matin.

— Tu as bien raison. Et Lizzie a un cœur gros comme ça.

— Oui, ça se voit tout de suite, n'est-ce pas ? Et quel talent ! Elle devrait les faire, ces études de médecine. Elle a des mains de magicienne et de la jugeote, ce qui lui permet d'établir des diagnostics très sûrs.

— Toi aussi, tu devrais faire tes études de médecine.

— Après la guerre, ce sera déjà bien si je deviens ambulancier...

À l'issue d'une semaine riche en missions périlleuses, Pru annonça à Lizzie qu'elle était prête à voler toute seule, malgré le plaisir qu'elle prenait à travailler à ses côtés. Elle signerait son accréditation dès le lendemain.

Le soir venu, dans leur chambre, Lizzie papota un moment avec Audrey, qui était sortie dîner avec un pilote de la RAF. Pour éviter de réveiller les autres filles, elles riaient sous cape comme des lycéennes, dans une insouciance retrouvée. Puis elles sombrèrent dans les bras de Morphée, un sourire aux lèvres.

Lizzie dormait à poings fermés quand Audrey la réveilla deux heures plus tard. Lizzie ouvrit un œil, désorientée, et ne se souvint de là où elle était qu'en découvrant le visage de sa camarade près du sien. Était-ce une alerte aérienne ? Elle se redressa dans son lit, mais on n'entendait ni alarme ni détonation.

— Qu'est-ce qui se passe ?

— Il y a quelqu'un qui veut te voir, en bas. Le gardien de nuit vient de frapper à la porte pour nous le dire.

— À cette heure-ci ?

Plutôt que d'effrayer son amie, Audrey se contenta de hocher la tête. En général, les bonnes nouvelles attendent le matin...

— Il faut que je m'habille, tu crois ?

— Vu l'heure, je ne pense pas.

Lizzie enfila son peignoir et ses pantoufles. Ainsi vêtue, avec ses longs cheveux blonds et bouclés qui descendaient librement dans son dos, elle avait l'air d'une toute jeune fille. Elle se hâta de descendre l'escalier. Deux officiers étaient assis dans la salle de pause qui faisait aussi office de parloir – les messieurs n'avaient pas le droit de s'aventurer plus avant dans le bâtiment. Les deux hommes étaient en uniforme. Lizzie eut un coup au cœur en comprenant qu'ils étaient américains. L'un était capitaine dans l'armée de l'Air, l'autre sous-lieutenant. Ils faisaient partie des officiers américains présents en Angleterre pour coordonner leurs troupes avec la RAF.

Ils se levèrent à son arrivée et, malgré sa tenue, elle fit le salut militaire et attendit qu'ils disent quelque chose.

176

— Lieutenant Hatton, commença prudemment le capitaine. Je suis désolé de vous déranger à cette heure-ci, mais je sais que vous travaillez en horaires décalés et j'ai pensé qu'il valait mieux que je vous voie tout de suite.

D'un geste de la main, il l'invita à s'asseoir. La renvoyait-on chez elle ? Avait-elle commis quelque erreur impardonnable ?

— Quelque chose ne va pas ?

L'officier échangea un coup d'œil avec son collègue.

— Lieutenant, nous ne vous apportons pas de bonnes nouvelles. Aujourd'hui, votre frère, le lieutenant Gregory Hatton, est mort dans l'attaque surprise de l'hôpital où il travaillait en Nouvelle-Calédonie. Ils ont été bombardés à plusieurs reprises par des avions japonais et il y a eu de nombreuses victimes, parmi lesquelles votre frère. Il tentait de mettre ses patients à l'abri. Nous tenions à vous en informer au plus vite. Malheureusement, compte tenu des circonstances, avec le risque que comporterait votre rapatriement, nous ne pouvons vous laisser rentrer chez vous. Bien sûr, vous aurez droit à des jours de repos, mais vous devrez rester ici.

Lizzie opina lentement, incapable de parler. Elle essayait de donner un sens à ce que le capitaine venait de lui dire. Ce n'était pas possible. Pas Greg. Il était médecin, il venait de terminer ses études. C'était son grand frère. Il ne pouvait pas être mort.

— Voulez-vous un verre d'eau, lieutenant ? demanda le sous-lieutenant.

Elle secoua la tête. Un verre d'eau ? Pour quoi faire ? Son frère était mort…

— Pouvons-nous aller chercher quelqu'un ? Une infirmière de votre unité ?

Ils se faisaient du souci pour elle... Après l'avoir réveillée au beau milieu de la nuit pour lui balancer cette bombe.

— Est-ce que mes parents savent ? demanda Lizzie.

— Oui, ils ont été prévenus il y a quelques heures.

— Puis-je leur téléphoner ?

— Cela doit pouvoir se faire dès maintenant, répondit calmement l'officier. Il est encore tôt à Boston.

Il n'avait que trop souvent délivré ce genre de nouvelle au cours des derniers mois.

— Je voudrais leur parler tout de suite, coassa Lizzie.

— Pas de problème, vous pouvez utiliser le bureau aussi longtemps que nécessaire.

— Merci, murmura-t-elle en le suivant comme une automate.

Le capitaine décrocha et demanda la liaison pour Boston à la standardiste. Une fois la connexion établie, il passa l'appareil à Lizzie. Son père était au bout du fil, et il pleurait.

— Papa ? Est-ce que maman et toi allez bien ? Ils viennent de me le dire... oh, c'est affreux... Et je ne peux même pas rentrer pour être avec vous... Ils disent que c'est trop dangereux, en ce moment...

— Non, non, il ne faut pas que tu rentres, ma chérie. Il ne manquerait plus qu'il t'arrive quelque chose, à toi aussi !

Il était si effondré que Lizzie se sentit obligée de tenir le coup pour le soutenir. Quand il lui passa sa mère, elle semblait aller encore plus mal que lui. Ils se parlèrent une vingtaine de minutes, sans cesser de pleurer.

Greg était en train d'essayer de mettre ses patients en lieu sûr après un premier bombardement. C'était impensable. Ni Lizzie ni ses parents ne pouvaient concevoir l'existence sans le jeune homme.

Quand enfin elle raccrocha et sortit du bureau, Lizzie vit que les officiers l'avaient attendue. Ils renouvelèrent leurs condoléances, puis la laissèrent remonter l'escalier dans une sorte de brouillard, avec un battement furieux dans les tempes. Audrey l'attendait dans la chambre. Elle comprit dès qu'elle aperçut le visage de son amie. Elles s'assirent côte à côte sur un lit et Audrey la prit dans ses bras, la tenant serrée contre elle. Lizzie s'était mise à se balancer d'avant en arrière pour bercer sa douleur. Les mots lui manquaient pour exprimer ce qu'elle ressentait, mais Audrey savait : elle avait éprouvé cette même détresse quand Will avait été tué à Pearl Harbor. Lizzie venait elle aussi de perdre son grand frère. Une nouvelle expérience les reliait, la pire qu'elles auraient pu imaginer.

Lizzie pleura jusqu'à l'épuisement et finit par s'allonger pendant qu'Audrey lui préparait une tasse de thé, qu'elle but à petites gorgées. Il était déjà 2 heures du matin. Elle ne cessait de penser à ses parents : pour la première fois de sa vie, elle avait entendu son père pleurer comme un petit garçon.

— Qu'est-ce que je vais faire, maintenant ? demanda Lizzie. Je ne peux même pas aller à son enterrement. Le capitaine dit que c'est trop dangereux et papa ne veut pas non plus. Je suis coincée ici. Ils m'ont dit que je pouvais prendre des jours de congé, mais pour faire quoi ? Je préfère me remettre au travail.

Au moins, cela lui éviterait de ruminer ses idées noires. Elle aurait voulu parler à son autre frère, Henry, mais il était actuellement au fin fond d'une forêt tropicale aux îles Salomon, et injoignable. Lui aussi serait anéanti quand il apprendrait la nouvelle.

Lizzie garda les yeux ouverts pendant encore deux longues heures, et Audrey veilla avec elle. Puis elle se leva et se dirigea vers la chaise sur laquelle elle avait posé sa combinaison de vol.

— Tu n'es pas obligée d'aller travailler, lui rappela son amie.

Lizzie était livide et un peu sonnée, mais elle semblait globalement lucide.

— Je ne peux pas rester au lit toute la journée. Si je ne fais que penser à lui, je vais devenir dingue. En vol, au moins, je suis obligée de garder la tête froide. Je crois que c'est de ça que j'ai le plus besoin pour le moment.

— Fais ce qui est le mieux pour toi.

Audrey connaissait tout cela : la sidération, le vide abyssal, la douleur intolérable et la sensation de manque qui durait encore, des années après.

— Ma chérie, je suis désolée. Tu es sûre que tu veux vraiment travailler aujourd'hui ?

— Je ne sais pas quoi faire d'autre. Au moins, comme ça, je pourrai être utile à quelqu'un.

Toutes deux se préparèrent et Audrey fit tout son possible pour aider Lizzie, qu'elle dut pratiquement habiller comme une enfant. Pas le temps pour un coup de peigne, mais tant pis : sous le calot réglementaire, ça ne se voyait pas. Leurs rangers lacées, elles sortirent de la chambre et descendirent l'escalier d'un pas lourd. Audrey resta aux côtés de Lizzie jusqu'au moment où elle dut se présenter à son avion. Elle la regarda gravir l'échelle du C-47, le cœur brisé pour elle.

Pru, Charlie, Ed et les deux pilotes l'attendaient à bord. Ils avaient l'autorisation de décoller vingt minutes plus tard. Lizzie s'assit sur son strapontin en saluant à peine ses coéquipiers. Ed jeta un regard interrogateur à Pru qui secoua la tête, aussi perdue que lui. Quelques minutes plus tard, comme Lizzie ne parlait toujours pas, il murmura :

— Qu'est-ce qui se passe ?

— Aucune idée, répondit Prudence sur le même ton.

D'habitude, en arrivant le matin, Lizzie, alerte, posait des questions sur les missions du jour. Elle finit par se lever pour se réfugier dans le placard de stockage, car elle ne voulait pas craquer devant ses collègues. Ed ne put s'empêcher de la suivre et scruta son visage, inquiet.

— Est-ce que ça va, Liz ? Tu n'es pas obligée de travailler si tu te sens patraque.

Puisqu'elle ne dévoilait rien, il ne voulait pas la presser de questions.

— Si, justement, je suis obligée. On a du pain sur la planche, fit-elle d'une voix qu'il ne lui connaissait pas.

— Puisque tu le dis…

Il allait tourner les talons lorsque ces mots le retinrent :

— Mon frère Greg est mort hier. On est venu me l'annoncer cette nuit. Il était médecin. L'hôpital où il travaillait a été bombardé par des avions japonais.

Elle était raide comme une statue. Sans un mot, Ed la prit dans ses bras et la serra contre lui tandis qu'elle fondait en larmes. Il finit par trouver les seuls mots qui s'imposaient en pareille circonstance :

181

— Je suis désolé, Liz, tellement désolé. Est-ce que tu veux rentrer à la caserne ? Quelqu'un peut te ramener en jeep...

Elle secoua énergiquement la tête et leva les yeux vers lui.

— Non, je préfère rester avec toi, et j'ai besoin de travailler.

Lizzie savait qu'Ed la comprenait, tout comme Audrey. Il lui apporta un mouchoir imbibé d'eau fraîche qu'elle pressa quelques instants sur son visage. Puis elle gratifia Ed d'un signe de tête. Lui prenant doucement le bras, il la raccompagna jusqu'à son siège et elle attacha sa ceinture de sécurité. Pru interrogea Ed du regard. Il secoua imperceptiblement la tête, la mine navrée. Tout le monde savait ce que signifiait cette mimique : le pire venait de se produire. Pru ne savait pas de qui il s'agissait, mais elle pouvait imaginer. Le monde de Lizzie venait de voler en éclats, pour la deuxième fois en quelques années.

Toute la journée, Ed garda un œil vigilant sur Lizzie, s'assurant qu'elle conservait les bons réflexes acquis au cours des derniers jours et ne se mettait pas en danger. Elle parvint à soigner les soldats qu'on lui confia et, une fois tous les hommes chargés à bord, Prudence posa une main compatissante sur son épaule. Elles tombèrent dans les bras l'une de l'autre.

Ils firent quatre allers-retours, ce jour-là. À la fin de la journée, Lizzie avait l'air complètement défaite. Ed la raccompagna à pied jusqu'à sa caserne et l'étreignit quelques instants devant la porte d'entrée. Audrey l'attendait dans le hall. Elle avait prévenu toutes leurs amies.

Lizzie leva les yeux vers Ed et ne put prononcer qu'un seul mot :

— Merci.

Elle n'aurait jamais survécu à cette journée sans lui. Il lui effleura la joue et opina.

— Pas de problème, je suis là si je peux faire quoi que ce soit pour t'aider. Tu n'auras qu'à envoyer quelqu'un me chercher.

Mais ils savaient tous deux qu'il n'y avait rien à faire.

Audrey la soutint pour monter l'escalier puis l'aida à s'allonger, la borda et éteignit la lumière. Lizzie sanglota un moment dans son oreiller avant de sombrer dans le sommeil.

11

Au cours des semaines qui suivirent la mort de Greg, Ed suivit Lizzie comme son ombre : il était toujours dans les parages quand elle avait besoin de lui, sans se montrer intrusif pour autant. Lizzie tint bon, vaille que vaille, grâce à sa bienveillance ainsi que grâce à Audrey et aux autres infirmières. Ed parvint à la convaincre de prendre quelques jours de congé, et elle en profita pour appeler ses parents le jour de l'enterrement – ou plutôt le jour des obsèques, car le corps de Greg n'avait pas encore été retrouvé. Après l'office religieux à l'église St Leonard de Boston, ils feraient poser une stèle sur la concession de la famille. Ses parents s'efforçaient de tenir debout, mais ils vivaient chaque jour dans la terreur que Henry ou Lizzie ne soient tués à leur tour.

Quand Lizzie se sentit assez solide pour le faire, elle commença à partir en mission toute seule. Cela l'obligeait à se concentrer, et à ne pas trop penser à son frère. Elle regrettait de ne plus voler avec Ed, Pru, Charlie et Reggie, mais d'un autre côté elle était fière d'avoir sa propre équipe. Chaque soir après le travail, elle retrouvait Ed et ils dînaient ensemble, soit au pub soit au *fish and chips*. Elle avait besoin de lui comme d'air pour respirer, il lui insufflait sa propre énergie. Lorsqu'il l'embrassa pour la première fois, tandis qu'ils rentraient du pub à pied par un doux soir de mai, cela lui parut la chose la plus naturelle du monde. Il leur semblait à tous deux que cela leur était déjà arrivé dans une autre vie, comme si cheminer côte à côte était le destin qui les attendait désormais. Leurs amis ne furent pas davantage surpris. Depuis la mort de Greg, Ed était devenu le pilier de Lizzie.

Quelques jours plus tard, alors qu'ils revenaient du tarmac, il se tourna vers elle pour lui faire part d'une suggestion. C'était une idée qui lui trottait dans la tête depuis plusieurs semaines et qu'il avait déjà partagée avec Prudence. Enthousiaste, la jeune femme lui avait conseillé d'en parler sans tarder à Lizzie. Il n'avait pas à craindre sa réaction, car les deux amoureux se confiaient et échangeaient maintenant à tout propos : leur avenir, leur passé, leur présent, leurs rêves, leurs plus grandes peurs. Sans vraiment la chercher, Ed avait trouvé son âme sœur.

Audrey était heureuse pour son amie. Pour sa part, elle fréquentait toujours le pilote de la RAF. Elle n'était pas amoureuse de Geoff, et il n'y avait rien de passionné ni même de physique entre eux, mais ils appréciaient assez leur compagnie mutuelle pour partager un repas ou une soirée quand leurs emplois du temps coïncidaient. Les autres infirmières la taquinaient d'être si sage, et elle aurait bien aimé éprouver pour Geoff ce que Lizzie ressentait pour Ed. Mais cela lui convenait pour le moment. Geoff et elle attendaient de voir ce que la vie leur réservait et ne souhaitaient pas trop s'engager d'ici la fin de la guerre. Cependant, ils passaient toujours un bon moment ensemble, et riaient beaucoup. Geoff avait bien essayé d'embrasser Audrey une fois ou deux, mais la flamme ne s'était pas allumée... Elle préférait qu'ils restent amis pour le moment, et Geoff ne l'avait pas mal pris. Un peu déçue pour elle, Lizzie souhaitait à son amie de rencontrer quelqu'un d'autre.

La suggestion d'Ed prit Lizzie par surprise :

— Si nous survivons tous les deux à cet immense bazar, pourquoi est-ce que nous ne nous inscririons pas ensemble à la faculté de médecine ? Je n'ai pas la moindre idée de la façon dont je paierai mes frais de scolarité, mais ma mère commence à voir le bout du tunnel. Elle gagne mieux sa vie, et tous mes frères et sœurs ont quitté la maison et trouvé du travail.

Trois de ses frères étaient sous les drapeaux. Les deux autres étaient exemptés pour raisons médicales, et avaient été embauchés par leur nouveau beau-frère – leur sœur venait d'épouser le boucher du village. Ed avait bénéficié d'une permission pour assister à la noce. Quant à son autre sœur, elle était entrée au couvent. Après la guerre, il n'aurait donc plus qu'à s'occuper de ses propres besoins.

— Il paraît que les anciens combattants auront droit à des pensions et à des formations, poursuivit Ed. Avec ce que j'ai appris ici, je pourrai sûrement devenir ambulancier... Mais je me dis que si je survis à cette fichue guerre, c'est que je suis appelé à faire quelque chose de mon existence. Et en ce qui te concerne, Lizzie, ce serait une honte si tu n'entrais pas à la faculté de médecine. Tu es plus douée que tous les médecins que je connais.

187

— Je peux en dire autant de toi, répondit-elle en souriant. Je sais que ce n'est pas le moment de faire des plans sur la comète. Mais tu veux dire… qu'on pourrait ouvrir un cabinet ensemble ?

— À terme, pourquoi pas ?

— Et où penses-tu faire tes études ? Car une fois notre diplôme en poche, nous ne pourrons sûrement exercer que dans le pays où nous aurons étudié. Et je ne me vois pas me couper complètement de mes parents… Surtout après la disparition de Greg…

— N'oublie pas que j'ai un cousin à Boston ! Allez, rêvons un peu ! Médecine générale ou spécialisée ?

— Je crois que j'aimerais bien la pédiatrie, dit-elle après un instant de réflexion. Ce serait joyeux et tourné vers l'avenir. Après ce que nous sommes en train de traverser…

— Oui, moi aussi j'y ai pensé. Ou alors l'obstétrique, pour les mêmes raisons… J'en ai plus qu'assez, de voir des types salement amochés.

Depuis quelque temps, Lizzie se disait que son père allait probablement être plus tolérant envers ses projets d'études. Mais avant cela, les Alliés avaient une guerre à gagner, et tout était incertain.

La rumeur commençait à courir qu'un grand débarquement sur les côtes françaises se préparait en secret. Comme les C-47 étaient trop massifs et trop peu maniables pour atterrir sur les plages, on aurait d'abord recours à des bateaux-hôpitaux dans la Manche. Deux ou trois d'entre eux devaient appareiller prochainement, mais il n'y avait pas de date précise.

Cinq jours après la conversation insouciante de Ed et Lizzie, Audrey et son amie furent réveillées en pleine nuit par une alarme, et des coups frappés à la porte de leur chambre. En quelques instants, toutes les filles se retrouvèrent dans les couloirs. On leur annonça qu'un bateau-hôpital venait de jeter l'ancre à quelques encablures de la côte, et qu'il avait aussitôt été la cible des avions allemands. Toutes les infirmières étaient réquisitionnées pour évacuer les blessés qui risquaient de couler avec le bateau. Les C-47 tenteraient d'atterrir le plus près possible de la côte pour les récupérer. D'après les officiers, le navire était en flammes et menaçait de sombrer. La Luftwaffe l'avait bombardé sans merci en dépit de sa croix rouge bien visible.

Aussitôt sa combinaison de vol enfilée, Lizzie s'élança au-dehors, accompagnée des autres infirmières. Tout le monde se précipita vers le tarmac ou l'hôpital, et plusieurs ambulances démarrèrent sur les chapeaux de roues. La plupart des visages étaient familiers, désormais. Lizzie vit Prudence la dépasser et se demanda si les membres masculins de l'équipe seraient déjà là. Emma et Audrey couraient, elles aussi. Les coéquipiers de Lizzie arrivèrent quelques secondes après elle. Les uns après les autres, les C-47 se mirent en place et décollèrent. L'appareil de Lizzie n'eut pas besoin de prendre beaucoup d'altitude, car il atteignit la côte en très peu de temps. Ils aperçurent aussitôt le bateau-hôpital en flammes, ainsi que des centaines d'hommes à la mer. On estimait à mille cinq cents le nombre de blessés. Alors que la situation était déjà dantesque, les chasseurs-bombardiers allemands revinrent larguer une dernière cargaison, tuant de nombreux soldats qui attendaient les secours, dans l'eau ou sur le pont du bâtiment en train de couler. C'était un véritable carnage. Reggie tenta de garder l'appareil hors de la vue des avions allemands jusqu'à ce qu'ils fassent demi-tour une fois leur sinistre travail accompli. Enfin, il posa le C-47 dans un champ, le plus près possible du rivage. Les équipes de secours, chargées de civières, se précipitèrent vers la plage depuis leurs avions, camions et ambulances. Le navire était maintenant encerclé de bateaux de secours, qui remorquaient les canots de sauvetage à bord desquels on repêchait les rescapés.

Le navire-hôpital fut bientôt secoué de nouvelles explosions lorsque le mazout des cales prit feu : le cauchemar continuait. Des centaines de secouristes et de soldats blessés étaient dans l'eau, et les équipes d'évacuation travaillèrent sans relâche jusqu'à l'aube. Hélas, il n'y eut pas tant de survivants. Si trois cent quatre-vingt dix hommes furent sauvés, mille quatre cents autres périrent. Le navire finit de sombrer juste avant le lever du soleil et un énorme panache de vapeur continua de s'élever pendant des heures au-dessus de l'eau.

Un peu plus loin sur la côte, un autre bâtiment avait subi le même sort alors qu'il se dirigeait vers Southampton : de celui-là, seuls quatre-vingt quatre hommes survécurent. C'était une victoire écrasante pour l'aviation allemande. Les secouristes, à bout de forces, étaient poisseux d'eau de mer, de sang, de cendre et de mazout, et l'hôpital était plein à craquer. Les C-47 durent évacuer les blessés vers d'autres bases et hôpitaux. En quatre allers-retours, Lizzie avait pu prendre en charge une centaine d'hommes, dont malheureusement un grand nombre avaient péri en route.

Beaucoup de blessés étaient rendus méconnaissables par leurs terribles brûlures.

De retour à la base, les secouristes étaient aussi épuisés que furieux contre ce massacre insensé. Lizzie se rendit au mess avec son équipage pour chercher quelque chose à manger après ces heures éreintantes. Dès qu'il l'aperçut, Ed vint s'asseoir à leur table, suivi par Bertie, le copilote de Reggie. Prudence les rejoignit peu après.

— Tu tiens le coup ? demanda Ed à Lizzie, qui répondit d'un signe de tête.

Elle avait le cœur lourd en songeant à tous les parents qui recevraient la visite des officiers le lendemain, ou un simple télégramme pour les soldats…

— Je n'avais jamais vu rien de tel, dit Ed, le regard noir.

— Et j'espère ne plus jamais revoir ça, renchérit Bertie entre ses dents.

On leur donna tout l'après-midi pour reconstituer leurs forces. Les équipes étaient de toute façon trop fatiguées pour reprendre les missions. Sur la base du volontariat, on demanda aux infirmières de vol de prêter main-forte à l'hôpital. Tandis que Lizzie s'y rendait, Ed partit s'allonger quelques heures.

Exactement une semaine plus tard eut lieu le début du débarquement de Normandie, qui se préparait en secret depuis des mois. Toutes les bases étaient sur le pied de guerre. La Marine, l'armée de Terre et l'aviation des États-Unis, de Grande-Bretagne et de tout le Commonwealth œuvraient ensemble, jetant toutes leurs forces dans la bataille, pour orchestrer cette offensive contre l'occupant allemand. L'idée était de libérer Paris, et de là le reste de la France, puis de l'Europe.

Les fortifications allemandes étaient bombardées sans relâche. Les soldats alliés tombaient comme des mouches, en mer et sur les plages. Les nombreux blessés furent bientôt acheminés par bateau jusqu'à la côte anglaise, où les avions les récupéraient pour les répartir dans les hôpitaux.

Entre deux bombardements, les barges de débarquement de type LCVP arrivaient avec des troupes fraîches, avant d'être chargées des blessés qu'elles ramenaient aussitôt aux navires. De là, ils étaient acheminés jusqu'aux hôpitaux militaires. Pendant plus de quinze jours, les grands blessés furent évacués vers l'Angleterre. Ceux qui pouvaient l'être étaient quant à eux soignés sur place, et les urgentistes sur le front risquaient leur vie tout autant que les soldats.

Pendant plusieurs semaines, les infirmières travaillèrent ainsi jusqu'à l'épuisement, enchaînant souvent gardes à l'hôpital et missions de transport aérien. L'hôpital était une vraie ruche où infirmières, aides-soignants et médecins s'affairaient sans discontinuer. Il y avait des hommes sur des brancards et des civières jusque dans les couloirs, on les soignait là où ils se trouvaient.

Louise fut enfin libérée de son astreinte auprès des prisonniers de guerre, et assignée à l'hôpital avec ses camarades. Pour la première fois, elle put soigner des soldats alliés de toutes les couleurs de peau.

Ses amies et elle couraient d'un lit à l'autre, d'un blessé demandant de l'aide à un autre qui réclamait des antalgiques. Tous avaient les yeux bandés, des brûlures sur le corps et le visage, des membres arrachés ou étaient criblés d'éclats de shrapnels. Le Débarquement était un succès, mais le nombre des éclopés ne cessait de croître.

Ce jour-là, Alex était au travail depuis plus de douze heures. Alors qu'elle filait à la vitesse de l'éclair pour administrer de la morphine à un blessé grave, un homme lui empoigna le bras. Il était grand (ses jambes dépassaient du brancard sur lequel il était allongé) et son visage était buriné.

— Mademoiselle ! l'interpella-t-il d'une voix rauque.

— Je vous promets que je reviens dans une minute. Je dois absolument faire sa piqûre à un soldat qui attend depuis des heures...

— Oh, vous êtes américaine ! Je pensais que tout le monde était britannique, ici.

Lui-même parlait avec un accent américain.

— Non, pas tout le monde.

Elle dégagea doucement son bras, reprit sa course pour faire l'injection de morphine, et revint comme promis quelques minutes plus tard.

— Que faites-vous ici ? demanda-t-il.

Il était brun, avec des yeux d'un marron chaleureux. Il avait une jambe dans le plâtre et d'importantes brûlures sur les bras et les épaules.

— Je suis infirmière ! répliqua Alex, qui était débordée.

Elle avait la charge de trente patients, certains sévèrement blessés, en attente d'être transférés aux États-Unis. Ce n'était pas simple, après la tragique destruction des deux bateaux-hôpitaux le mois précédent.

— Je veux dire : pourquoi êtes-vous en Angleterre ? précisa l'homme.

Il semblait terriblement mal installé sur son brancard trop court, et sa jambe plâtrée pendait dans le vide, mais il ne se plaignait pas. Il avait juste envie de parler, seulement Alex n'en avait pas le temps...

— Je suis dans l'US Air Force, mais je suis rattachée à un escadron de la RAF qui gère l'évacuation aérienne des blessés. Donc je m'occupe des courageux comme vous, après votre petite virée en Normandie.

— Je vois. C'est gentil de votre part. Vous n'auriez pas une cigarette, par hasard ?

— Pas sur moi, non. On n'est pas censés fumer dans les couloirs, à cause des risques d'incendie...

— Vous croyez que vous pourriez m'en dégoter une, et pousser ma civière jusqu'à un endroit où ça ne dérangerait pas ? demanda-t-il avec un air canaille.

Il avait un côté mauvais garçon, même s'il était très respectueux. Et elle admirait le fait qu'il n'ait pas émis une plainte. Toute la nuit, elle avait dû soigner des hommes qui pleuraient ou hurlaient de douleur, et c'était terrible de ne pas pouvoir faire plus pour eux.

Après un instant de réflexion, Alex répondit :

— J'ai une pause dans une heure, à condition que j'aie fini d'administrer tous les médicaments. Je verrai ce que je peux faire à ce moment-là. J'aimerais aussi vous trouver un brancard plus grand.

— Ne vous inquiétez pas pour moi, je suis toujours mieux ici que sur la plage où ils m'ont ramassé ! En attendant l'arrivée des secours, j'ai failli être écrasé par deux tanks et un bulldozer.

— Ouille, vous avez eu une sacrée chance, fit Alex avec une grimace.

— Et sinon, vous êtes d'où ?

— De New York.

— Vous avez un accent drôlement distingué !

— Ah bon ? Non, je ne crois pas…, répondit Alex, soudain mal à l'aise.

En Angleterre, personne ne prêtait attention à son accent et les infirmières américaines ne lui avaient jamais fait de commentaire.

— Comment vous appelez-vous ? demanda encore le soldat.

— Lieutenant White.

Le ton formel d'Alex le fit rire.

— Et moi, je suis le sergent de marine troisième classe Dan Stanley, de Pittsburgh.

— Enchantée, sergent. Il faut que je retourne travailler, maintenant. J'ai plus de trente patients qui m'attendent et ils risquent de s'énerver si je ne leur donne pas leurs antalgiques.

— À part ça, vous n'avez pas un petit nom ? osa le soldat.

Elle aurait pu le trouver un brin insolent, mais elle le sentait surtout amical. Il était évident qu'il avait besoin de bavarder.

— Vous pouvez m'appeler Alex. Dites-moi, vous savez s'il y a d'autres hommes de votre compagnie, ici ?

Si elle en avait la possibilité, elle l'installerait avec un camarade pour qu'il se sente moins seul.

— Non, ils ont tous été envoyés dans un autre hôpital. Mais je suis content d'avoir atterri ici avec juste une jambe cassée. Ce devait être mon jour de chance…, ajouta-t-il avec une lueur de malice dans l'œil.

— Si j'en trouve une, je reviens avec une cigarette, promit Alex avant de se sauver pour éviter d'être embarquée dans une nouvelle conversation.

Il lui fallut encore une heure et demie pour finir sa distribution de médicaments. Elle se souvint alors du sergent et demanda à l'un des aides-soignants s'il avait une cigarette sur lui.

— Vous avez le droit de fumer pendant le service, les filles ? s'étonna-t-il, ce qui fit rire Alex.

— Je devrais être en pause depuis longtemps, tu sais. Et c'est pour un de mes patients, de toute façon.

Avec un sourire, l'aide-soignant lui tendit une cigarette et un petit carnet d'allumettes. L'Américain était toujours allongé sur son brancard, les yeux grands ouverts. Un large sourire s'épanouit sur son visage lorsqu'il la vit arriver.

— Vous êtes revenue !

— Et je vous emmène pour refaire votre pansement, dit-elle de son ton le plus professionnel.

Il parut déçu :

— Mais quelqu'un l'a déjà fait il y a une heure ! protesta-t-il.

Alex manœuvra précautionneusement le brancard et, après un délicat virage à gauche, elle l'emmena dans un autre couloir, beaucoup plus calme. Il n'y avait plus ni brancards ni salles de soins, seulement des chambres de convalescence derrière des portes fermées. Elle fouilla dans sa poche et en tira la cigarette et les allumettes.

— Vous êtes futée, vous ! dit l'homme avec un petit rire.

Avec un regard appuyé pour marquer sa reconnaissance, il porta la cigarette à ses lèvres et fit mine de l'allumer, ce qui sembla périlleux à Alex. L'homme était déjà largement brûlé, ce n'était pas le moment d'en rajouter. Elle alluma donc sa cigarette, qu'il avait toujours entre les lèvres.

— Si vous vous faites griller vif, je finirai devant la cour martiale. Or, j'aime bien mon travail ici. Enfin, surtout quand je suis à bord des avions-ambulances.

— Merci pour la cigarette. Je pensais que vous m'aviez oublié.

Alex songea que cela ne risquait pas d'arriver : le soldat avait une sacrée personnalité et beaucoup d'humour, en dépit de ses blessures. Malgré l'enfer qu'il avait vécu sur cette plage de Normandie, il était d'une bonne humeur surprenante.

— Qu'est-ce que vous faites dans la vraie vie, Alex ? Je veux dire, quand vous n'êtes pas ici ?

Comme de nombreux soldats de retour du front, il avait à cœur de se lier avec quelqu'un susceptible de se souvenir de lui, comme pour se prouver qu'il était encore bien vivant.

— J'assiste à des soirées mondaines et je me dispute avec ma mère, répondit Alex avec un sourire espiègle. Non, en fait, je suis infirmière aussi dans la « vraie vie », c'est bien pour ça que je suis ici. Avant ça, j'étais stationnée dans un hôpital militaire à San Francisco, et puis je me suis portée volontaire pour faire partie de l'unité d'évacuation aérienne.

— C'est drôlement dangereux, remarqua le soldat, impressionné.

— Parfois, reconnut-elle. Jusqu'ici, j'ai eu de la chance.

— Moi aussi. Surtout ce soir, puisque j'ai fait votre connaissance !

Il avait fini sa cigarette. Elle lui prit le mégot des mains, l'écrasa contre la semelle de sa chaussure et le glissa dans la poche de son tablier. Puis elle empoigna à nouveau le brancard pour le ramener à son emplacement d'origine.

— Merci pour la cigarette ! dit l'homme, souriant jusqu'aux oreilles.

— Maintenant, essayez de vous reposer. Je passerai voir comment vous allez avant la fin de mon service, déclara-t-elle en enclenchant le frein du brancard.

— Vers quelle heure ?

— Je termine à minuit. Et, non, je ne peux pas vous emmener au pub, dit Alex d'un air faussement sévère qui le fit rire.

Il lui plaisait bien. Dans son genre, c'était un diamant brut, un type profondément sympathique.

— Ne travaillez pas trop dur ! conseilla-t-il en adressant un geste de la main à Alex, qui s'éloignait déjà pour s'occuper de ses patients les plus gravement atteints.

Comme promis, elle revint peu avant minuit et le trouva en train de ronfler bruyamment. Elle partit émarger en souriant. Ce type avait réussi à illuminer sa garde, malgré tous ces hommes gémissant de douleur. L'un d'eux avait succombé à ses blessures. Le sergent de marine, lui, était en voie de guérison : il serait sans doute rapatrié prochainement aux États-Unis. Et pour plusieurs semaines, il serait à l'abri, loin des combats. Nombre de ses camarades étaient bien plus lourdement atteints. Certains devraient subir de multiples opérations et leur vie en serait changée à jamais. D'autres étaient affreusement défigurés. Le sergent Dan Stanley pouvait remercier sa bonne étoile.

Alex parcourut à pied la courte distance qui séparait l'hôpital de la caserne. Les étoiles brillaient dans la nuit douce et claire du mois de juin. Pour un peu, elle aurait pu se dire que tout allait pour le mieux. Mais patients et infirmières savaient que la paix n'était encore qu'un lointain espoir, et il était bien difficile de croire que le monde pourrait un jour retrouver son intégrité.

12

Alex rendit visite au sergent Stanley le lendemain soir, alors qu'elle s'apprêtait à enchaîner avec sa garde à l'hôpital après avoir évacué des patients toute la journée. Depuis le Débarquement, les infirmières doublaient, voire triplaient régulièrement leurs gardes. Heureusement, les blessés les plus légers retournaient progressivement à bord des navires tandis que d'autres rentraient dans leurs foyers dès qu'ils étaient assez en forme pour être transportés. Des officiers de marine faisaient en permanence des tours dans les services pour vérifier le statut sanitaire des soldats. Ils les triaient selon leur propre système, qui choquait bien souvent les membres du personnel soignant. Bien des hommes étaient forcés de retourner se battre alors qu'ils n'étaient guère en état. L'armée avait désespérément besoin d'eux.

En cherchant le sergent Stanley, Alex constata qu'on lui avait trouvé un vrai lit. On l'avait aidé à faire un brin de toilette et à se raser.

— Vous avez changé d'adresse ! remarqua joyeusement Alex en lui glissant une cigarette.

Avec un grand sourire, il la remercia et la rangea dans la poche de son pyjama d'hôpital.

— Comment allez-vous aujourd'hui ?

— Mieux, maintenant que vous êtes là. J'ai reçu de mauvaises nouvelles ce matin. Dès que je pourrai marcher, ils me renverront au front… Allez savoir où il sera d'ici là.

— Vraiment ? Avec vos brûlures au troisième degré et votre jambe cassée, ils ne vous renvoient pas chez vous ?

— Il en faut davantage pour impressionner l'US Navy. D'après eux, je serai sur pied d'ici quelques semaines. J'en ai marre. Ça fait deux ans et demi que je ne suis pas rentré chez moi. J'ai hâte que cette guerre se termine.

— C'est un sentiment largement partagé. Enfin, ce qui est sûr, c'est que vous êtes avec nous pour un moment. Vous en avez pour des semaines de plâtre.

— Je ne suis même pas sûr que Paris sera libéré d'ici là.

La Libération avançait lentement, village après village, avec l'aide de la Résistance intérieure. Le sergent ajouta avec un regard par en dessous :

— Au moins, tant que je suis ici, j'ai l'occasion de vous voir !

Alex se sentit déstabilisée et même un peu troublée par ce regard. C'était comme s'il arrivait à la percer à jour. Mais pourquoi l'attirait-il de la sorte ? Il n'était pas vraiment beau. En revanche, il dégageait un tel mélange de puissance et de douceur… Sa façon à la fois si directe et si respectueuse de lui indiquer qu'elle lui avait tapé dans l'œil n'était pas désagréable. Quelle différence avec la cour distante qu'avaient pu lui faire les jeunes gens de son milieu d'origine !

Au cours des jours suivants, elle revint le voir régulièrement, prenant chaque fois un moment pour bavarder avec lui.

— Sans indiscrétion, dans quelle branche votre père travaille-t-il ? lui demanda-t-il un jour, trouvant qu'Alex était décidément très intelligente et cultivée.

— Eh bien… il est banquier, avoua-t-elle, soudain un peu gênée.

— Est-ce que vous avez un bon ami ? Ici ou au pays ?

Bien qu'elle trouvât cette question un peu trop personnelle, elle répondit :

— Non. On travaille bien trop pour avoir le temps de penser à ces choses-là.

Dans le fond, elle savait que ce n'était pas tout à fait exact. Lizzie et Ed, par exemple, étaient la preuve du contraire.

— Vraiment ? Pourtant, une femme comme vous doit avoir un tas de soupirants…

— Sergent, je suis infirmière, pas star de cinéma. Je vous assure que je n'ai pas que ça à faire. Quand je rentre après avoir enchaîné une journée de missions aériennes et une nuit de garde, je m'écroule de fatigue. Heureusement que nous ne serons pas toujours obligées de travailler à ce rythme infernal !

— Oui, heureusement… Bon, vous m'avez parlé de vous, à moi de vous dire d'où je viens. Ma famille est dans le commerce de viande. Nous vendons surtout du bœuf à des restaurants gastronomiques. Ce n'est pas très glamour, mais c'est très rentable. Mon père est propriétaire de l'entreprise familiale, et j'en suis le gérant. Nous possédons une boucherie haut de gamme en centre-ville de Philadelphie, ainsi qu'un bureau de vente en gros en plein essor à Pittsburgh. Mais vous devez trouver tout cela bien vulgaire…

Touché ! Alex s'aperçut qu'il n'avait pas tort, et se blâma aussitôt de ce jugement à l'emporte-pièce : voilà qu'elle ressemblait à sa mère ! Elle détestait ce snobisme de mauvais aloi et se sentait tout honteuse. Après tout, il venait d'une famille honnête et travailleuse, n'était-ce pas l'essentiel ? Elle essaya de se le représenter à une soirée mondaine organisée par ses parents et dut réprimer un rire.

— J'avais vu juste, n'est-ce pas, en disant que vous aviez un accent distingué ? Quelque chose me dit que vous venez du grand monde…

Alex avait repris son sérieux :

— Parce que c'est un problème pour vous ?

— Certes pas pour moi. Mais ça l'est peut-être pour vous, ou du moins pour vos parents, suggéra le sergent.

— Pour moi, c'est sans importance. Tout cela n'est que snobisme et traditions dépassées. La morgue de certains est de la dernière grossièreté. Très peu pour moi.

— Alors vous êtes une vraie rebelle ? Ou juste une femme moderne ?

— Sans doute un peu des deux.

— C'est pour ça que vous vous êtes engagée dans l'armée ? voulut-il encore savoir. Pour vous prouver que vous ne ressemblez pas à vos parents ?

— Il doit y avoir un peu de ça… Mais je me suis surtout engagée pour servir mon pays.

— C'est admirable. D'autant que vous n'y étiez pas obligée. Vous auriez pu rester en sécurité chez vous et apporter votre soutien moral aux soldats… tout en continuant les soirées mondaines, comme votre mère.

— Sauf que ce n'est pas mon genre. Je préfère mettre mes convictions en pratique et je n'adhère absolument pas au système de valeurs de mes parents. Vaincre le nazisme et libérer l'Europe me paraît plus important que leurs priorités. Je suis prête à mettre toute mon énergie au service de cette cause… Mais je m'enflamme ! Pourquoi est-ce que je vous raconte tout ça ?

— Parce que je vous l'ai demandé, et que vous êtes une personne sincère. Vous me fascinez, Alex, depuis l'instant où je vous ai vue pour la première fois. Vous êtes une femme de parole. Vous m'avez apporté la cigarette promise et vous n'avez jamais manqué de venir me voir chaque fois que vous me l'aviez annoncé.

— Je me disais juste que ça ne doit pas être facile pour vous d'être si loin de chez vous alors que vous êtes blessé.

— C'est comme ça. J'ai fait mon devoir, au mieux de mes capacités. Pour le reste, on ne maîtrise pas grand-chose. C'est justement pour ça qu'il faut faire confiance à la vie.

— C'est aussi ce que je pense. C'est le secret du bonheur : savoir saisir ce que la vie nous offre. Prenez mes parents, par exemple. Comme vous l'avez compris, ils sont très fortunés et mènent une vie des plus agréables, de même que ma sœur. Mais aussi incroyable que cela puisse paraître, ils ne s'en rendent pas compte et passent leur temps à se plaindre. Alors que moi, chaque matin, quand je me lève, je me sens pleine de gratitude !

— Je l'ai senti dès que je vous ai rencontrée.

— Bon... Si je veux travailler à mon bonheur personnel, je dois aller voir les autres patients et leur donner leurs antalgiques, avant que ma supérieure me surprenne en train de bavarder.

— Mais ça me rend heureux, que vous bavardiez avec moi ! Je pense beaucoup à vous toute la journée en vous attendant. Je vous taquine au sujet de votre accent, mais en vérité les origines ne devraient pas avoir tellement d'importance. Je sais que je ne suis personne, juste un boucher de Pittsburgh. Un type à la jambe cassée, au fin fond d'un hôpital anglais. Mais je tenais à vous dire que je vous apprécie vraiment beaucoup, Alex.

La jeune femme devait bien admettre que le sergent lui faisait également de l'effet. Il dégageait vraiment quelque chose... Alex savait qu'il déplairait terriblement à ses parents, mais elle ne s'en souciait guère. Ici, on était dans la vraie vie, pas dans le monde de carton-pâte dans lequel ils évoluaient.

Les visites d'Alex au sergent Dan Stanley se firent de plus en plus fréquentes. Elle passait désormais le voir en prenant son service, y retournait pendant sa pause, et ne manquait pas de prendre congé avant de rentrer.

Lorsqu'on lui retira son plâtre et qu'il put enfin se lever, elle fut surprise de voir à quel point il était grand : il mesurait 1 mètre 95. Debout, il ressemblait vraiment à un ours en peluche grandeur nature !

Un jour où elle était en congé, Dan invita Alex à déjeuner. Il lui parla de sa passion pour le base-ball et elle lui raconta toutes les aventures qu'elle avait vécues dans ses missions aériennes. Il lui révéla qu'il avait un frère pour lequel il n'éprouvait aucun respect, car il profitait des bénéfices de l'entreprise sans jamais lever le petit doigt. En l'entendant parler en détail de l'affaire familiale, Alex comprit que Dan travaillait dur.

— Une fois que nous aurons libéré Paris, est-ce que je pourrai revenir vous voir ?

— Je ne sais même pas moi-même où je serai…, répondit prudemment Alex.

Elle ne voulait pas trop s'avancer, même si Dan lui plaisait de plus en plus. C'était quelqu'un de respectable et travailleur, sans vanité ni artifices. Il avait 33 ans et elle 24, mais la guerre les avait tous mûris.

— À moins que vous ne veniez me rejoindre à Paris avant qu'on nous renvoie tous aux USA ? suggéra-t-il. Et je pourrai aller vous rendre visite à New York !

Cette idée fit sourire Alex. Sa mère serait frappée d'une crise cardiaque s'il sonnait à la porte de leur hôtel particulier en demandant à la voir. Dan Stanley, grossiste en viande de Pittsburgh. Pourtant, Alex trouvait que c'était l'homme le plus séduisant qu'elle ait rencontré depuis des années. C'était un homme, un vrai, et elle appréciait énormément le fait qu'il soit dénué de toute hypocrisie.

— Ma famille ne vous plaira pas, le prévint-elle.

— Et j'ai bien peur de ne pas lui plaire non plus. Est-ce que ce sera un problème pour vous, Alex ?

— Je ne crois pas. De toute façon, je les ai moi-même toujours déçus. Ils me prennent pour une extra-terrestre !

— Est-ce qu'ils savent ce que vous faites ici ? Je me suis renseigné sur votre unité. On vous appelle les Anges du Salut, et c'est exactement comme ça que je vous vois. Vous êtes mon ange à moi. Je vous assure que j'ai passé un sale quart d'heure à Omaha Beach. J'ai bien cru y mourir, et puis je me suis réveillé dans ce couloir d'hôpital. Et voilà que je vous ai rencontrée. Je me suis dit que c'était le destin. C'est la première fois que je rencontre une femme qui me plaît assez pour me donner envie de m'engager. Jusque-là, j'étais trop occupé à développer notre entreprise. Je tenais à en faire quelque chose dont ma famille pourrait être fière. J'y étais enfin parvenu quand j'ai été mobilisé. Et maintenant, vous voilà ! Vous êtes la première qui s'intéresse à moi pour la personne que je suis et pas pour me mettre le grappin dessus. Vous, vous ne cherchez pas un bon parti, vous n'attendez rien de moi. Vous êtes un ange en combinaison d'aviatrice. Je ne veux pas vous perdre de vue. Quand tout sera terminé, nous rentrerons enfin chez nous, et nous nous reverrons. Si je viens à New York, je vous emmènerai à un match des Yankees, et puis nous irons dîner dans un restaurant digne de vous. Le Plaza, le Pierre ou le Twenty-One Club, pourquoi pas… C'est vous qui choisissez !

À l'évocation de ces adresses de luxe, Alex comprit tout à coup que l'entreprise de Dan brassait des sommes conséquentes, même s'il n'avait jamais tenté de l'impressionner avec son argent. Il désirait seulement faire connaissance, et tous deux étaient restés authentiques : un homme et une femme, de leur état boucher et infirmière. Quand ils étaient ensemble, ils n'avaient pas à jouer leurs rôles de riche homme d'affaires et de jeune femme de la haute société.

Bien sûr, Alex était présente le jour où Dan quitta l'hôpital pour rejoindre son unité. Les combats faisaient maintenant rage dans la presqu'île du Cotentin. Après les bombardements alliés, Caen n'était plus qu'un tas de ruines, mais les Allemands battaient enfin en retraite et la ville était libérée. Le front avait progressé pendant l'hospitalisation de Dan. Tout comme sa relation avec Alex.

— Prends soin de toi, lui dit-elle, émue. On essaie de se retrouver à New York, si ce n'est à Paris. Et fais bien attention à cette jambe, qu'on ne l'ait pas réparée pour rien ! recommanda la jeune femme.

— Toi aussi. Et prends bien garde à ces maudits boches quand tu es dans les airs.

Comme elle acquiesçait, il se pencha pour la prendre dans ses bras puissants et l'embrassa à pleine bouche. Lorsqu'ils reprirent leur souffle, un grand sourire éclairait le visage d'Alex : c'était parfait ainsi.

— Sois prudente, Alex. La belle vie nous attend après la guerre.

Elle agita longuement la main tandis que le bus militaire emmenait Dan rejoindre le front. Elle retourna à la caserne un sourire aux lèvres. Elle allait être triste de ne plus le voir tous les jours, mais leur baiser avait scellé une promesse. Pourvu qu'ils sortent tous les deux sains et saufs de cette guerre ! Pour lors, elle se sentait jeune et vivante. Quelqu'un l'attendait à son retour, une promesse bien plus réjouissante que de retrouver ses parents. Peu importait ce qu'ils diraient quand ils le rencontreraient : elle savait que Dan Stanley était l'homme qu'il lui fallait.

Après le départ de Dan fin juillet, près de deux mois après le Débarquement de Normandie, la Luftwaffe bombarda la Grande-Bretagne encore plus durement. Les villes britanniques étaient en ruine, et même les zones plus rurales n'étaient pas épargnées. Il y eut des bombardements dans le Yorkshire, près du manoir de la famille de Pru, ce qui inquiéta fort la jeune femme. Mais pour le moment, ils avaient été chanceux. Ses frères n'avaient pas été gravement blessés et ses parents étaient en bonne santé.

En raison de l'activité accrue des chasseurs-bombardiers allemands, deux infirmières furent désormais assignées à chaque vol sanitaire, et le recours aux avions-escortes fut renforcé. Si ces mesures avaient quelque chose de rassurant, elles signifiaient aussi que le danger était incontestablement plus présent maintenant que les combats au sol avaient gagné en intensité. Un matin, Emma eut le plaisir de retrouver Prudence pour une mission. Elles étaient en plein vol, escortées par deux avions de chasse, lorsque l'un des moteurs de l'appareil émit un cliquètement suspect. Reggie examina soigneusement tous les cadrans de son tableau de bord avant de se tourner vers son copilote, et enfin vers Pru. Ed bénéficiait d'un de ses rares jours de congé, qu'il avait pu coordonner avec celui de Lizzie. Ce jour-là, deux nouveaux aides-soignants étaient présents avec Emma et Pru.

— Qu'est-ce qui se passe, Reggie ? demanda l'infirmière.

— On a une avarie dans le moteur droit.

Après quelques secondes d'un silence tendu, il se tourna à nouveau vers elle :

— On perd de l'altitude. Mettez vos parachutes ! lança-t-il à l'intention de tout l'équipage.

Il envoya rapidement un message codé à la base, et adressa un signe de la main au pilote de l'avion de chasse qui se trouvait sur leur gauche, et qui se mit à piquer du nez. Pru et Emma échangèrent un regard paniqué. Elles avaient maintenant leurs parachutes sur le dos. Pru empoigna un sac plein de vivres et de matériel prévu pour ce type de circonstances : quelques rations de survie, un thermos d'eau, une arme. Les aides-soignants firent de même. L'avion était désormais hors de contrôle, et Reggie hurla à l'équipage de sauter. Pru laissa Emma sauter la première et la suivit d'aussi près que possible. Les aides-soignants devaient être juste derrière elles. Il s'agissait maintenant de ne pas se faire attraper par une patrouille allemande, surtout si près de la ligne de front.

Emma batailla un peu pour trouver son *ripcord*, mais dès qu'elle y parvint, elle tira dessus et le parachute se déploya d'un coup sec. Après quoi elle plana vers la lisière d'un bois. C'était la partie qu'elle avait le moins appréciée dans sa formation d'infirmière de l'air. Néanmoins, elle parvint à atterrir en douceur au milieu des broussailles. On n'entendait pas de coups de feu à proximité, mais des tirs d'artillerie résonnaient au loin.

Pru toucha terre un peu plus brusquement que son amie, puis se dépêcha de replier son parachute. Un autre C-47 devrait être affrété pour récupérer les blessés à leur place...

Les deux femmes se réfugièrent sous le couvert des arbres le plus silencieusement possible. Pru posa un doigt sur ses lèvres et Emma hocha la tête. Elles se mirent en marche vers ce qu'elles pensaient être les positions alliées. L'avion s'était écrasé dans un champ et avait une aile broyée, mais il n'avait pas explosé. Les filles ne voyaient aucune trace du reste de l'équipage, qui avait su se faire aussi discret qu'elles.

Elles marchèrent d'un bon pas jusqu'à la tombée de la nuit mais n'approchèrent aucune habitation, de peur de tomber sur une patrouille allemande. Elles n'avaient pas la moindre idée de là où elles se trouvaient et elles étaient affamées. Elles finirent par s'asseoir pour entamer leurs maigres rations et boire un peu de leur eau. Pru soupçonnait qu'elles avaient encore une longue marche devant elles. Dans la nuit noire, vers minuit, elles s'aperçurent à leur grande frayeur qu'elles avaient fait halte près d'une route un peu plus importante, et elles entendirent passer une patrouille allemande. Les deux infirmières durent s'enfoncer de nouveau dans le bocage.

Pendant ce temps, à la base, tout le monde avait eu vent de l'incident et s'inquiétait pour les disparus, y compris la commandante de l'unité d'évacuation. Voilà des mois qu'ils n'avaient pas perdu d'appareil. Heureusement, les pilotes des avions-escortes étaient rassurants : l'appareil n'avait pas pris feu, et les Allemands n'avaient peut-être rien remarqué. La nuit fut tendue, on s'attendait à tout instant à ce que les rescapés rejoignent une position alliée et signalent leur présence.

Les premières nouvelles arrivèrent en milieu de matinée : le pilote, le copilote et les deux aides-soignants avaient atteint une maison dont les habitants n'avaient pas hésité à leur porter secours. On put aller les chercher le soir même. De Emma et Pru, en revanche, on ne savait toujours rien. Lizzie, Audrey, Alex et Louise se faisaient un sang d'encre, tout comme leurs autres camarades. Deux jours plus tard, elles furent officiellement portées disparues en opération et le Bureau de la Guerre prévint les parents de Prudence. Deux jours passèrent encore. Tous étaient persuadés que les infirmières avaient été interceptées par une patrouille allemande. Un avion de reconnaissance avait été affrété pour tenter de les repérer, et tous les équipages des vols sanitaires avaient pour consigne d'ouvrir l'œil. Mais six jours après, il était désormais presque certain qu'elles étaient soit mortes, soit prisonnières.

Lizzie se sentait sur le point de défaillir chaque fois qu'elle y pensait, et Ed culpabilisait terriblement d'avoir été en congé le jour de l'accident. Il avait passé la journée avec Lizzie, dans une petite auberge proche de la base où ils se rendaient parfois pour laisser libre cours à leur amour pendant quelques heures.

Ed et Lizzie revenaient du mess le soir du huitième jour, profondément déprimés, lorsqu'un camion agricole chargé de ballots de paille pénétra dans l'enceinte de la base. La portière passager s'ouvrit et deux silhouettes crottées et dépenaillées sautèrent de la cabine. Ed les regarda un instant, sidéré, avant de se mettre à crier à la cantonade :

— Elles sont revenues ! Elles sont revenues !

Les gens accoururent de partout. Lizzie se jeta dans leurs bras et, en l'espace de quelques minutes, toutes les infirmières se retrouvèrent dans la cour. Emma et Pru allèrent aussitôt se présenter à leur supérieur hiérarchique telles qu'elles étaient : elles avaient l'air de naufragées et sentaient même un peu le poisson ! Elles avaient réussi à rejoindre la côte après avoir traversé à pied une bonne partie du nord-ouest de la France. Puis un petit bateau de pêche appartenant à un jeune homme et son père leur avait fait traverser la Manche. Enfin, un fermier les avait prises en stop depuis la côte anglaise jusqu'à leur caserne. Ed pleura de soulagement dans les bras de Lizzie.

— Que s'est-il passé ? leur demandait-on de toute part.

— Nous avons eu un léger souci avec la carte, dit Pru en jetant un coup d'œil à Emma, qui esquissa un sourire penaud. Il ne faut jamais sauter en parachute avec une fille de l'East End qui n'a jamais mis les pieds à la campagne.

— Je suis sage-femme, nom d'un chien, pas exploratrice ! se défendit Emma.

Elles n'en étaient pas moins rentrées à la base saines et sauves. Elles étaient affamées, épuisées et couvertes de boue, le visage et les mains zébrés de griffures après s'être cachées et avoir crapahuté dans les broussailles. Quelqu'un leur apporta deux assiettes fumantes, qu'elles dévorèrent aussitôt. Bien qu'elles aient eu la sagesse de fractionner leurs rations de survie pour les faire durer le plus longtemps possible, elles avaient très peu mangé pendant cette semaine. Une fois rassasiées, elles regagnèrent la caserne entourées des visages souriants de leurs amies et, après avoir répondu à leurs nombreuses questions, annoncèrent qu'elles allaient se doucher.

— Je pense qu'elles nous ont vraiment crues mortes, commenta Pru lorsqu'elles se mirent enfin au lit. Mais mon Dieu, il y avait plus d'Allemands dans cette campagne que de taxis sur Leicester Square. La chance était avec nous, pour que les boches ne nous aient jamais repérées !

Elles dormirent quatorze heures d'affilée.

C'était l'une de ces expériences dont elles se souviendraient toute leur vie. Bien qu'elles aient failli mourir de peur, ni Emma ni Pru n'avaient jamais perdu leur sang-froid.

Lorsqu'elles se présentèrent sur le tarmac le lendemain, elles étaient aussi sereines que si rien ne s'était passé.

À leur vue, le visage d'Ed s'illumina. Ils effectueraient ensemble leurs missions du jour, une fois encore escortés par un avion de chasse.

— Qu'est-ce qu'on attend ? Allez, au boulot ! lança Pru en souriant.

Reggie secoua la tête avec un sourire en coin. Ils fermèrent les portes, bouclèrent leurs ceintures, et le C-47 se mit en place sur la piste. Ils avaient vingt-quatre blessés à récupérer. Cette fois-ci, tout se passa sans encombre. Au retour, après avoir confié leur précieuse cargaison aux ambulances, les deux infirmières échangèrent un coup d'œil.

— Ça s'est mieux passé que la dernière fois, pas vrai, Em ?

— Ah bon ? Je ne vois pas du tout de quoi tu veux parler !

Toutes deux éclatèrent de rire et se dirigèrent vers le hangar, bras dessus, bras dessous, pour boire une tasse de café avant leur prochaine mission. La journée ne faisait que commencer.

13

Pour tenter de conserver leur mainmise sur l'Europe, ou pour se prouver qu'ils en étaient encore les maîtres, les Allemands intensifièrent les bombardements sur le Royaume-Uni pendant l'été 1944, endommageant encore davantage la ville de Londres et détruisant de nombreux sites industriels. Et alors qu'elle se repliait inexorablement, la Wehrmacht se défendait à la baïonnette dans les zones rurales de l'Ouest. En conséquence, les infirmières de l'air avaient fort à faire et embarquaient parfois plus de blessés qu'elles n'avaient de lits. Elles ne voulaient laisser personne sur le carreau et revenaient parfois deux ou trois fois de suite sur le même lieu pour récupérer tous les patients.

Ce jour-là, l'équipe de Pru avait effectué six missions, entre lesquelles ils avaient tout juste eu le temps de faire le plein de carburant, lorsqu'elle regagna ses quartiers dans la douceur de l'été anglais. Sa combinaison maculée de terre et de sang, Pru ne rêvait que de se doucher et de s'allonger un peu avant le repas du soir. Mais alors qu'elle entrait dans le hall, la responsable de la caserne lui désigna d'un geste le salon-parloir délabré. Par la porte, Prudence aperçut un officier grand et mince qui semblait l'attendre, le visage grave. Elle hésita un bref instant, puis elle serra les dents et lui fit le salut militaire. Il l'invita à s'asseoir. Elle savait ce que sa visite signifiait. L'officier délivra sa nouvelle rapidement : Prudence eut l'impression qu'il lui plantait un poignard en plein cœur.

L'avion de son frère Phillip avait été touché lors d'une opération dans la « poche de Falaise », près de Caen, où la Wehrmacht combattait avec l'énergie du désespoir. Phillip et ses camarades étaient chargés d'y établir un couloir de défense aérienne contre les avions de chasse allemands lorsque son Hawker Tempest avait été abattu. La mort de Phillip venait s'ajouter aux terribles statistiques de la guerre, qui emportait des frères et des pères, des époux et des fils. Alors que sa famille avait miraculeusement été épargnée jusque-là, Pru appartenait maintenant à la foule des endeuillés. L'officier lui présenta ses condoléances et repartit aussi silencieusement qu'il était venu, tel l'ange de la mort qui rendait visite aux survivants en semant le chagrin sur son passage.

Pru monta à sa chambre et fut tout de suite entourée par ses amies, qui avaient eu vent de la triste nouvelle. L'officier lui avait dit qu'elle disposait de trois jours de permission pour rentrer voir ses parents dans le Yorkshire. Eux aussi avaient été prévenus. Pru n'avait même pas le cœur à leur téléphoner. Tout ce qu'elle voulait, c'était rentrer chez elle. Comme elle était en état de choc, ses amies l'aidèrent à faire sa valise et Emma dut s'occuper d'elle comme d'une enfant pour la conduire à la douche, puis lui faire enfiler son uniforme de ville. Les trains étaient rares, les horaires très perturbés et on recommandait de n'effectuer que les trajets nécessaires. Mais Pru savait que si elle attendait suffisamment longtemps à la gare, elle pourrait attraper un train avant le lendemain. En tant qu'officier de l'armée, elle était prioritaire sur les autres passagers. Une fois à bord, elle n'aurait plus qu'à espérer que son train ne soit pas bombardé…

Elle quitta la caserne une heure plus tard dans une sorte de brouillard, non sans avoir été chaleureusement embrassée par toutes ses amies. Quelqu'un la conduisit en voiture jusqu'à la gare. Elle ne prêta même pas attention à son chauffeur. Tout ce qu'elle savait, c'était que son petit frère était mort. Tout comme leur frère Max, il avait bravé la mort pendant cinq ans, aux commandes de dangereux avions de chasse… On ne pourrait même pas récupérer son corps, l'avion avait explosé en vol. Le seul réconfort était qu'au moins cela avait été rapide. Elle se demanda si elle n'aurait pas mieux fait d'appeler ses parents… Mais pour leur dire quoi ? Elle voyait des hommes mourir tous les jours, mais n'avait jamais à affronter le visage de leurs parents ou des personnes qui les avaient aimés…

Elle monta enfin dans un train sur le coup de 20 heures, trouva une place libre près de la fenêtre et regarda défiler le paysage sans le voir. Elle songeait au petit garçon intrépide qu'avait été Phillip, à celui qui l'incitait à monter aux plus hautes branches des arbres et rejetait toujours tout sur elle. Enfant, elle pensait le détester. Leur frère aîné, Max, avait en revanche toujours été plus raisonnable. Avec le temps, elle s'était aperçue qu'elle éprouvait aussi beaucoup de tendresse

pour le benjamin de la fratrie. Et voilà qu'il avait disparu.

Le train la déposa à la gare de York vers 1 heure du
matin. Elle n'avait prévenu personne de son arrivée.
Sa valise à la main, elle entreprit de parcourir à pied,
dans la nuit silencieuse, les huit kilomètres qui la sépa-
raient du manoir familial, heureuse de se retrouver seule
avec ses pensées. Au matin, il lui faudrait affronter le
chagrin de ses parents. Prudence se demanda si Max
avait lui aussi obtenu une permission. Elle l'espérait.
Ses parents ne l'avaient pas vu depuis des mois, et ils
avaient tous besoin de son soutien, même s'il serait lui
aussi anéanti. En arrivant à la propriété, près de deux
heures plus tard, elle remarqua qu'un rai de lumière passait encore entre les caches noirs du black-out. C'étaient
les fenêtres de ses parents. L'entrée n'était jamais
fermée à clé, et en pénétrant dans la vaste demeure,
elle perçut leurs voix dans le petit salon. Un feu finissait
de se consumer dans la cheminée : même en été, il faisait toujours frais dans la vieille maison. En l'entendant
arriver, sa mère se retourna dans la lueur des braises.
Max était assis près d'elle et leur père dormait dans son
fauteuil près de l'âtre, le menton sur la poitrine. Dans
ce clair-obscur, ils lui parurent soudain beaucoup plus
âgés que la dernière fois qu'elle les avait vus. Comme
tout le reste du pays, ils avaient vieilli sous le coup
des privations, du malheur et du deuil infligés par cinq
années de guerre. Max se leva aussitôt et vint la prendre
dans ses bras. Pru vit que c'était maintenant le portrait
craché de leur père au même âge, ce qui procura à la
jeune femme une étrange sensation de réconfort.

— Je suis contente que tu aies pu venir, murmura-t-elle, le visage enfoui dans son col. Comment vont-ils ?

Pru s'en rendit compte par elle-même en embrassant sa mère. Elles restèrent longuement enlacées, laissant libre cours à leurs larmes, puis s'assirent côte à côte, les mains de Prudence dans celles de sa mère. Ses yeux rougis trahissaient sa douleur insondable. Malgré cela, elle se tenait très droite. Elle restait fidèle à elle-même et aux valeurs de la famille : forte, tranquille, déterminée à tenir le cap, courageuse dans l'adversité. Pru savait qu'elle pouvait compter sur ses parents en toute circonstance, de même qu'ils pouvaient compter sur elle. Très ému, Max observait les deux femmes qu'il admirait le plus au monde pour leur force et leur courage, même dans ces circonstances tragiques.

— J'ai parlé au révérend Alsop. Nous célébrerons un office pour Phillip après-demain, tant que Max et toi êtes encore là, annonça Constance, leur mère.

Pru se demanda combien de cérémonies de ce type devraient encore être organisées dans les campagnes. Ils étaient si nombreux. Tant de garçons fauchés dans leur prime jeunesse, qu'ils soient fils de fermier ou de grande famille... Tous les jeunes gens avec lesquels elle avait grandi avaient maintenant disparu dans des batailles dont elle n'oublierait jamais le nom, en Europe et en Afrique du Nord.

Constance suggéra qu'ils montent tous se coucher et réveilla son époux.

— Tu es rentrée, dit-il simplement en voyant sa fille.

Il savait qu'elle serait là, tout comme Max. Ils avaient toujours traversé les épreuves ensemble. Celle-ci ne ferait pas exception.

Pru s'arrêta dans le couloir pour déposer un dernier baiser sur la joue de sa mère. La porte de ses parents se referma sans bruit et Max accompagna Prudence jusqu'à sa chambre de jeune fille.

— Ça va aller ? lui demanda-t-il, un peu inquiet.

— Il le faut bien. Je crois que ce sera encore pire de revenir ici après la guerre, sans lui.

Max hocha la tête, caressa affectueusement les cheveux bruns de sa sœur, et se retira dans le silence de sa propre chambre.

Après avoir enfilé sa chemise de nuit et éteint la lumière, Prudence se mit à la fenêtre et contempla le domaine que l'on devinait sous le clair de lune. Cet endroit avait toujours été si calme, si paisible... jusqu'à ce que la guerre éclate. Désormais, il n'y avait plus aucun lieu sûr, plus rien de sacré ni de certain en ce monde, et on ne savait jamais qui la mort allait frapper. Elle n'aspirait qu'à revenir s'installer dans cette contrée, près de Max et de ses parents. Mais Dieu seul savait ce qui se passerait encore d'ici là, qui ils s'apprêtaient à perdre, quel lot de chagrin serait encore le leur, combien de fois encore il leur faudrait se montrer forts et courageux. Un nuage passa devant la lune alors qu'elle songeait à Phillip.

Pru ne le savait pas, mais Max contemplait lui aussi leur domaine. Alors que des larmes silencieuses roulaient sur ses joues, il songeait combien il devait être difficile d'être femme, quand tout le monde attendait de vous que vous soyez forte, que vous preniez soin d'autrui. Il songeait aussi combien un homme se sent seul, parfois...

Au matin, lorsqu'elle descendit pour le petit déjeuner, Prudence trouva sa mère déjà attablée. Comme toujours, la table était dressée dans les règles de l'art. Ces derniers temps, Constance se chargeait elle-même de cette tâche. Les domestiques étaient presque tous partis, et le vieux majordome était mort de pneumonie au début de la guerre. Mais Constance veillait à ce que sa maison soit aussi bien tenue qu'auparavant.

— Comment va papa ? demanda Pru.

C'était étrange comme elles s'inquiétaient systématiquement pour les hommes, ces derniers temps.

— Aussi bien qu'il est possible, répondit sobrement Constance.

Le drame qu'ils vivaient était aussi épouvantable que terriblement banal. Tous leurs amis, à Londres mais aussi dans le Yorkshire, avaient perdu au moins un des leurs. Et avec ces bombardements incessants, il n'était plus question de quitter la campagne, même pour quelques heures. Surtout qu'il fallait superviser l'éducation de tous les jeunes réfugiés. Constance avait toujours considéré leur présence comme une bénédiction plus que comme un fardeau supplémentaire, et elle était maintenant plus heureuse que jamais de les avoir sous son toit. Ce matin-là, après avoir pris leur petit déjeuner dans l'ancienne salle à manger des domestiques, ils étaient sortis jardiner dans le parc et se promener autour du lac que Pru et ses frères adoraient. Quand Max, Pru et Phillip étaient petits, leur vieille gouvernante redoutait toujours qu'ils ne se noient et se fâchait tout rouge lorsqu'elle trouvait l'un d'entre eux tout seul au bord de l'eau, ce qui se produisait souvent…

Max descendit peu après sa sœur. Il se servit une tasse de café et s'assit en jetant un coup d'œil scrutateur vers leur mère. Elle était très digne en dépit du chagrin, ce qui ne le surprit guère.

— Et papa ?

Toute son inquiétude était contenue dans ces deux mots. Leur père n'était plus si jeune… Leur mère non plus, au demeurant, mais elle ne faisait pas son âge, avec sa démarche assurée, son dos très droit et le léger hâle que lui procuraient ses promenades quotidiennes sur le domaine.

— Ça va aller… C'est un choc terrible, même si toutes nos connaissances ont déjà subi des pertes semblables. C'est à se demander si tout cela se terminera un jour…

— Mère, nous sommes près de la victoire, et nous n'allons pas abandonner en si bon chemin. Churchill lui-même dit qu'il n'y en a plus que pour un an, tout au plus.

— Un an ? Seigneur, j'espère que ce sera fini avant ! soupira Constance.

— Comment se passent tes missions ? demanda Max à sa sœur. Les Anges du Salut, c'est bien comme ça qu'on vous appelle ?

Malgré son chagrin, il faisait de son mieux pour ne pas se départir de son sens de l'humour. Ses railleries avaient quelque chose de familier et rassurant. Au moins, certaines choses ne changeaient pas. Mais désormais, il ne restait plus que Max pour taquiner la jeune femme…

— Il paraît que vous faites un boulot épatant, continua son frère. C'est ce que m'ont dit deux de mes amis passés entre tes mains, ou celles de tes camarades. L'un d'eux raconte partout qu'il a été sauvé par les Anges du Salut. Il devait être en proie au délire... Sachant que tu en fais partie, je vous aurais plutôt baptisées les Diablesses volantes !

Alors que Prudence levait les yeux au ciel, leur père entra dans la pièce. Par respect, Max se leva pour le saluer. Thomas Pommery semblait aussi ravagé que s'il revenait du champ de bataille, mais il se tenait aussi droit que son épouse. Il s'assit au bout de la longue table et ils mangèrent en silence. Constance lui servit des toasts accompagnés de la confiture qu'elle faisait elle-même avec les fruits du verger. Il n'y avait pas de beurre en cette période de rationnement, et Thomas détestait la margarine.

Après le repas, les parents endeuillés se rendirent dans le petit cimetière de la propriété afin de décider de l'emplacement de la stèle dédiée à Phillip et d'organiser les détails de la cérémonie. Pendant ce temps, le frère et la sœur s'assirent au soleil dans le jardin. Tout était si paisible... Malgré les sinistres circonstances, ils étaient heureux de se retrouver dans la maison de leur enfance. La base où Max était stationné n'était pas très éloignée de celle de Pru, mais il n'avait jamais le temps de lui rendre visite.

Ils décidèrent de marcher un peu et s'engagèrent sur le chemin du lac où ils avaient tant de souvenirs. Pru leva les yeux vers les grands arbres auxquels elle grimpait autrefois pour échapper à ses frères, ou pour les narguer. Il lui était arrivé plus d'une fois de sauter dans le lac tout habillée...

— Tu sais, tu as toujours été plus courageuse que nous, déclara soudain Max. Nous nous donnions des airs, mais toi tu avais vraiment du cran. C'est Phillip qui m'a dit ça un jour. Je ne m'en rendais pas encore compte, à cette époque, mais j'ai bien dû admettre qu'il avait raison. Et c'est encore vrai.

— Plus courageuse que vous ? Je ne sais pas... J'accomplis au mieux mes missions, c'est tout. Bon, il y a quelques semaines, ça a impliqué une petite randonnée en pleine France occupée... Notre appareil a perdu un moteur, on a dû sauter en parachute et on a été portées disparues pendant un moment. Mais on est revenues à bon port. Cela nous a pris huit jours.

— Tout l'équipage ?

— Une autre infirmière et moi. Une dure à cuire, celle-là ! On travaille ensemble presque depuis le début. Elle ne sait pas lire une carte, mais c'est une infirmière hors pair. Et je ne te parle pas de son tempérament volcanique ! Elle a même la tignasse rousse qui va avec.

— Elle a toute sa place parmi les Diablesses volantes, alors !

Comme ils se prenaient à sourire tous les deux, Pru ressentit une pointe de culpabilité. C'était bizarre, maintenant que Phillip n'était plus des leurs...

— En tout cas, c'était la meilleure compagnie dont je pouvais rêver pour me perdre derrière les lignes ennemies. Je ne sais pas comment on s'y est prises, mais on a échappé à toutes les patrouilles allemandes. Après nous être faufilées entre les zones de combat, on a réussi à traverser la Manche à bord d'un bateau de pêche. À l'arrivée, je peux te dire qu'on sentait le poisson !

226

— Une promenade de santé, finalement…, commenta Max.

Il sentait que sa petite sœur lui cachait tous les dangers qu'elle et sa collègue avaient esquivés.

— Est-ce que tu étais là le Jour J ? demanda-t-il.

Ni l'un ni l'autre n'était censé parler de ses missions en amont, mais le Débarquement était maintenant derrière eux. Pru secoua la tête.

— Non, nos C-47 n'auraient pas eu la place d'atterrir sur les plages. Au début, ils n'ont ramené les blessés que par bateau. Il n'a pas fallu longtemps avant que notre hôpital soit saturé, et ça ne s'est pas vraiment calmé depuis.

— Oui, nous avons perdu pas mal d'hommes là-bas. Mais ça a permis de renverser la vapeur. Ils ne sont pas morts en vain, déclara Max.

Prudence se demanda quelle instance décidait de l'utilité ou de la futilité de sacrifier des vies humaines…

— Je l'espère, dit-elle simplement.

Sur ce, ils regagnèrent le manoir. Leurs parents, de retour de leur pèlerinage au cimetière du domaine, avaient les yeux rougis.

Le lendemain, la cérémonie funèbre se révéla aussi douloureuse que l'on pouvait s'y attendre. Mais elle fut aussi empreinte de solennité, de respect et de tendresse, et pas plus longue que de raison. Tous les voisins, pour la plupart des propriétaires terriens de la génération des parents de Prudence, étaient venus. Le moment fut simple et beau, en hommage à un fils bien-aimé qui avait donné sa vie pour son roi et sa patrie, et que ses proches n'oublieraient jamais.

Max reconduisit Prudence à sa caserne à bord de la voiture qu'il avait empruntée. Le retour serait ainsi plus agréable que l'aller. Max et Pru roulèrent un moment en silence, songeant à leur frère disparu. Puis Pru décida d'égayer l'atmosphère en demandant à Max s'il avait une petite amie. Il répondit par la négative.

— Je ne voudrais pas donner de l'espoir à une jeune femme alors qu'il peut m'arriver quelque chose à tout moment.

— Je comprends. Penses-tu que Phillip en avait une ?

— Une ? Tu veux dire des dizaines ? répliqua Max en riant. À ma connaissance, il n'a jamais fréquenté la même fille plus d'une semaine ou deux. Elles lui plaisaient toutes, mais il se lassait vite.

— Sacré Phil, ça ne m'étonne pas de lui !

Et dire que sa belle jeunesse avait été fauchée en plein vol… Tout le monde se souviendrait de son appétit de vivre et de sa joie communicative.

Max conduisit Pru aussi loin qu'il put à la base, et lui promit de revenir la voir prochainement.

— Tu sais bien que tu ne le feras pas… Le temps manque cruellement, n'est-ce pas ? En revanche, je crois que nous devrions essayer de rendre visite à papa et maman. Ils sont très courageux, mais ils ont besoin de nous.

— Et nous avons aussi besoin l'un de l'autre, ajouta Max. Tu es une sœur formidable, tu sais, même si je ne te le dis pas souvent. Fais attention à toi, Pru. Ne prends pas l'habitude de partir en randonnée derrière les lignes ennemies.

— Toi non plus. Pas la peine de jouer les héros, tâche juste de sortir vivant de toute cette histoire.

— Tâche de t'en souvenir, toi aussi. Je repasse bientôt pour te surveiller un peu. C'est mon rôle de grand frère, non ?

Comme elle se pendait à son cou, il lui déposa un baiser sur la joue et se réinstalla au volant, songeant à la chance qu'il avait de l'avoir pour sœur. Pru était une grande âme doublée d'un cœur d'or, et la personne la plus courageuse qu'il connaisse, femmes et hommes confondus. Il aspirait à lui ressembler davantage. Elle était un exemple pour tous. Elle ne se vantait jamais, se contentant de faire ce qu'elle savait être juste.

Fin août, les Alliés continuaient de gagner du terrain en direction de Paris. Ils venaient de Normandie mais aussi de Provence, où un second débarquement avait eu lieu le 15 du mois. Les Allemands se défendaient pied à pied. En outre, la Gestapo était impitoyable avec les membres de la Résistance qu'elle parvenait à attraper, car les combattants de la liberté multipliaient les gestes désespérés en sabotant les usines d'armement, les réserves de munitions ou encore les voies ferrées. Heureusement, armées alliées et maquisards coopéraient étroitement : les Britanniques avaient même envoyé des troupes pour venir à la rescousse des Forces françaises de l'intérieur.

Une nuit, à la caserne, on réveilla certaines des infirmières pour une mission spéciale. Louise Jackson, qui avait largement prouvé sa valeur, en faisait partie. On avait besoin d'une infirmière hautement compétente pour récupérer plusieurs maquisards blessés dans leur abri de Provence, dans une zone encore occupée par la Wehrmacht, à quelques kilomètres de la ligne de front.

Parmi ces hommes, un redoutable combattant connu sous son seul nom de code, Tristan, se trouvait en fort mauvaise posture. D'autant que la Kommandantur était prête à tout pour mettre la main sur lui, mort ou vif.

À 1 heure du matin, Louise se trouvait donc sur la piste de décollage, bien éveillée et prête à faire tout ce qui serait nécessaire. Elle était accompagnée de deux collègues aussi compétentes et intrépides qu'elle : une Australienne et une Britannique, avec laquelle Louise avait déjà travaillé. Un officier leur fit le briefing sur le tarmac. Elles seraient parachutées avec deux aides-soignants. L'officier ne leur cacha pas à quel point la mission était dangereuse. Après un vol à basse altitude vers le sud de la France, les soignants sautèrent quelque part dans l'arrière-pays niçois. Ils cachèrent leurs parachutes et leurs combinaisons dans les fourrés, puis revêtirent des vêtements civils et se dirigèrent le plus silencieusement possible vers le point de rendez-vous – une ferme isolée dans la garrigue. Sur les cinq, trois parlaient un peu français : Louise, l'infirmière australienne et l'un des aides-soignants. Mais aucun ne le maîtrisait suffisamment pour pouvoir tenir une conversation. S'ils étaient repérés, ils seraient donc immédiatement abattus comme espions.

Lorsque la maison fut en vue, le cœur de Louise se mit à battre un peu plus vite. C'était une bâtisse en pierre, avec une grange à l'arrière. Un chien aboya à leur approche. Les deux aides-soignants ouvraient la voie. Un homme d'une trentaine d'années sortit de la maison. Vêtu d'une salopette, il avait une cigarette aux lèvres et une pelle à la main. C'était leur contact.

— On est venus voir ton grand-père, dit l'aide-soignant en français. Comment va-t-il ?

Chacun d'eux portait une petite besace chargée de matériel médical. Les résistants qu'ils venaient voir avaient été blessés l'avant-veille, alors qu'ils dynamitaient un train de transport de troupes allemand. La plupart des soldats ennemis avaient été tués, ainsi que plusieurs officiers. Quant aux résistants, deux étaient dans un état critique. L'armée britannique leur envoyait des secours d'autant plus volontiers que le groupe avait fourni quantité d'informations capitales pour le débarquement qui avait eu lieu sur les côtes varoises. Plusieurs étaient trop gravement atteints pour être déplacés mais, s'ils restaient sur place, ils seraient vite repérés, torturés et exécutés.

Le jeune homme mena les nouveaux venus jusqu'à un appentis situé derrière la grange. Tous se tenaient sur le qui-vive, à l'affût du moindre mouvement suspect, mais rien d'inquiétant ne se produisit alors qu'ils pénétraient dans la cabane mal éclairée, poussiéreuse et pleine d'outils agricoles rouillés. Le jeune Français balaya vivement la terre battue au centre de la pièce, révélant une trappe en bois que les deux aides-soignants l'aidèrent à soulever. Tous s'engouffrèrent à l'intérieur et les hommes refermèrent la trappe. Ils descendirent une échelle et, au bout d'un étroit couloir, ils débouchèrent sur une salle bien éclairée pleine d'hommes qui fumaient, certains assis sur des chaises, d'autres faisant les cent pas. Au fond, une porte ouvrait sur une seconde salle. Il y avait une odeur de renfermé, de sueur et de fumée de cigarette dans l'air, malgré les conduits d'aération percés dans le plafond.

Un générateur fournissait l'électricité pour l'éclairage. Cette cache insoupçonnable semblait extrêmement bien organisée. Et pour cause, c'était l'un des principaux postes de commandement de la Résistance dans le Midi. Les Allemands le recherchaient activement…

En plus de la dizaine d'hommes, deux femmes étaient présentes. L'une d'elles expliqua dans un anglais fort honorable que les hommes les plus gravement blessés se trouvaient dans la seconde pièce. L'un était inconscient depuis le matin. Or il fallait absolument qu'il soit en état d'être déplacé d'ici le lendemain. Les soignants examinèrent immédiatement les premiers résistants. Tous souffraient d'importantes blessures sous leurs vêtements. Personne n'avait nettoyé ni pansé leurs plaies, faute de matériel adéquat. Aucun des résistants ne se plaignit tandis que deux infirmières et l'un des aides-soignants s'occupaient d'eux. L'un des hommes avait perdu un doigt et le spectacle n'était pas beau à voir.

Pendant ce temps, Louise et l'autre aide-soignant se hâtèrent de passer dans la salle du fond. Un homme était allongé sur un vieux matelas, inconscient, tandis qu'un adolescent gisait sur une couverture avec une vilaine blessure à l'abdomen. La plaie était déjà infectée et il délirait de fièvre. Louise comprit tout de suite que ces personnes jouaient un rôle central dans la Résistance et que l'homme inconscient devait être Tristan, le chef du réseau. Vivrait-il assez longtemps pour s'inquiéter d'être abattu par les Allemands ?

Louise s'agenouilla près de Tristan et ouvrit sa besace. Pendant ce temps, l'aide-soignant se chargea du jeune garçon, qui gémit tandis que l'homme le pansait et lui administrait pénicilline et antipyrétique. Le garçon parut un peu soulagé.

Louise avait quant à elle ouvert les vêtements du chef – du moins ce qu'il en restait. Lui aussi brûlait de fièvre. Il avait des éclats d'explosifs dans les bras et la poitrine et Louise profita du fait qu'il était inconscient pour les extraire délicatement. Elle nettoya ses plaies, saupoudra ses brûlures avec des sulfamides, sutura ce qui devait l'être, appliqua des pansements de tulle gras et lui injecta des antibiotiques. En examinant le reste de son corps, elle s'aperçut qu'il avait une blessure par balle au mollet, dont le projectile avait été grossièrement retiré. Elle la soigna aussi. Lorsqu'elle eut terminé, elle resta assise près de lui, espérant qu'il finirait par se réveiller. L'un des résistants était venu à plusieurs reprises voir ce qu'elle faisait.

— Quel est son nom ? murmura-t-elle à l'intention du Français qui l'observait.

— On l'appelle Tristan.

— Je sais, mais j'ai besoin de connaître son vrai prénom pour essayer de le réveiller. C'est important.

— Gonzague, répondit l'homme après une longue hésitation.

Quand Louise se retrouva seule avec Gonzague-Tristan, elle se mit à lui parler à voix basse, comme s'il pouvait l'entendre. Régulièrement, elle lui rafraîchissait le front avec un linge mouillé, caressait ses cheveux, son visage barbu et les parties indemnes de ses bras. Puis elle lui massa les mains pour réactiver la circulation sanguine. Au bout d'une heure, il gémit et ouvrit lentement les yeux.

— Tout va bien, Gonzague. Vous allez vous en sortir, dit Louise en français.

Il essaya de bouger sa jambe blessée et se remit à gémir.

— Qui êtes-vous ? articula Gonzague d'une voix rauque.

— Nous sommes venus vous aider. Vous êtes à la ferme de Gaston. Nous venons de la part de l'oncle George.

Cette dernière précision indiquait que l'équipe était envoyée par l'armée britannique. Gonzague tenta de se redresser, en vain. Tout son corps lui semblait de plomb, mais du plomb en fusion, car ses plaies brûlaient terriblement.

— Ne bougez pas pour le moment, conseilla Louise. Nous vous aiderons à vous lever plus tard. Vous partez demain, mais cette nuit vous devez reprendre des forces.

Il hocha la tête. Elle lui fit une injection d'antalgiques et il se rendormit, pour ne se réveiller que deux heures plus tard. Alors qu'elle lui proposait un peu d'eau, il la regarda en fronçant les sourcils.

— On vous a envoyée de si loin ? Vous ne devriez pas être ici.

— C'est mon métier. Je suis infirmière.

— C'est dangereux de rester ici et de m'aider.

Cette fois, Gonzague avait parlé anglais.

— Vous aviez vraiment besoin d'aide. Vos amis veulent vous tirer d'ici au plus vite.

Gonzague haussa les épaules, comme si l'éventualité d'être pris faisait simplement partie de son travail. Il avait déjà été blessé plusieurs fois. Il avait aussi été arrêté, mais il s'était évadé. Depuis deux ans qu'il avait pris le maquis, il n'avait jamais passé plus d'une nuit au même endroit.

— Vous n'avez pas peur ? demanda-t-il en la regardant d'un air intrigué.

Il trouvait Louise d'une beauté saisissante, et sa couleur de peau lui semblait délicieusement exotique. Secouant la tête, elle répondit à sa question par la négative. Son courage et sa maîtrise d'elle-même étaient évidents.

— Si les Allemands vous trouvent avec moi, ils vous tueront, précisa Gonzague tandis que Louise lui prenait le pouls. Il faudra être très prudente en repartant. Vous êtes venue seule ?

— Non, nous sommes cinq. Les autres s'occupent de vos camarades.

Le jeune garçon, qui commençait à se sentir mieux, avait été déplacé dans la pièce voisine. Il avait même faim, ce qui était très bon signe.

— Comment allez-vous repartir ? s'inquiéta encore Gonzague, toujours très agité.

— Exactement comme nous sommes venus, répondit Louise avec calme en lui tendant à nouveau le verre d'eau. Ne vous inquiétez pas.

— Vous êtes un ange tombé du ciel, déclara-t-il en souriant.

— Disons plutôt que vous avez des amis qui sont prêts à venir de loin pour vous donner un coup de main.

Gonzague hocha la tête. Il avait fait beaucoup pour les services secrets britanniques. Après un nouveau somme, il semblait déjà en meilleure forme. La fièvre était retombée, et il trouva la force de se redresser pour poser sur Louise un regard intense. Elle n'avait pas quitté son chevet une seule seconde, pas même pour se sustenter de l'en-cas frugal apporté par l'un des jeunes Français : un quignon de pain, du raisin et une pêche, qu'elle avait acceptés avec gratitude.

— Vous êtes médecin ?

Gonzague avait oublié ce qu'elle lui avait dit dans la nuit.

— Non, infirmière. Je fais partie d'une unité spéciale.

Il ne demanda pas laquelle, la discrétion étant de mise. Mais il pouvait au moins lui demander son nom.

— Louise. Louise Jackson.

— Vous êtes américaine, c'est ça ? Mais stationnée en Angleterre ? Je vous retrouverai un jour, Louise Jackson, et je viendrai vous remercier en personne… Si vous réussissez à me sauver maintenant, vous aurez aidé à sauver mon pays. La France renaîtra de ses cendres, et je viendrai vous chercher, où que vous soyez.

Louise attribua le ton grandiloquent de Gonzague à la douleur et à la fièvre.

— Et donc vous êtes militaire ? reprit-il. Gradée ?

— Je suis dans l'aviation, révéla Louise.

— Vous n'avez pas du tout l'air d'être dans l'armée.

— Les apparences sont parfois trompeuses… Vous pensez pouvoir vous lever ?

Elle voulait s'assurer qu'il tenait debout et allait pouvoir fuir. Gonzague vacilla, mais ne tomba pas. Il avait perdu beaucoup de sang et était très affaibli. Il fit quelques pas dans la pièce, appuyé sur l'épaule de Louise.

— Désolée de vous brusquer. Dans un cas comme le vôtre, je ne devrais pas vous demander de vous lever si vite, mais au vu des circonstances, il faut que vous soyez capable de crapahuter dans les heures qui viennent, Gonzague.

— Personne ne m'a plus appelé comme ça depuis des années… Comte Gonzague Antoine de Lafayette.

Alors qu'il tentait une courbette, il perdit l'équilibre et se rattrapa de justesse.

— Allons, un peu de sérieux. Il vaut mieux être un paysan alerte qu'un comte trébuchant, vous ne croyez pas ?

Quoiqu'elle ne fût guère impressionnée par son titre, Louise ne pouvait nier que le personnage l'intriguait. Après quelques allers-retours dans la pièce, elle l'aida à se rasseoir.

— Je vais vous refaire une piqûre de morphine avant le départ, cela devrait vous aider.

— Vous êtes vraiment un ange, n'est-ce pas ?

Elle lui fit signe de se recoucher. L'aube n'allait pas tarder à poindre, même s'ils n'en voyaient rien depuis leur cachette.

— Fermez les yeux, ne parlez pas et économisez vos forces : vous allez en avoir besoin.

Louise s'assit au bout du matelas et s'adossa au mur humide de la cave. Lorsqu'un des résistants entra dans la pièce, il les trouva tous les deux endormis.

Il venait les prévenir que le signal du départ serait donné une heure plus tard. Louise sursauta, se frotta les yeux et hocha la tête. Elle se leva et jeta un coup d'œil aux pansements de Gonzague, qui dormait encore. Et lorsqu'il se réveilla, trente minutes plus tard, elle lui fit une injection de morphine, ainsi qu'une autre piqûre pour sa jambe blessée.

— Voilà qui devrait vous aider à marcher sans rien laisser paraître. Ayez l'air assuré, car si on remarque que vous boitez, cela pourrait signer votre arrêt de mort.

— J'aimerais pouvoir vous emmener avec moi, déclara-t-il avec le plus grand sérieux.

Louise n'aurait pas demandé mieux... C'était l'homme le plus fascinant qu'elle ait jamais rencontré, et elle était comme hypnotisée par ses yeux, d'un bleu profond et perçant. Voyant le visage de l'infirmière s'assombrir, Gonzague ajouta :

— Si je sors vivant de ce cauchemar, et si vous pensez que ma compagnie ne vous serait pas trop désagréable, je saurai vous retrouver.

— Alors ne mourez pas... Beaucoup de gens comptent sur vous. Et moi aussi, j'aimerais vous revoir, avoua enfin Louise en lui adressant un regard intense.

Elle venait de vivre la nuit la plus étrange de toute son existence. Gonzague se pencha alors vers elle et, l'attirant à lui de ses mains à la fois fortes et délicates, il déposa sur ses lèvres un baiser dont elle se souviendrait jusqu'à la fin de ses jours. Lorsqu'ils reprirent leur souffle, elle avait les larmes aux yeux. Se reverraient-ils ? Ou bien devrait-elle se contenter du souvenir enchanteur de cette rencontre improbable entre une infirmière de l'air noire originaire de Caroline du Nord et un comte français ? Il devait avoir une dizaine d'années de plus qu'elle, faisait partie de l'aristocratie et était un héros de la Résistance. Les chances qu'ils se retrouvent étaient plus que minces, elle en avait bien conscience. Mais dans son cœur, Louise ne pouvait s'empêcher de l'espérer. Ces quelques heures suspendues étaient dignes d'un conte de fées. Elle voulait les garder en mémoire dans les moindres détails jusqu'à la fin de sa vie.

L'un des résistants entra, annonçant que le moment était venu de partir. Il aida Gonzague à se lever et, lorsqu'ils passèrent dans l'autre pièce, le chef fut acclamé par toutes les personnes présentes. L'injection de morphine lui permettait de bouger malgré ses blessures. Il le paierait sans doute plus tard par un surcroît de douleur. Mais pour le moment, à le voir marcher, personne n'aurait cru qu'il avait failli laisser sa peau dans le plasticage d'une voie ferrée…

En silence, Louise rejoignit ses camarades rassemblés dans un coin de la pièce. Les maquisards, un à un, grimpèrent à l'échelle et sortirent de leur cachette. L'équipe de sauvetage devrait attendre encore une heure que deux autres résistants les emmènent jusqu'à une piste d'atterrissage improvisée, où ils avaient rendez-vous avec un avion de la RAF. D'ici là, Gonzague serait à bord d'un camion, en direction de la frontière suisse.

Il fut le dernier à quitter la cave. Alors qu'il avait déjà la main sur l'échelle, son regard pénétrant trouva celui de Louise. Il ne dit rien, mais elle se souvint de la sensation de ses lèvres contre les siennes. Il se contenta d'opiner, comme pour renouveler sa promesse de la retrouver un jour, et disparut.

14

À l'issue d'un voyage périlleux, l'équipe de Louise rentra saine et sauve à la base. L'avion venu les chercher avait eu beaucoup de mal à atterrir en raison des nombreux appareils de chasse allemands qui sillonnaient la région. Il lui avait fallu plusieurs passages avant de pouvoir enfin se poser, juste le temps pour les soignants de monter à bord.

Cinq jours plus tard, Paris était reconquise. Près de mille combattants de la Résistance avaient payé cette victoire de leur vie. Louise et son équipe avaient sauvé neuf d'entre eux, dont le chef d'un des réseaux les plus importants.

Mais même avec la reconquête de la capitale et l'allégresse qui s'ensuivit, les populations et les militaires avaient les nerfs à fleur de peau. Tout le monde était épuisé par cette guerre, qui durait depuis cinq ans en Europe et dans laquelle les États-Unis étaient engagés depuis trois ans. Malgré les promesses d'armistice, de nouvelles batailles avaient lieu, et chaque victoire se doublait de lourdes pertes.

Deux mois s'étaient déjà écoulés depuis la mort du frère de Pru. Elle qui souhaitait tant retourner voir ses parents dans le Yorkshire n'avait pas eu une seule journée de congé. Max était dans la même situation. Pru écrivait régulièrement à leur mère et percevait, dans ses réponses, que Constance semblait garder le cap. Mais la tristesse perçait sous ses paroles vaillantes.

Ce jour-là, Pru devait aller récupérer des blessés en Lorraine, où l'armée américaine venait d'ériger un hôpital de campagne. Ed aurait dû faire partie de son équipage mais Lizzie avait obtenu une permission, et il avait réussi lui aussi à poser sa journée. Il s'en était excusé la veille auprès de Prudence.

— Il n'y a pas de mal à prendre un peu de bon temps ! l'avait-elle rassuré.

Cela ne lui était pas arrivé depuis de longs mois… Même si elle s'efforçait de n'en rien montrer, la perte de son frère lui pesait encore douloureusement. Chacun avait ses propres deuils à porter, et elle mettait un point d'honneur à se montrer aussi joyeuse et positive qu'auparavant. Cela lui semblait essentiel dans son métier. Elle n'en voulait donc pas du tout à Ed. Son idylle faisait plaisir à voir et rendait tout le monde heureux autour d'eux. Pru lui souhaita de bien en profiter, et d'oublier un peu les rigueurs de leurs missions le temps d'une journée.

À l'heure dite, au petit matin, Reggie décolla sans encombre, en dépit des nappes de brouillard automnal. Mais dès qu'ils eurent pris de l'altitude, dans un ciel limpide au-dessus de la mer de nuages, Reggie repéra trois avions de chasse qui se dirigeaient vers eux.

Comme ils n'avaient pas encore chargé leurs blessés, Reggie n'hésita pas à plonger brusquement dans la couverture nuageuse pour tenter de les semer, tandis que le copilote signalait l'attaque à la base par radio. Le pilote pensait avoir réussi sa manœuvre lorsqu'un des avions de chasse surgit, tout près, et fit feu sur le C-47 presque à bout portant. Les deux autres le suivaient.

Rapidement, le fuselage et le cockpit de l'avion-ambulance furent criblés de balles. L'appareil se mit à tomber en chute libre, dégageant un gigantesque panache de fumée, et s'écrasa au sol dans une énorme déflagration.

Avant qu'ils s'écrasent, le copilote avait tout juste eu le temps d'annoncer que Reggie avait été abattu, de même que l'un des aides-soignants et l'infirmière.

Une équipe de reconnaissance survola le lieu du drame un peu plus tard dans la journée. Tout près de la dernière position indiquée par le copilote, ils ne distinguèrent qu'un cratère noirci avec quelques débris de tôle alentour. Tout l'équipage avait trouvé la mort dans l'attaque et le crash du C-47.

Sur le chemin du retour, les membres de l'équipe de reconnaissance restèrent silencieux. Ils confirmèrent à la base qu'il n'y avait aucun survivant, et la liste des morts fut transmise au Bureau de la Guerre. Leurs noms furent également affichés au mess, ainsi que dans la caserne des infirmières. Et comme toujours, la nouvelle se répandit comme une traînée de poudre.

Ce type d'accident ne s'était plus produit depuis des mois dans les rangs de leur unité, et le moral des troupes en fut lourdement affecté. Prudence était estimée et appréciée de tous au sein de l'escadron.

Le choc fut très dur pour Emma, qui sanglota dans les bras de ses collègues. Et après des mois passés ensemble, l'affection des infirmières américaines pour Pru était devenue aussi forte que celle d'Emma. Comment ne pas aimer la jeune femme enjouée, pleine de vie et de courage qu'elle avait été ?

— Je n'aurais jamais pensé qu'une aristo comme elle puisse devenir amie avec une fille de l'East End comme moi, hoqueta Emma. Mais elle n'avait pas une once de snobisme en elle. Juste un cœur gros comme ça !

Dire que ses parents venaient de perdre un fils à peine deux mois plus tôt... Max n'avait plus désormais ni frère ni sœur.

Emma dut rassembler les effets personnels de Pru pour les renvoyer à ses parents. En larmes, la jeune femme trouva dans un tiroir un carnet à reliure de cuir rouge aux pages cornées : c'était le journal intime de Prudence. Emma ne l'avait pas vue y écrire très souvent, faute de temps libre. Elle décida de le lire avant de l'envoyer aux parents de son amie. Il ne leur manquerait pas, puisqu'ils n'en connaissaient pas l'existence. Lorsqu'elle s'assit pour l'ouvrir le soir venu, quelques photos en tombèrent. Elles montraient Pru et ses amis à des fêtes d'anniversaire ou des dîners au pub. Il y avait aussi un cliché d'Ed, et un de Reggie dans son cockpit. Dire que lui aussi les avait quittés... Même si elle ne le connaissait pas, Emma songea qu'elle ferait mieux d'envoyer le journal à son frère Max plutôt qu'à ses parents, puisqu'il était dans l'aviation comme Pru. Ces photos lui feraient sans doute plaisir.

Ed aussi était très affecté par la mort de leur chère amie, voire davantage car il était rongé par la culpabilité, comme quand Emma et Pru avaient été portées disparues. Sauf que cette fois-ci, elle ne reviendrait pas. Pru était morte, lui était vivant, et il ne parvenait pas à se le pardonner. Lorsqu'il apprit la nouvelle, il fondit en larmes dans les bras de Lizzie et se soûla. Pourquoi sa fidèle coéquipière était-elle morte ? Et surtout, pourquoi avait-il été épargné ? Ces questions ne lui laissaient pas de répit, malgré les propos réconfortants d'Emma.

— On ne décide pas de ces choses-là, dit-elle un jour, au bout de deux semaines, pour tenter de le sortir du puits de culpabilité dans lequel il était plongé. Ça arrive, c'est tout. On se retrouve au bon ou au mauvais endroit, mais c'est Dieu qui décide, pas nous.

— Elle avait 25 ans. Elle ne méritait pas de mourir. C'était la meilleure d'entre nous, toujours adorable avec tout le monde, généreuse, indulgente… Pourquoi elle ?

— C'était son destin, ce jour-là. Demain, ça pourrait être toi. On ne peut pas savoir.

— Justement, ça aurait dû être moi ! ragea Ed.

— Et en quoi ça nous aurait avancés ? Et Lizzie, alors ? Elle a besoin de toi ! Dans quel état tu crois qu'elle serait, aujourd'hui, si tu avais été à bord de cet avion ?

Ed finit par entendre raison. Mais les parents de Pru, eux, avaient perdu deux enfants. Emma se rappela le journal intime et en lut quelques pages le soir venu avant de s'endormir avec. Lire Pru la faisait passer du rire aux larmes. Elle parlait de tous leurs bons moments et de son amitié indéfectible pour elle, la sage-femme de l'East End, qu'elle décrivait comme une fille formidable. La mort de Pru lui parut d'autant plus cruelle en lisant ces lignes. La jeune femme parlait aussi de sa famille, à laquelle elle pensait souvent. Emma se promettait tous les soirs de leur envoyer le journal le plus vite possible, mais chaque fois elle s'endormait dessus, épuisée, sans parvenir à le terminer.

On ne cessait de répéter que les Alliés avaient renversé le rapport de forces, et que l'armistice était pour bientôt. L'aide des troupes américaines, depuis le débarquement de Normandie, faisait vraiment la différence. Paris était libérée et les Allemands ne cessaient de perdre du terrain en Europe. Mais cela s'éternisait, car la Luftwaffe se défendait pied à pied.

Emma dirait plus tard que le destin avait réservé le pire pour la fin. En novembre, trois semaines après l'avion de Pru, l'avion d'Audrey fut abattu à son tour. L'appareil explosa en vol et tout l'équipage mourut, cette fois avec les vingt-quatre blessés qu'ils venaient de récupérer. Vingt-neuf vies furent fauchées en même temps. Ce jour-là, Lizzie erra dans la caserne tel un fantôme, incapable de croire à ce qui venait de se passer. Ce fut au tour d'Ed de la consoler, comme elle l'avait fait pour lui à la mort de Pru. Par une cruelle ironie du sort, c'était le jour de Thanksgiving. La guerre avait pris à Lizzie l'homme qu'elle aimait, puis son frère, et à présent sa meilleure amie. Toute l'unité, qui pleurait encore Prudence, était sous le choc. Comme Pru, Audrey avait un cœur en or, tout entier tourné vers les autres. Elle s'était consacrée à sa mère, à ses patients, et avait toujours été là pour Lizzie et leurs camarades.

Mais à la différence de Pru, Audrey n'avait pas de famille. Les infirmières de l'unité étaient venues se substituer dans son cœur à ses parents et à son frère, disparus trop tôt.

Comme on n'avait pas retrouvé leurs corps, on parla d'ériger une stèle pour chacune des deux infirmières dans le cimetière de la base. Mais, encouragée par Ed, Lizzie alla voir le chef de l'unité pour lui parler de la tradition familiale d'Audrey et du fait que ses grands-parents, ses parents et son frère avaient leur sépulture à l'Académie navale d'Annapolis. Selon elle, c'était l'endroit le plus adapté pour ériger une stèle à la mémoire de son amie. Tombée au combat, Audrey n'était-elle pas la digne représentante de l'héritage familial ?

Le responsable approuva, d'autant qu'il était prévu de remettre une médaille à Audrey à titre posthume. L'armée de l'Air paierait les frais nécessaires à l'édification de la stèle à Annapolis, et la médaille pourrait être exposée dans un mémorial, ou bien incluse directement dans la stèle. C'était une maigre consolation, mais c'était déjà quelque chose.

Lizzie se demanda soudain quelle avait été la situation financière d'Audrey. Elle ne s'était encore jamais posé la question… Elle savait seulement qu'elle avait gardé la maison de ses parents, vide depuis que la jeune femme s'était engagée. Tout la famille disparue, qu'allait devenir ce bien ? Ed n'en savait pas davantage que Lizzie.

— C'est à moi que tu demandes ? plaisanta celui-ci. Personne dans ma famille n'a jamais hérité d'une propriété immobilière, ni même d'un seul penny. Comment veux-tu que je sache ce qui se passe dans un cas pareil ?

Lizzie obtint la réponse à sa question un mois plus tard, peu avant Noël. Alors qu'elle se décidait enfin à ouvrir le tiroir où étaient encore rangées les affaires de son amie, elle tomba sur une enveloppe libellée « À qui de droit », de la main d'Audrey. Après un bref instant d'hésitation, Lizzie l'ouvrit. Car à qui aurait-elle pu faire suivre ce courrier ? Il s'agissait d'un testament manuscrit qu'Audrey avait rédigé à son arrivée en Angleterre, avant leurs premières périlleuses missions. Il y était question d'un compte bancaire domicilié dans le Maryland, ainsi que de sa maison de famille à Annapolis. Lizzie ouvrit de grands yeux en lisant la lettre. Audrey léguait tout ce qu'elle possédait à « sa chère amie Elizabeth Hatton, qui était comme une sœur pour elle ». Elle tenait à ce que Lizzie hérite de tous ses biens terrestres. Située dans un quartier résidentiel cossu, la maison devait avoir une certaine valeur. L'argent du compte était celui que sa mère avait légué à Audrey. La jeune femme n'y avait pas touché depuis qu'elle avait intégré l'armée. Audrey avait toujours dit à Lizzie qu'elle ne souhaitait pas retourner à Annapolis une fois la paix revenue. Ç'aurait été trop déprimant pour elle, avec toute sa famille disparue. Elle parlait de déménager à New York, ou bien à Boston si Lizzie choisissait d'y retourner. Hélas, rien de tout cela ne se réaliserait. En revanche, ce qu'Audrey léguait à sa meilleure amie dans son testament allait faire une très grande différence dans la vie de Lizzie... Et dans celle d'Ed.

Dans un post-scriptum, Audrey précisait qu'elle avait envoyé une copie de ce testament à son notaire, qui serait chargé de régler toutes ses affaires dans l'éventualité de sa mort.

Lizzie enfila sa parka et courut jusqu'à la caserne d'Ed. Dans le hall, la jeune femme demanda à un soldat d'aller chercher son amoureux, qui descendit deux minutes plus tard. Il venait de rentrer du pub avec quelques amis.

— Quelque chose ne va pas ?

Lizzie lui tendit la lettre. Il la lut de bout en bout avant de se tourner vers elle.

— Waouh, Liz, c'est incroyable ! Quelle générosité ! Audrey était vraiment plus qu'une amie… Elle t'aimait de tout son cœur.

Il n'en avait jamais douté, et il se réjouissait de ce testament pour Lizzie. D'après ce qu'elle lui avait dit de la maison, cela équivalait à un confortable matelas financier.

— Tu te rends compte de ce que cela représente ?

— Oui, une maison et un compte en banque bien garni. Est-ce que tu aurais envie de vivre à Annapolis ? lui demanda-t-il.

Ed n'était pas sûr de savoir exactement où se situait la ville. Dans tous les cas, c'était loin de Dublin.

— Non. D'ailleurs, Audrey ne voulait pas y retourner non plus. Plus qu'une maison, ça représente une somme d'argent encore plus importante que celle sur le compte en banque. Je vais la vendre, et ce sera notre passeport pour les études de médecine ! Je n'ai plus besoin de la permission de mon père, je peux les financer moi-même, et les tiennes avec !

Souriant d'une oreille à l'autre, elle lui sauta au cou.

— C'est merveilleux, ma chérie, mais je ne peux pas accepter ça. Je vais attendre de voir quelles sont les opportunités offertes aux anciens combattants après la guerre…

— Je compte bien te ramener aux États-Unis avec moi ! l'interrompit Lizzie.

À vrai dire, Ed y avait déjà réfléchi. Il pourrait même demander à son cousin de Boston d'être son garant pour obtenir une carte de séjour.

— Commençons par rester en vie tous les deux, dit le jeune homme d'un ton grave.

S'il arrivait quelque chose à Lizzie, il n'aurait pas la moindre envie de déménager à Boston. N'avaient-ils pas décidé de ne faire aucun projet avant la fin de la guerre ? Comme beaucoup de jeunes gens de leur génération, ils préféraient ne pas regarder trop loin, de crainte que cela leur porte malheur.

— Si je rentre à Boston, je veux que ce soit avec toi, répéta Lizzie d'un ton ferme. Nous serons tous les deux anciens combattants et nous pourrons aller à la fac de médecine ensemble grâce à l'argent d'Audrey. Tu te rends compte ?

— Ne mettons pas la charrue avant les bœufs, répéta Ed. Finissons-en d'abord avec cette fichue guerre. À moins que tu ne sois en train de demander ma main en bonne et due forme ? lança-t-il avec un clin d'œil.

Bien sûr, il avait déjà songé à franchir le pas, mais une peur superstitieuse le coupait toujours dans son élan.

— Non, je te laisserai cet honneur quand l'armistice sera signé.

— Que dira ton père ? Dans ta famille, tout le monde est médecin. Je ne suis qu'un pauvre bougre de Dublin.

— Ces dernières années, tu as sauvé plus de vies que mon père pendant toute sa carrière. Et un jour, tu seras un médecin formidable.

Ed adorait la façon qu'avait Lizzie de croire en lui et ses capacités, sans se soucier de ses origines. Dans leur groupe, l'absence de préjugés avait toujours été le dénominateur commun. Et il semblait à Ed qu'il retrouverait plus facilement cette ouverture d'esprit en Amérique. Oui, il aimait l'idée de déménager à Boston avec Lizzie pour démarrer une nouvelle vie. Mais d'abord, il fallait rétablir la paix.

Après avoir embrassé Ed, Lizzie regagna sa caserne et glissa la lettre à l'abri, dans son propre tiroir. D'où elle était, Audrey lui avait fait le plus beau des cadeaux de Noël.

Avec la disparition de Pru et d'Audrey, l'unité était désormais orpheline de deux de ses infirmières les plus expérimentées. Louise fut convoquée quelques jours avant Noël par son supérieur, qui lui annonça qu'on la transférait de façon permanente au transport aérien. Même si, contrairement à ce qu'elle avait vécu aux États-Unis, elle n'avait jamais rencontré d'hostilité ouverte en Angleterre, elle avait tout de même été cantonnée à un travail différent de ses camarades. Mais désormais c'en était fini du travail à l'hôpital auprès des seuls patients noirs, ou des prisonniers de guerre allemands. Elle était enfin reconnue comme l'une des meilleures infirmières de son unité. N'avait-elle pas fait ses preuves en se portant volontaire pour aider la Résistance française, quelques mois plus tôt ?

Toujours est-il qu'elle n'avait pas eu de retour sur cette mission. Personne ne leur avait dit si les neuf blessés avaient réussi à franchir la frontière suisse. Son patient avait-il survécu, ou bien avait-il été arrêté ? Louise restait sans nouvelles de Gonzague. Mais elle n'en attendait pas vraiment. Elle savait que ce moment suspendu resterait exceptionnel, et qu'elle s'en souviendrait toute sa vie. Un héros de la Résistance, qui affirmait être de noble lignée, était apparu dans la brume. Elle l'avait sauvé et il l'avait embrassée comme dans un conte de fées.

Louise commencerait les missions aériennes le 1er janvier. Elle avait hâte d'annoncer à ses parents que ses compétences étaient enfin reconnues. Son seul regret était que cela survienne après la mort de Pru et d'Audrey, qui lui manquaient tant. Ses collègues partagèrent sa joie. La route avait été longue, mais Louise savourait sa victoire.

15

Emma finit de lire le journal de Pru quelques jours avant Noël. Et elle le relut d'une seule traite dès qu'elle eut une journée de congé. La personnalité de Pru rayonnait au fil des pages. En lisant ses portraits, sa façon de parler d'Emma mais aussi de ses parents, de ses frères, de tout ce qu'elle avait aimé et qui la faisait vibrer, on comprenait très exactement la personne merveilleuse que Pru avait été.

Quelque part au fond de son cœur, Emma avait très envie de garder le journal pour elle et de ne pas le rendre à la famille de Pru. Mais ç'aurait été terriblement égoïste de sa part et elle ne pouvait pas se permettre une chose pareille. Elle savait que Pru aurait voulu le savoir en possession de ses parents, qu'elle aurait voulu que son frère puisse le lire. Le moment était venu de le leur envoyer par la poste, mais ce geste lui paraissait terriblement froid et impersonnel. Elle-même n'avait personne avec qui passer les fêtes. Elle s'était en effet retrouvée orpheline à l'âge de 15 ans, encore plus jeune qu'Audrey, et avant cela, elle n'avait eu pour toute famille que son ivrogne de mère. C'est pourquoi elle avait toujours travaillé le jour de Noël, permettant à ses collègues de faire meilleur usage qu'elle de ce jour férié.

Lizzie passerait la journée avec Ed. Louise s'était portée volontaire pour être de garde en service général à l'hôpital et Alex, en psychiatrie. Emma, elle, voulait faire quelque chose de spécial pour honorer la mémoire de Pru. Pour une fois, elle posa son congé, enveloppa le journal de son amie dans un papier cadeau argenté acheté pour l'occasion, et décida de se rendre dans le Yorkshire en train. Avec les aléas de la guerre, il lui faudrait sans doute de longues heures pour arriver là-haut, mais cela lui était bien égal. Elle n'avait envie d'être nulle part ailleurs. Elle visualisait déjà la scène : elle sonnerait à la grande porte, demanderait à voir lady Pommery, dont elle avait tant entendu parler, et lui tendrait le paquet argenté, un cadeau de Noël de la part de Pru.

Elle était certaine que Pru aurait adoré cette idée. Emma souriait chaque fois qu'elle y songeait. Elle avait obtenu deux jours de congé et ne craignait pas de dormir sur un banc dans la gare de York le soir de Noël s'il le fallait. Le 24 décembre, à 7 heures du matin, elle se rendit donc à la gare la plus proche de la base. Elle attendit plusieurs heures avant de finir par monter dans un train qui s'arrêta souvent et fut même immobilisé pendant une heure sur une voie de garage à mi-parcours. Elle arriva enfin à York à 17 heures. À la gare, elle trouva un vieil homme qui accepta de la conduire à la résidence des Pommery et refusa l'argent qu'elle lui proposait. Il la déposa juste devant le manoir et lui souhaita un joyeux Noël.

Emma serrait son précieux paquet sur son cœur en sonnant à la porte de l'imposante demeure. Pendant un long moment, il ne se passa rien. La jeune femme craignit que les Pommery ne soient sortis, mais elle entendait des cris et des rires d'enfants au dernier étage. Les rideaux du black-out étaient tirés. Enfin, après plusieurs longues minutes dans le froid, alors qu'Emma commençait à se demander ce qu'elle allait faire, un grand jeune homme en uniforme vint lui ouvrir. Emma devina tout de suite qu'il s'agissait de Max, le frère aîné de Pru. Il ressemblait beaucoup à sa sœur. Étonné de trouver une jeune femme sur son perron, il lui demanda ce qu'il pouvait faire pour elle. Elle aussi portait son uniforme : pantalon, manteau et calot.

— Pourrais-je parler à lady Pommery ? demanda-t-elle en gommant autant que possible son accent de l'East End.

Elle se sentait soudain très gênée de se trouver là, face à cet homme à la diction aussi aristocratique que celle de Pru.

— J'ai un paquet pour elle, expliqua encore Emma. De la part de sa fille.

À ces mots, Max eut un mouvement de surprise et ouvrit la porte en grand.

— Entrez, je vous en prie. Malheureusement, lord et lady Pommery sont chez des amis. De quel genre de paquet s'agit-il ?

Il n'avait pas remarqué le mince paquet enveloppé de papier cadeau, autour duquel Emma avait noué un ruban argenté pour faire plus festif. Elle entra dans le hall, marqua un instant d'hésitation puis le lui tendit.

— Je suis… j'étais une amie de Pru. Nous avons fait nos classes ensemble. Je suis infirmière. Nous faisions partie de la même unité et nous partagions la même chambre. Je l'aimais beaucoup, comme nous toutes dans l'unité. Elle nous manque.

Emma avait parlé à toute vitesse pour refouler ses larmes. Elle ajouta :

— J'ai trouvé son journal intime dans ses affaires. J'ai bien peur de l'avoir lu. Il est merveilleux, elle y parle de toutes les personnes qu'elle aimait… J'ai pensé que ça ferait plaisir à votre mère de l'avoir. Comme une sorte de cadeau de Noël de la part de Pru.

— Logez-vous dans les environs ? Peut-être que vous aimeriez revenir demain pour voir ma mère ? Je suis certain qu'elle vous sera très reconnaissante.

Emma se dit qu'il avait forcément reconnu ses origines sociales, à ses manières et à son accent.

— Non, je ne loge pas dans les environs, répondit-elle, de plus en plus gênée. J'ai juste pris le train pour apporter le journal à votre mère. Je me suis dit que ça aurait fait plaisir à Pru.

Max la dévisagea alors attentivement et remarqua les cheveux roux qui s'échappaient de son calot, balayant le col de son manteau.

— Mais pardon, je ne me suis pas présentée… Emma Jones.

Max serra sa main tendue, et son visage s'éclaira d'un grand sourire.

— La dure à cuire, la fauteuse de troubles ! s'exclama le jeune homme. Ma sœur m'a beaucoup parlé de vous quand elle est venue après… la mort de notre frère. Elle vous adorait !

Sur ce, il la prit par les épaules pour la diriger vers le salon.

— Je vous débarrasse de votre manteau ! Entrez, asseyez-vous donc. Vous devez être gelée, après une journée dans le train.

Il lui indiqua un fauteuil devant un bon feu ronflant, et posa le paquet sur une table basse. Emma espéra qu'il n'oublierait pas de le confier à sa mère.

— Puis-je vous offrir quelque chose à manger ? Je suppose que vous avez faim. C'est ma sœur qui vous appelait la fauteuse de troubles, vous savez !

Les deux jeunes gens rirent de concert.

— Elle vous admirait tant… Vous étiez vraiment sa meilleure amie.

Après un instant de silence, Max offrit à nouveau son sourire à Emma. Comme celui de Pru, c'était un sourire qui partait des yeux.

— J'insiste pour vous offrir quelque chose à manger, même si je n'ai que quelques saucisses qui ne payent pas de mine et une triste soupe de pomme de terre. J'allais justement me mettre à table. Le rationnement affecte quelque peu nos menus, mais ma mère a fait des scones aujourd'hui, et il me reste un peu de sa confiture maison.

C'était offert de si bon cœur qu'Emma ne résista plus. En effet, elle avait l'estomac dans les talons. Max la fit passer dans la cuisine à l'ancienne, où il réchauffa le repas et mit le couvert lui-même. Il lui faisait beaucoup penser à Pru. Comme elle, il était pragmatique, chaleureux et accessible, avec une lueur de malice dans le regard.

257

Ils s'assirent ensemble à la grande table et tout en mangeant Max lui raconta des anecdotes de son enfance avec Pru. La soirée passa rapidement, et Emma lui redit à quel point elle avait adoré lire le journal de Pru.

— Ma mère sera très touchée, et je compte bien le lire aussi. Je suis en permission pour quelques jours. Noël, cette année, sera difficile pour nous… Heureusement que nous avons les enfants pour éviter de trop y penser. Je suis certain que Pru vous a parlé d'eux !

— Oui, bien sûr.

À cet instant, ils entendirent la grande porte s'ouvrir puis se refermer, et peu après la mère de Max entra dans la cuisine.

C'était une dame très élégante aux cheveux blancs parfaitement coiffés, vêtue d'une robe en velours noir et d'un manteau de fourrure. Elle sourit en découvrant Emma.

— Pardon, Max, je ne savais pas que tu avais invité une amie. Mon Dieu, ne me dis pas que tu lui as servi cette soupe insipide et les affreuses saucisses de M. Jarvis !

— Les scones étaient délicieux, intervint timidement Emma.

— Mère, je vous présente Emma Jones. Une très bonne amie de Pru. Elles étaient camarades de chambrée à la base et effectuaient des missions ensemble. Emma a pris le train jusqu'ici pour vous apporter quelque chose de très précieux. Je l'ai laissé à votre intention dans le petit salon. Il s'agit du journal intime de Pru.

Lady Pommery parut aussi ébahie que Max de savoir qu'Emma s'était donné tout ce mal pour le leur apporter en main propre.

— L'envoyer par la poste, ça n'allait pas…, dit Emma en guise d'explication.

— Mais c'est incroyablement aimable de votre part… Où logez-vous donc, mon enfant ?

— Nulle part. Je reprends le train ce soir.

— Comment ? Mais il n'en est pas question ! Le soir de Noël ? Vous devez au moins passer la nuit ici. Nous avons bien assez de place. Le deuxième étage est plein d'enfants qui vous réveilleront à l'aube, mais le premier est à peu près civilisé. Vous devez absolument rester avec nous. Nous serions navrés si vous refusiez. C'est entendu, n'est-ce pas ?

Sur ce, lady Pommery alla chercher le paquet qu'Emma avait apporté. Max débarrassa la table, mit la vaisselle dans l'évier, puis les jeunes gens retournèrent au salon. Lord Pommery était installé dans son fauteuil préféré près du feu, sa pipe à la bouche. Il se leva courtoisement pour serrer la main d'Emma avant de se rasseoir. Son épouse sourit à Emma et Max, les yeux humides, avant de se replonger dans la lecture du journal de sa fille.

— C'est réellement adorable de votre part de me l'avoir apporté en personne. Êtes-vous de garde demain ? J'espère bien que non, puisque c'est Noël.

— Non, en effet.

— Alors ne dites plus rien, nous vous gardons ce soir. Je ne veux pas que vous repreniez un train plein de courants d'air, vous tomberiez malade.

— Je ne sais pas si…

— Mais si, au contraire. Pru ne vous aurait-elle pas invitée ?

Cet argument finit de convaincre Emma, qui s'assit près du feu. Ils bavardèrent pendant une heure, puis les parents de Pru annoncèrent qu'ils se retiraient et lady Pommery indiqua à Max dans quelle chambre il devait installer Emma.

— Je suis désolée de m'imposer comme ça le soir de Noël. Je voulais juste vous donner le journal de Pru, s'excusa Emma après le départ des maîtres de maison.

— Vous savez, je pense que Pru est à la manœuvre, où qu'elle se trouve maintenant. Son amour nous relie tous. Elle aurait voulu que nous soyons réunis ici. Surtout le soir de Noël. Vous ne croyez pas ?

Emma opina. C'était tout à fait le genre de son amie, en effet.

— Quant à mon frère, ce jeune dépravé, c'est autre chose ! Lui n'aurait pas hésité à nous fausser compagnie pour le réveillon. Il serait allé à Londres faire la cour à une jeune beauté… ou à plusieurs à la fois ! Il s'ennuyait dans le Yorkshire, contrairement à Pru et moi. Il est parti si jeune… Et vous, pourquoi n'êtes-vous pas en famille ce soir ?

— Je n'ai pas vraiment de famille. Mon père est mort avant ma naissance, pendant la dernière guerre, et ma mère quand j'avais 15 ans. Je vis seule depuis que je suis adulte. J'ai suivi des études d'infirmière puis je suis devenue sage-femme, et enfin je me suis engagée dans l'armée. Et me voilà. Pru était comme une sœur pour moi.

— Elle m'a dit la même chose de vous, lui assura Max, surpris par ce parcours de vie.

Aucune des jeunes femmes de son entourage n'avait jamais vécu seule. Emma était à peine plus âgée que

260

Pru. Lui-même avait bientôt 28 ans mais il lui semblait être devenu un vieillard au cours de ces années noires.

Comme le feu se mourait et que la pièce fraîchissait, Max conduisit Emma jusqu'à la chambre d'amis indiquée par sa mère. Emma nota que lady Pommery était partie se coucher avec le journal de Pru, et cela lui fit plaisir.

Elle avait accompli la mission qu'elle s'était fixée, et avait en prime passé une soirée réconfortante dans la famille de Pru, ce qu'elle n'aurait jamais pu imaginer. D'autant qu'ils lui avaient réservé un accueil particulièrement chaleureux ! La chambre dans laquelle Max la fit entrer était spacieuse, confortable, et semblait ne pas avoir servi depuis longtemps.

Emma s'endormit en pensant à Pru et se réveilla au son de voix et de rires d'enfants, suivis d'une galopade dans l'escalier quand tout ce petit monde descendit prendre son petit déjeuner, sous la houlette des jeunes femmes qui s'occupaient d'eux.

Emma se leva, revêtit son uniforme et descendit elle aussi à la cuisine. Elle était en train de bavarder avec les enfants lorsque Max entra, aussi impeccablement mis que la veille au soir. L'infirmière était un peu intimidée. Il était si distingué, si élégant, si beau !

— Ah, ces petits monstres vous ont réveillée ? Désolé…

Emma avait une adorable fillette sur les genoux. Un garçonnet grimpa sur ceux de Max et les deux jeunes gens discutèrent comme ils purent au milieu de ce brouhaha. L'une des nurses leur servit une tasse de café – ou plutôt du breuvage qui en tenait lieu depuis le début de la guerre – et ils mangèrent quelques scones de la veille. Lady Pommery arriva peu après, annonçant que le père Noël était passé et avait laissé des cadeaux dans le grand salon. Dès qu'elle fut ressortie, Max confia à Emma que sa mère avait fait elle-même tous les paquets. Les enfants l'avaient suivie comme le joueur de flûte de Hamelin et on les entendait maintenant pousser des exclamations de joie en découvrant leurs présents. La mère de Pru mettait tout en œuvre pour qu'ils passent une bonne journée, en dépit de ce que sa propre famille venait de vivre.

Quand elle revint, elle remercia chaleureusement Emma de lui avoir apporté le journal, dont elle avait déjà lu la moitié.

— On dirait que vous étiez comme larrons en foire, toutes les deux. Sans cesse à jouer des tours aux autres infirmières…

— On s'amusait bien, c'est vrai.

— Pru a toujours été si drôle, même toute petite. Nous avons vécu des jours heureux en famille, et j'espère que ce cauchemar finira bientôt.

Emma remercia lady Pommery pour son hospitalité et annonça qu'elle devait partir bientôt si elle voulait arriver pour l'appel à la base. Elle était de mission dès le lendemain.

Constance Pommery serra Emma dans ses bras et lui adressa un sourire chaleureux.

— Merci d'être venue, mon enfant, et merci pour ce cadeau inestimable. Rien n'aurait pu me mettre plus de baume au cœur. Promettez-moi de revenir très vite, et de rester plus longtemps la prochaine fois.

Emma hocha la tête, les larmes aux yeux. À l'exception de Pru, on lui avait rarement témoigné tant de bonté. Elle remercia encore, et Max la conduisit à la gare. Elle ne revit pas lord Pommery. Max lui avait expliqué qu'il se levait tard pour éviter l'agitation du petit déjeuner des enfants.

Les deux jeunes gens roulèrent quelques minutes en silence, puis Emma déclara :

— J'ai vraiment passé un moment merveilleux. Merci.

— Merci à vous de nous avoir apporté le journal de Pru, plutôt que de l'avoir envoyé par la poste. Et je suis ravi d'avoir enfin rencontré la fameuse fauteuse de troubles !

Ils rirent tous les deux. Sur le quai de la gare, il prit à son tour Emma dans ses bras. Le train était à quai et sur le point de partir. Emma eut tout juste le temps d'acheter son billet et de monter à bord. Max lui adressa un signe de la main tandis qu'elle s'éloignait.

— Joyeux Noël ! cria-t-elle par la fenêtre.

— À vous aussi, Emma !

Grâce à Pru, Noël avait été heureux.

Alex reçut une lettre de Dan Stanley la veille de Noël. C'étaient les premières nouvelles qu'elle avait de lui depuis qu'il avait quitté l'hôpital pour retourner au front. Il n'avait pas le droit de lui dire où il se trouvait. Il disait qu'il pensait beaucoup à elle. Alex était agréablement surprise, après tout ce temps... Près de six mois s'étaient écoulés. Et tant de choses s'étaient passées dans l'intervalle. Pru et Audrey n'étaient plus des leurs, et la guerre continuait de faire rage, malgré la libération de Paris.

L'Allemagne semblait receler un arsenal inépuisable de bombes à déverser sur la Grande-Bretagne. C'était déjà le sixième Noël que l'Europe célébrait en temps de guerre. Une guerre qui avait bouleversé et imprégné profondément les modes de vie. Mais la lettre de Dan était joyeuse et pleine d'entrain. Il rappelait à Alex leur projet de se revoir et suggérait qu'ils se retrouvent à Paris aussitôt l'armistice signé. Cette proposition de rendez-vous paraissait plutôt osée à Alex, mais elle ne lui déplaisait pas. Ses parents auraient été horrifiés à l'idée qu'elle rejoigne seule un homme qu'elle connaissait à peine. Mais n'était-elle pas adulte, après tout ? Et membre de l'armée de l'Air ! Elle savait que Dan était un homme comme il faut, et elle se sentait bien mieux en sa compagnie qu'avec les amis de ses parents ou les prétendants qu'ils lui proposaient. D'ailleurs, rien dans sa vie actuelle ne leur aurait paru convenable. Il faudrait bien qu'ils finissent par comprendre que l'on ne pouvait pas éternellement vivre selon leurs traditions éculées. S'ils rencontraient Dan Stanley, peut-être commenceraient-ils à changer de point de vue ? Alex réalisa que cette idée lui plaisait vraiment beaucoup…

Lizzie eut également droit à une surprise au moment de Noël. Alfred, le patient qu'elle avait soigné à San Francisco et qui lui avait juré son amour éternel – jusqu'à la demander en mariage – était ici, à l'hôpital. Il souffrait d'épuisement, d'une blessure au pied droit et d'acouphènes envahissants. Cette fois, il avait été admis en psychiatrie. Y ayant travaillé le jour de Noël, Alex prévint Lizzie qu'Alfred avait affirmé à toutes les infirmières être fiancé au lieutenant Hatton.

— Tu devrais prendre les devants, suggéra discrètement Alex. Si Ed l'apprend par quelqu'un d'autre que toi, il risque de ne pas comprendre.

— Ah, oui, Alfred ! Je me souviens. Il m'a écrit quelques lettres, et j'ai répondu à certaines par un petit mot pour lui remonter le moral. Effectivement, il m'a demandée en mariage lors de son hospitalisation en Amérique, et j'ai évidemment refusé. Comment va-t-il ?

— Pour tout te dire, très mal. Il était à Omaha Beach. Je crains qu'il n'ait définitivement perdu la tête. Il a grillé un fusible et à mon avis cela ne date pas d'hier. Il aurait dû être hospitalisé en psychiatrie depuis longtemps. Dans la journée, il délire, comme quand il raconte qu'il est ton fiancé. Et la nuit, il fait des cauchemars. Il dit que c'est une balle allemande qui lui a troué le pied, mais son commandant pense qu'il s'est fait ça tout seul. Je t'assure que tu n'as jamais entendu personne crier comme il crie la nuit. Il rentrera chez lui par le prochain bateau-hôpital. En attendant, on le dorlote comme on peut. Que va-t-on faire des types comme lui, quand ils seront tous rentrés au pays ? La guerre a été dure pour tout le monde, je pense que nous ferons tous des cauchemars pendant des années. Mais il y en a quand même certains qui sont plus atteints que d'autres et Alfred en fait clairement partie. Il dit qu'il a rencontré Hitler à Berlin.

— Seigneur... Je devrais peut-être passer le voir.

— Fais bien attention à tes paroles. Il débloque complètement.

— Justement, j'aimerais bien qu'il arrête de dire que nous sommes fiancés.

— Oh, tu sais, personne ne le prend au sérieux.

— Le pauvre garçon ne tournait déjà pas rond la dernière fois. Il a tellement insisté pour me demander ma main… Et dire que je ne suis même pas fiancée à Ed, alors que je l'aime !

— Est-ce que c'est le projet ?

Lizzie haussa les épaules.

— Après ce qui est arrivé à Pru et Audrey, on pense qu'il vaut mieux ne rien anticiper. On rêve toujours de faire des études de médecine ensemble, mais il vit à Dublin et moi à Boston.

— On a vu des choses plus étranges se produire ! lança Alex en souriant.

— En temps de guerre, tout est étrange. Et on ne peut être sûrs de rien.

Lizzie alla voir Alfred dès le lendemain et le trouva effectivement encore moins rationnel que lors de sa précédente hospitalisation. Contrairement à Alex, elle n'avait pas de formation en psychiatrie, mais il était clair que l'esprit du soldat battait la campagne. Il reconnut Lizzie tout de suite, mais l'instant d'après il lui parla de sa rencontre avec Hitler et lui expliqua comment l'officier allemand lui avait tiré dans le pied. Lizzie lut dans son dossier la mention de ses terreurs nocturnes. Quand cela se produisait, on lui administrait des sédatifs et on était parfois obligé de l'attacher. Lorsqu'elle lui rappela qu'il pourrait bientôt rentrer chez lui, il la contredit : il allait être envoyé en Afrique du Nord, comme bras droit du général de Gaulle ! Il ne mentionna pas leurs prétendues fiançailles, bien qu'on lui ait dit qu'il en parlait constamment depuis son arrivée, de façon obsessionnelle. Les psychiatres prescrivaient des électrochocs à son retour aux États-Unis. La médecine militaire continuerait de s'occuper de son cas jusqu'à ce qu'il retrouve un semblant de santé mentale. Lizzie se demanda si cela se produirait un jour.

Lorsqu'elle revint le voir, quelques jours plus tard, il la prit pour sa mère et affirma qu'il était Jésus et elle la Vierge Marie. Elle lui souhaita un bon retour chez lui et ne revint plus. À quoi bon ? Il ne la reconnaissait que par intervalles. Ce spectacle fendait le cœur de Lizzie. La guerre brisait tant de corps, d'esprits et de vies humaines… Elle espérait, sans vraiment y croire, qu'on finirait par guérir Alfred. Les jeunes gens tels que lui semblaient être restés prisonniers des horreurs dont ils avaient été à la fois les témoins et les acteurs. Ceux-là ne reviendraient jamais vraiment de la guerre.

16

Un soir de janvier, Emma rentra à la caserne dans un froid piquant, ses cheveux roux en bataille et sa combinaison maculée de taches diverses. Lors du dernier vol de la journée, elle avait eu du mal à protéger ses patients de l'hypothermie. Elle s'apprêtait à pénétrer dans le bâtiment lorsqu'un homme en uniforme de la RAF s'approcha d'elle. Sa silhouette lui parut familière. Elle se rendit compte avec surprise que ce n'était pas un officier de la base mais Max Pommery, le frère de Pru. Il avait quelque chose dans les mains et il souriait.

— Ça alors ! Qu'est-ce que vous faites ici ?

— Je vous cherchais.

— Vous entrez prendre une tasse de thé ? proposa-t-elle en souriant à son tour. Si vous préférez, on peut aussi aller au pub.

— Bonne idée. Si vous avez le temps, nous pourrions boire un verre ?

— Je viens de terminer. J'ai la soirée pour moi.

D'un pas vif, ils se dirigèrent vers le pub, dont ils apprécièrent l'ambiance chaleureuse dès qu'ils franchirent le seuil. Un bon feu crépitait dans la cheminée et ils trouvèrent une petite table dans un coin.

— Quel bon vent vous amène ? demanda Emma.

— Ma mère m'a demandé de vous donner ça, dit-il en lui tendant le journal de Pru.

Emma leva vers lui un regard étonné.

— Elle dit que Pru y parle tellement de votre amitié à toutes les deux que ce journal vous revient de droit, expliqua Max.

— Oh. C'est très généreux, merci à elle. C'est inestimable pour moi.

Elle le rangea aussitôt dans son sac. Il lui avait manqué, et elle avait hâte de se replonger dedans. La façon qu'avait Pru de tout décrire avec son regard acerbe et son ton pince-sans-rire la ramenait à la vie. Max avait éprouvé la même chose en découvrant la prose de sa sœur.

— Alors, que vous est-il arrivé depuis notre dernière rencontre ? demanda-t-il à Emma.

— J'ai ramené des gars du champ de bataille. Beaucoup. Quand ces fichus Allemands lâcheront-ils enfin le morceau ?

— Bientôt. On ne leur laisse aucun répit.

— Et ils nous canardent aussi... Ça ne finira donc jamais ?

— Mais si, ayez confiance. Quels sont vos projets, après ça ?

— Dormir pendant un mois, puis retourner faire des accouchements dans les taudis londoniens.

— Ça ne doit pas être facile tous les jours.

— J'ai l'habitude. Et d'ici à ce que l'on découvre comment ça s'attrape, je ne risque pas de manquer de boulot...

Max rit de bon cœur.

— Vous aimez ce métier ?

— Oui, c'est très beau d'aider des bébés à venir au monde. On ne s'en lasse pas, l'excitation est la même chaque fois. Surtout après ce qu'on est en train de vivre. Bien sûr, il y a des naissances difficiles, mais le plus souvent ça se passe bien. Alors qu'ici, les blessés qu'on va chercher sont tous en piteux état. Chaque vol est une course contre la montre. Un bébé, c'est l'affirmation de la vie.

— Vraiment, je vous admire, vous les infirmières de l'air. Je ne sais pas comment vous faites.

— On apprend sur le tas, et on prie pour prendre les bonnes décisions. Je n'y parviens pas à tous les coups. Pru était exceptionnelle. On avait l'impression que rien ne lui faisait peur et qu'elle savait toujours exactement quoi faire.

— D'après son journal, elle vous admirait beaucoup aussi.

— Nous formions une bonne équipe et je suivais ses conseils. Et pour vous ? Quelle sera votre vie après la RAF ?

— Je ne sais pas trop. Gérer les fermes du domaine ? Reprendre des études ? Le droit, par exemple. Ou donner des cours de pilotage ?

— Les gens disent que rien ne sera jamais plus comme avant. Je me demande si c'est vrai, ou bien si on se dirige vers une nouvelle guerre dans vingt ans. On dit aussi que les femmes resteront dans la vie active. Mais dès que les hommes reviendront du front, ils voudront reprendre leurs postes et les femmes rentreront chez elles, à lessiver les parquets et élever les enfants.

— J'aimerais mieux donner des leçons de pilotage…

— Moi aussi. Même si j'aime les aider à naître, je ne veux pas d'enfant à moi.

— Pourquoi pas ?

— Le monde est trop incertain.

— Je ne peux pas vous donner tort, répondit Max. Pour ma part, je n'ai pas le droit de me plaindre, mais tant d'options s'offrent à moi que c'en est un peu perturbant. Gentleman farmer ? Homme d'affaires à la City ? Avocat ? La génération de mon père ne se posait pas toutes ces questions.

— Moi, c'est sûr, je suis un rat des villes ! plaisanta Emma. Mais qui sait ?

— Je me demande ce que Pru aurait fait…

— Elle voulait travailler dans un hôpital, à Londres.

— Vraiment ?

— Oui, nous avions prévu de louer un appartement ensemble. Ça ne sera pas du tout pareil de retourner en ville sans elle.

— De ce que je comprends, il n'y avait pas d'homme dans sa vie ?

— Non. Elle avait trop peur de l'avenir. Vous tombez amoureuse, et tout à coup le type se fait descendre au-dessus de l'Allemagne et vous laisse en plan, le cœur brisé.

— Alors que c'est elle qui nous a laissés en plan. Elle me manque.

Il paraissait si triste en disant cela qu'Emma posa une main sur la sienne.

— Moi aussi, elle me manque. Elle aurait été heureuse de nous voir ici, à parler d'elle autour d'un verre.

Max, désormais enfant unique, pensait aussi beaucoup à leur frère. Réprimant un soupir, il se jeta à l'eau.

— Et si je me décidais pour Londres, accepteriez-vous de dîner avec moi un soir ?

— Oh. Mais oui, bien sûr ! Vous savez ce que j'aimais particulièrement chez Pru ? Elle se fichait bien de mes origines ou de ma façon de parler. Quand je l'ai rencontrée, j'étais persuadée qu'elle serait très snob. Et puis on a travaillé ensemble, et j'ai compris que ce n'était pas du tout le cas.

— Moi aussi, je m'en fiche bien, comme vous dites.

Max avait dans les yeux la même douceur que Pru, et que leur mère. Emma laissa un sourire s'épanouir sur ses lèvres.

— Je pense que pas mal de choses vont changer, ou en tout cas devraient changer, après cette maudite guerre. Nous sommes tous dans le même bateau.

— Et en attendant, est-ce que je pourrais venir vous rendre visite ici, de temps à autre ?

— Eh bien, ma foi… pourquoi pas ? Nous pourrons parler de Pru.

— Mais pas seulement. J'aimerais apprendre à connaître la fameuse fauteuse de troubles !

Emma eut un petit rire.

— Je ne sais vraiment pas pourquoi elle m'a donné ce surnom.

— Parce que vous dites ce que vous pensez. Et cela me plaît beaucoup chez vous. Vous ne craignez pas d'être vous-même, vous ne semblez pas vous soucier du qu'en-dira-t-on. Vous êtes aussi courageuse que l'était Pru, et vous avez un cœur d'or, comme elle. Je n'arrive toujours pas à croire que vous avez pris le train jusque dans le fin fond du Yorkshire pour remettre le journal de Pru à ma mère. Et avec la ferme intention de repartir le soir même, en plus ! Je ne connais personne d'autre qui aurait fait ça.

— J'ai juste pensé que c'était ce qu'il fallait faire.

— La plupart des gens ne se préoccupent pas de ce qu'il faut faire et choisissent la facilité. Pru aussi faisait toujours ce que sa conscience lui dictait. C'est pour ça que vous êtes quelqu'un d'exceptionnel.

— À vrai dire, j'avais l'impression de ne pas avoir le choix.

— C'est bien ce que je veux dire. Pru était comme ça, et c'est pour cette raison que tout le monde l'aimait. Pour ce soir, je suis navré, mais je dois repartir car j'ai une mission à l'aube demain. Mais est-ce que je peux vous inviter à dîner un soir de la semaine prochaine ?

— Avec plaisir. Seulement, accordez-moi une faveur.

— Laquelle ?

— Restez en vie jusqu'à la fin de ce cauchemar. Ne jouez pas les trompe-la-mort. Vos parents ont besoin de vous. Et qui sait ? Vous pourriez m'être utile, à moi aussi…

Elle lui lança un regard canaille qui le fit éclater de rire. Ses cheveux roux étaient en bataille après sa journée de travail et elle ne semblait pas s'en inquiéter outre mesure. Cela lui rappelait Pru. Totalement indifférente à sa beauté, elle ne passait pas plus de temps que nécessaire à se pomponner si elle avait mieux à faire.

— J'essaierai de m'en souvenir, promit Max.

— Merci, ce serait bien aimable de votre part.

Le jeune homme paya leurs consommations et tous deux sortirent en souriant. Max aimait la compagnie d'Emma. Cette fille avait quelque chose de très drôle et d'à la fois très apaisant. Et elle n'avait pas froid aux yeux.

— Si je puis me permettre, j'aimerais vous faire la même recommandation, dit-il en arrivant devant la caserne. Essayez de ne plus disparaître des radars. Ma sœur m'a affirmé que vous n'aviez aucun sens de l'orientation.

— Ce n'était pas ma faute ! Même si j'avoue que je ne comprends rien aux cartes topographiques…

— Alors débrouillez-vous comme vous voulez, mais arrangez-vous pour que votre avion ne se fasse pas dégommer. Et ne me posez pas de lapin le soir de notre dîner, s'il vous plaît !

— Oh là là, vous êtes bien le frère de votre sœur, vous ! Aussi pénible, et aussi têtu.

— Parce que vous n'êtes rien de tout cela, sans doute ?

— Je ne m'entête que quand j'ai raison, rectifia Emma.

— C'est-à-dire presque tout le temps ?

— Le « presque » est de trop !

— Je sens que cela ne va pas être facile…

— Tant que vous faites ce qui me plaît, tout se passera très bien, affirma Emma.

Max l'attira à lui pour l'embrasser sur la joue, avant de la sermonner :

— Charmante tête de pioche… Soyez donc sage, et évitez les balles perdues, c'est compris ?

Elle opina et lui colla une bise à son tour.

— Vous aussi. Vivement que la Luftwaffe nous laisse enfin tranquilles… Bon retour chez vous, et à la semaine prochaine !

Max regarda Emma monter les marches du perron. Arrivée sur le seuil, elle s'arrêta pour lui adresser un signe de la main et disparut dans le bâtiment. Il rejoignit la voiture qu'on lui avait prêtée le sourire aux lèvres. Cette jeune femme au grand cœur était délicieusement piquante. Il avait hâte d'être au jour du rendez-vous.

Alex reçut une nouvelle lettre de Dan en avril. Secret militaire oblige, il restait vague sur l'endroit où était stationnée son unité. Il était en mer, mais le bateau atteindrait bientôt sa destination. Il lui rappelait sa proposition de la retrouver à Paris et disait que si elle ne pouvait pas se libérer à ce moment-là, il passerait la voir à la caserne. Mais Alex rêvait de Paris. Bien que les Allemands aient quitté la ville depuis près de huit mois, la guerre n'était toujours pas terminée et la libération de l'Europe se poursuivait.

Jusqu'au jour où, deux mois plus tard, l'armistice fut bel et bien signé.

Le 8 mai, cinq ans et huit mois après la déclaration de guerre en Europe, la guerre toucha officiellement à sa fin. Partout, on déclencha les sirènes, on sonna les cloches des églises et on actionna les klaxons. On continuait de transporter des blessés, mais plus personne ne cherchait à abattre les avions-ambulances et la présence d'avions-escortes n'était plus nécessaire. Les corps pouvaient enfin se reconstruire, et les hommes rentrer chez eux.

Les infirmières de l'unité d'évacuation aérienne attendaient leurs derniers ordres, ainsi que leurs certificats de démobilisation. Leurs familles demandaient quand elles pourraient les revoir, mais les filles n'avaient pas la réponse.

Un jour, Dan appela Alex depuis le petit hôtel où il était descendu à Paris. Il disposait d'une permission de deux semaines et voulait savoir s'il pouvait la rejoindre. Dans tous les cas, il serait rapatrié aux États-Unis quelques semaines plus tard : son bateau devait accoster à New York fin juin. Si elle souhaitait le retrouver à Paris, précisa-t-il, Alex aurait sa propre chambre, naturellement. La jeune femme parvint à obtenir un week-end de congé en échangeant son emploi du temps avec Emma. Les missions commençaient enfin à s'espacer, on respirait un peu.

Toutes les infirmières reçurent leurs ordres la veille du départ d'Alex. Le 10 juin, il y aurait une cérémonie en mémoire des infirmières tombées au combat. Et cinq jours plus tard, les filles seraient renvoyées chez elles par avion. Lizzie téléphona à ses parents pour leur annoncer la bonne nouvelle. Leur soulagement fut immense. Ils attendaient encore des nouvelles de Henry, qui était toujours à Okinawa, mais espérait bientôt rentrer. Alex arracha des larmes à sa mère, ce qui était exceptionnel. Quant aux parents de Louise, ils viendraient à sa rencontre à New York et prendraient avec elle l'avion jusqu'en Caroline du Nord. Emma allait bientôt commencer ses recherches pour un poste de sage-femme à Londres. Max reçut quant à lui ses ordres le lendemain. Il s'était décidé pour un emploi à Londres, sans doute dans une banque.

Lorsqu'elle retrouva Dan à son hôtel de la rive gauche, Alex lui annonça sa démobilisation imminente. Comme promis, il avait aussi réservé une chambre pour elle, et l'avait remplie de fleurs. Ils remontèrent les Champs-Élysées bras dessus, bras dessous, et s'accordèrent pour dire qu'ils n'avaient jamais rien vu d'aussi beau. Paris se remettait de l'Occupation, et même si plusieurs bâtiments étaient en ruine à la suite des bombardements, toute la ville semblait en fête, à l'instar du reste de l'Europe. Le Japon n'avait toujours pas déposé les armes, mais la guerre ne durerait sans doute plus très longtemps dans le Pacifique.

— Je crois que mon bateau arrivera à New York une semaine après toi, lui dit Dan alors qu'ils s'installaient à une terrasse de café proche du Trocadéro, après avoir admiré la vue à couper le souffle sur la tour Eiffel. Et ensuite, quel est le programme ?

Ils étaient jeunes et beaux dans leurs uniformes. Dans tout Paris, le vert olive des uniformes américains avait remplacé le *feldgrau* allemand.

— Je vais chercher du travail et me prendre un appartement, déclara Alex. Je ne l'ai pas encore dit à mes parents. Mais je ne peux vraiment pas retourner habiter chez eux. J'aimerais encore mieux rester vivre à la caserne.

— Et je vais pouvoir les rencontrer ?

Dan espérait faire les choses dans les règles de l'art en demandant la main d'Alex à son père.

— J'ai réfléchi, et la réponse est oui ! déclara la jeune femme.

En venant à sa rencontre à Paris, Alex avait franchi une étape importante. C'était une promesse d'avenir. Et quel plus bel écrin que Paris pour commencer une histoire d'amour ? Alex était fière de marcher au bras de Dan, quoi qu'en penseraient ses parents. Elle n'avait plus besoin de leur approbation, néanmoins elle tenait à ce qu'ils rencontrent l'homme dont elle était en train de tomber amoureuse.

— Mais je te préviens que ce ne sera pas une partie de plaisir, l'avertit Alex.

— Ils vont me détester, pas vrai ?

— Pas à ce point, mais ils ne sauteront sans doute pas de joie. Mon père saura se tenir, mais ma mère risque d'être pénible. Peu importe, il est temps que je vive ma vie !

En l'occurrence, Alex se voyait très bien vivre avec Dan à Pittsburgh, le moment venu. Ils ne se connaissaient pas encore suffisamment, mais il avait promis de venir la voir souvent à New York.

— Tu sais, quand j'ai débarqué à Omaha Beach, j'ai cru que c'était la pire chose que j'aie jamais vécue. Mais en y repensant, c'était sans doute la meilleure. Si je n'avais pas été envoyé là-bas, je ne t'aurais jamais rencontrée et rien de tout cela ne serait arrivé. Je serais assis seul à cette terrasse, en train de regarder passer tous les autres gars avec leur bonne amie, et je me sentirais seul à en crever.

Alex sourit et l'embrassa tendrement. Lorsqu'ils reprirent leur souffle, Dan s'enflamma :

— Dès que je pose le pied à New York, je t'emmène au Twenty-One ! Et où passerons-nous notre lune de miel ?

Cette fois, Alex éclata de rire.

— Est-ce que nous ne devrions pas nous fiancer d'abord ?

— J'ai l'impression que c'est déjà fait, avoua Dan.

— Moi aussi, j'en ai l'impression, concéda la jeune femme.

En effet, tout était si simple entre eux ! Mais Alex ne voulait pas précipiter les choses. Elle voulait savourer leur relation naissante et apprendre à mieux connaître Dan.

Les souvenirs difficiles commençaient à s'estomper, comme les images des hommes qui avaient souffert et de ceux qui avaient péri. Ses collègues allaient terriblement lui manquer, mais un lien indéfectible les unissait. Lizzie, Louise, Emma. Elles n'oublieraient jamais Pru et Audrey, et les bons moments passés resteraient gravés dans leurs cœurs. Ensemble, elles avaient mûri et grandi.

Le soir venu, Dan emmena Alex dîner au Ritz. Si le palace avait été pendant l'Occupation le lieu de résidence des plus hauts officiers nazis, il ne restait à présent plus aucune trace de leur passage. Les Parisiens accueillaient les libérateurs américains comme des rois. Pendant tout le week-end, Dan et Alex s'embrassèrent souvent, y compris en pleine rue, ce qui faisait sourire les passants. Toute la ville semblait avoir été frappée par les flèches de Cupidon.

Au moment de repartir pour sa base, Alex déclara qu'elle venait de vivre les trois jours les plus heureux de toute sa vie. Dan reviendrait la voir en Angleterre à l'occasion de la cérémonie de remise des médailles le 10 juin. Son propre navire quitterait Southampton deux jours plus tard, et Alex embarquerait le 15 à bord de l'avion qui la ramènerait chez elle. Cela laisserait à la jeune femme le temps de préparer ses parents à l'arrivée de Dan... Ils ne s'attendaient sans doute pas à ce qu'elle épouse un grossiste en viande de Pittsburgh sitôt revenue d'Europe ! Mais que cela leur plaise ou non, elle savait que c'était le bon choix, et que Dan était l'homme idéal pour elle.

Il l'accompagna à la gare du Nord, où elle prit son train pour Calais. De là, la traversée en ferry jusqu'à Douvres durait moins de deux heures. Alex avait déjà promis à Lizzie de monter à Boston le temps d'un week-end avant qu'elles reprennent le travail, et Louise comptait sur leur visite en Caroline du Nord.

Emma, restée en Angleterre, allait leur manquer. Mais elle ne serait pas seule : elle avait Max, désormais. Leur idylle s'épanouissait si bien qu'elle allait passer quelques jours à la résidence des Pommery pendant l'été. La guerre enfin terminée, le champ des possibles et un avenir radieux s'ouvraient à elles. Elles avaient perdu des êtres chers, mais celles qui restaient étaient des amies pour la vie.

Alors qu'Alex était à Paris avec Dan, Lizzie s'offrait une escapade en amoureux à Brighton avec Ed.

Tandis qu'ils marchaient le long de la jetée, le visage offert aux embruns, et que Lizzie regardait l'horizon, Ed planta un genou en terre.

— Mais qu'est-ce que tu fais ? s'étonna la jeune femme en le voyant.

— Tu m'avais demandé de ne poser la question qu'à la fin de la guerre, si nous étions encore là. Alors voilà… Elizabeth Hatton, veux-tu m'épouser ?

— Je… Oui !

Ed se releva aussitôt pour l'embrasser.

— Mais où allons-nous vivre ? lui demanda-t-elle après qu'ils eurent échangé un baiser ardent.

Elle n'avait pas envie de s'installer en Irlande ni de vivre trop loin de ses parents. Ils avaient déjà perdu un enfant, elle ne pouvait pas leur faire ça.

— Mon cousin va me parrainer pour m'aider à obtenir mon permis de séjour, expliqua Ed en souriant. Il a déjà commencé à remplir tous les dossiers. Et je veux déposer ma candidature pour devenir citoyen américain. Par ailleurs, je peux compter sur mes primes d'ancien combattant pour payer mes études de médecine.

Il l'embrassa à nouveau.

— N'oublie pas que nous avons aussi l'argent d'Audrey ! Quand allons-nous nous marier ?

— Dès que ton père nous donnera sa bénédiction. Mon cousin doit m'envoyer le billet d'avion et il me propose un poste dans son restaurant. Aussitôt démobilisé, d'ici un mois ou deux, je m'envolerai pour Boston ! Donc tu peux commencer à planifier le mariage pour la date de ton choix.

Lizzie savait que ses parents seraient choqués, mais elle ne leur laisserait pas le choix. Ils filaient le parfait amour, et leur ambition de devenir médecins était maintenant à portée de main. Surtout, ils avaient survécu à l'horreur de la guerre. Ils rentrèrent à leur hôtel, montèrent dans leur chambre et verrouillèrent la porte. Tous leurs rêves semblaient sur le point de se réaliser. Leur seul regret était qu'Audrey et Pru ne soient plus là pour partager leur joie. Mais le souvenir de leurs chères amies resterait à jamais dans leurs cœurs.

Dès son retour à la base, Alex courut retrouver ses collègues. Lizzie, qui rentrait tout juste de Brighton, était dans sa chambre.

— Je vais épouser Dan ! s'exclama Alex en entrant dans la pièce.

— Je suis fiancée ! s'écria Lizzie au même instant. Toutes deux éclatèrent de rire.

— Qu'est-ce que vous complotez encore, pauvres pécheresses ? lança Emma en passant la tête dans l'embrasure de la porte. Vous éclipser à l'hôtel avec des hommes, quelle honte ! N'empêche que ça devait être drôlement romantique...

— On va se marier, expliqua Lizzie.

— L'une avec l'autre ? plaisanta Emma. Je suis curieuse de voir ça !

Elle n'était pas franchement surprise, mais elle était ravie pour ses deux camarades. Louise se joignit peu après à l'allégresse générale. En ce moment de bonheur, elles souffraient de l'absence de leurs amies disparues. Lizzie savait qu'Ed avait encore du mal à se remettre de la mort de Pru ; il lui parlait d'elle très souvent. Et Audrey manquait terriblement à Lizzie. Elles avaient vécu tant de choses ensemble...

Ce soir-là, la joyeuse bande prit son repas au mess. Le lendemain commencerait leur dernière semaine de transport sanitaire aérien.

L'escadron tout entier assisterait à la cérémonie de remise des médailles, cinq jours avant que les infirmières américaines ne rentrent aux États-Unis à bord d'avions militaires. D'ici là, il y avait tant de documents à compléter et de formalités à accomplir ! La caserne bourdonnait comme une ruche tandis que les jeunes femmes faisaient leurs bagages et passaient dans les chambres de leurs amies, promettant de se rendre visite sur d'autres continents, ou couraient à leurs rendez-vous avec leurs amoureux. Elles se demandaient s'il y aurait assez de travail là-bas pour toutes les infirmières de retour de la guerre. Comment se passerait leur réinsertion dans la vie civile ? Elles avaient toutes tellement changé et tellement appris…

Et au pays, la vie avait continué sans elles. Elles avaient eu des neveux et des nièces, qu'elles ne connaissaient pas encore. Des parents étaient morts, des cousines s'étaient mariées. Il leur faudrait se réadapter dans un monde devenu parfois trop étriqué pour elles. Quelques-unes prévoyaient encore d'épouser un fiancé qu'elles n'avaient pas vu depuis plus de trois ans, tandis que certains couples formés en temps de guerre ne survivraient pas au retour de la paix. Des soldats laissaient des bébés derrière eux ou essayaient de ramener une fiancée dans leurs bagages, mais il fallait du temps pour obtenir tous les papiers. L'Europe avait été pour eux un Nouveau Monde, et ils se demandaient s'ils sauraient se réadapter à leur bonne vieille Amérique. Beaucoup, tombés en Normandie, en Angleterre, en Italie, en Allemagne ou encore dans le Pacifique, ne reviendraient jamais. Le monde ne serait plus le même.

À l'issue de sa toute dernière mission, alors qu'elle descendait l'échelle du C-47, Louise se demandait justement si les choses avaient commencé à changer dans le Vieux Sud pendant son absence, ou si la ségrégation continuerait à sévir encore longtemps. Elle venait de poser le pied sur le tarmac lorsqu'elle aperçut un homme au bout de la piste d'atterrissage. Sa haute silhouette lui rappelait quelque chose… Était-ce l'un de ceux qu'elles avaient sauvés, venu lui dire au revoir et la remercier personnellement ? Beaucoup l'avaient déjà fait. Elle s'approcha et, lorsqu'il sourit, elle reconnut tout à coup son regard bleu incroyablement intense. Elle aurait reconnu ces yeux-là n'importe où.

— Bonsoir, Louise, lui dit-il en français. Nous sommes arrivés en Suisse sains et saufs après avoir quitté notre repaire. Vous m'avez sauvé la vie. Et vous voyez : j'ai tenu ma promesse.

C'était Gonzague.

— Oh mon Dieu, fut la seule chose que Louise parvint à articuler, tremblant comme une feuille, tandis qu'il la prenait dans ses bras.

Il était vivant ! Elle avait l'impression d'être dans un rêve.

— On m'a dit que vous n'allez pas tarder à repartir, alors je suis venu jusqu'ici avant de rentrer chez moi à mon tour. Est-ce que vous avez un moment ? J'ai l'impression que nous avons beaucoup de choses à nous dire.

Il désigna une grosse bûche, à l'ombre d'un arbre. Dès qu'ils furent assis, Gonzague prit la main de Louise et ils s'embrassèrent passionnément.

— Vous ne me connaissez pas, mais moi, j'ai l'impression de vous connaître. Cette nuit-là, j'ai vraiment su qui vous étiez.

Dix mois s'étaient écoulés depuis leur rencontre, mais il leur semblait que c'était la veille.

— Les Allemands ont réquisitionné ma maison dès le début de l'Occupation, expliqua-t-il. Ils y ont vécu jusqu'à la Libération, et je vais enfin pouvoir la récupérer. Mais avant, je tenais à vous voir. Et puis j'aimerais vous faire découvrir ma demeure. Vous verrez, c'est un lieu magnifique, en Provence, une bâtisse construite par mes ancêtres il y a trois cents ans. Mais assez parlé de moi ! J'ai tellement envie de vous connaître !

— Je viens de Raleigh, en Caroline du Nord. Mon père est médecin, ma mère directrice d'école, et moi je suis infirmière, déclara Louise, qui ne savait par où commencer.

Cela fit rire Gonzague.

— Oui. Cela, je m'en souviens. Et une infirmière hors pair ! Allez-vous continuer à exercer ce métier après la guerre ? Louise, vous devez me croire fou, mais depuis le soir où vous m'avez sauvé, je pense à vous nuit et jour. Je n'irai pas par quatre chemins : voudriez-vous vivre en France avec moi ? Et être ma femme, naturellement... J'aurais adoré vous rejoindre outre-Atlantique, mais j'ai été appelé à travailler pour le gouvernement provisoire aux côtés du général de Gaulle. Mes humbles compétences, ainsi que l'expérience que j'ai acquise au cours des six dernières années, pourraient semble-t-il être de quelque utilité au ministère de l'Intérieur. Ce qui signifie que je vivrai à Paris la plupart du temps, mais aussi un peu en Provence. Toutefois, j'ai à cœur de rencontrer votre famille. Tout cela doit vous sembler précipité... Mais après avoir vécu d'expédients pendant six ans, j'ai appris à faire confiance à mon instinct. Belle Louise, je vous aime et me jette à vos pieds !

Louise était abasourdie. Elle avait tant rêvé de cet homme hors du commun ! Peut-être rêvaient-ils encore tous les deux ? Elle craignait cependant que la réalité ne les rattrape.

— Gonzague, dit-elle doucement.

Comme ce prénom était suave à prononcer ! Si lyrique et si évocateur de l'ancien temps – comme celui d'un prince de conte de fées.

— Il n'est pas nécessaire de vous jeter à mes pieds, car mon cœur est déjà tout à vous, poursuivit-elle. Moi non plus, je n'ai cessé de penser à vous depuis notre rencontre. Seulement… je suis noire, et vous êtes blanc.

— Vraiment ? dit-il en la scrutant de ses yeux perçants comme s'il la voyait pour la première fois, ce qui la fit rire. Vous ne vous en souvenez peut-être pas, mais c'est à la jambe que j'ai été blessé, je n'ai pas perdu la vue. Pensez-vous que cela m'effraie ?

— Oh, Gonzague, les choses ne sont pas aussi simples que vous semblez le penser. Là d'où je viens, nous ne pourrions pas être ensemble. Nous devrions nous cacher et nous serions sévèrement punis si on nous découvrait. Des choses terribles se produiraient, nos enfants en souffriraient, et nous aussi.

Le simple fait d'en parler lui donnait la nausée. Et pourtant, c'est dans ce monde-là qu'elle avait prévu de retourner.

— C'est d'une injustice sans nom, et les choses ne se passeraient pas ainsi en France. Qu'importent les apparences ? Vous êtes une très belle femme, mais plus encore que votre beauté, c'est la noblesse de votre cœur qui m'a subjugué. Quand vous êtes venue à mon secours, vous n'aviez peur de rien. Auriez-vous donc peur, maintenant ?

La balle était dans le camp de la jeune femme.

— Non, répondit-elle. Mais… vous ?

— Moi non plus. Je crois qu'ensemble, nous pourrons soulever des montagnes. En revanche j'ai peur d'autres choses, dans un monde qui a permis une tragédie comme celle que nous venons de traverser, où chacun trahit son frère humain et où plus rien n'est sûr. Nous avons laissé faire. Nous avons livré notre pays à l'ennemi et laissé le mal prospérer. Un poison a coulé dans les veines de la France pendant toutes ces années. Alors la couleur de peau m'importe peu. Ce qui compte, c'est que rien de tout cela ne se reproduise jamais. Et si en plus je peux avoir la dame de mes pensées à mes côtés, je serai le plus heureux des hommes.

Gonzague était aussi fascinant, beau et mystérieux que lors de leur première rencontre. Mais à présent, Louise voulait tout savoir de lui.

— Avez-vous de la famille ? Des parents ? Des frères ou des sœurs ?

— Mon père et mes trois frères sont tous morts dans la Résistance. Ma mère est morte alors que je n'étais encore qu'un enfant. Maintenant, je n'ai plus personne. À part vous, si vous voulez de moi. Je dois faire de gros travaux dans ma maison, et pendant ce temps-là, j'aimerais beaucoup vous rendre visite, ainsi qu'à votre famille en… Caroline, c'est cela ?

— Caroline du Nord, oui.

— Et ensuite, j'aimerais vous inviter chez moi avec votre famille, afin que vous puissiez décider ce que vous souhaitez faire. Cela vous convient-il ?

— Ce serait merveilleux ! Mais il me faudra expliquer tout cela à mes parents…

— Pensez-vous qu'ils seront fâchés de notre démarche ?

— Surpris, plutôt.

— Tout comme vous m'avez surpris lors de notre rencontre !

— Gonzague, de nous deux, je ne pense pas être la plus surprenante !

Il semblait en effet receler bien des secrets sur ses années de guerre, qu'elle n'apprendrait peut-être jamais. Mais c'était sans doute mieux ainsi…

Gonzague se leva et prit la main de Louise, qu'il ne lâcha plus jusqu'à la caserne. Derrière sa galanterie chevaleresque, Louise sentait que ce héros de la Résistance était aussi une force de la nature, et c'était terriblement excitant. Ils avaient beaucoup à apprendre l'un de l'autre, mais Louise n'avait pas l'ombre d'un doute. Gonzague avait tenu sa promesse en venant la retrouver. C'était un homme de parole, et pour le moment, c'était tout ce qui comptait pour elle.

— On va nous remettre des médailles après-demain, expliqua Louise au pied du perron. Voudriez-vous assister à la cérémonie ?

— Seulement si vous le souhaitez.

— C'est moi qui vous le demande ! répondit Louise en souriant.

Puisqu'ils s'aimaient, il n'était pas question pour elle de se cacher. Elle voulait que leur relation soit connue de tous, et qu'ils se tiennent fièrement l'un près de l'autre le jour de la cérémonie. Gonzague avait à faire à Londres, mais il promit de revenir le jour dit. Louise avait hâte de le présenter à ses amies, maintenant qu'il était sorti de l'ombre et qu'elle se sentait prête à partager sa vie avec lui. La cérémonie représenterait un moment de transition entre les trois années passées à la base et un avenir qu'elle imaginait radieux.

Gonzague et Louise partagèrent devant la caserne un baiser aussi brûlant que l'avait été le tout premier, dans le repaire des maquisards.

— Une vie trépidante nous attend, dit-il en la regardant.

Louise n'en doutait pas. L'aura de danger qui entourait Gonzague était palpable. Au cours de son combat dans les rangs de la Résistance, il lui avait fallu sans aucun doute, à plusieurs reprises, tuer pour ne pas être tué. Il avait contribué à sauver la France et gagné au passage l'admiration de la Grande-Bretagne. La seule chose dont Louise était certaine, c'était que Gonzague de Lafayette était son âme sœur, l'amour de sa vie. Ils l'avaient su tous les deux dès le premier regard. Pour découvrir le reste, ils avaient la vie devant eux.

17

Toutes les infirmières de l'escadron de transport sanitaire aérien avaient revêtu leur uniforme pour la cérémonie. Le commandant de la base était là, ainsi que des hauts gradés de l'armée de l'Air américaine, en plus de ceux de la RAF. Sur un roulement de tambour, chacune d'entre elles se vit remettre la médaille du mérite, mais aussi celle de la bravoure, ce à quoi elles ne s'attendaient pas. Six femmes reçurent ces distinctions à titre posthume, parmi elles le lieutenant Prudence Pommery et le lieutenant Audrey Anne Parker. Max alla accepter la décoration au nom de Pru, et Lizzie au nom d'Audrey. Elle ne parvint pas à réprimer ses larmes en montant à la tribune. C'est elle qui déposerait la médaille au cimetière d'Annapolis, pour qu'on l'y expose dans une salle du souvenir.

Les parents de Pru étaient présents, eux aussi, et Max et Emma restèrent auprès d'eux. Ed était là pour Lizzie, et Dan pour Alex. Quant à Gonzague, tiré à quatre épingles dans un costume sombre, il sembla très fier de Louise lorsqu'elle reçut sa distinction. Il s'apprêtait pour sa part à être nommé commandeur de la Légion d'honneur par le général de Gaulle. Le petit groupe resta ensemble pendant la réception qui suivit les discours et les photos officielles. Un journaliste du *Times* de Londres était venu couvrir l'événement.

Gonzague suscita la curiosité de toutes les camarades de Louise. Elle était la seule du contingent américain à prévoir de revenir en Europe pour épouser l'ancien résistant. En Caroline du Nord, rien n'avait changé : leur union aurait été illégale, alors que Louise allait devenir comtesse en France ! Les autres rentraient aux États-Unis et Emma s'apprêtait à séjourner un mois dans le Yorkshire chez les Pommery.

Ce fut une journée mémorable et riche en émotions. Gonzague passa encore tout le lendemain en compagnie de Louise, avant de repartir pour la Provence. Il ne restait plus que quatre jours avant le départ des infirmières. Chaque instant leur semblait précieux et le temps filait beaucoup trop vite.

Le lendemain, elles étaient réunies dans la chambre de Lizzie lorsqu'on demanda à cette dernière de descendre au salon. Elles y allèrent toutes ensemble, comme si elles avaient senti le malheur s'abattre une dernière fois parmi elles. Un officier de la RAF l'attendait, et elle se mit à pleurer dès qu'elle l'aperçut. Elles savaient toutes ce que cela signifiait. Comment la tragédie avait-elle encore pu frapper ?

À Okinawa, son frère Henry avait été tué dans la dernière grande bataille du Pacifique. Elle avait perdu ses deux frères dans cette guerre, et ses parents leurs deux fils. Alors que le frère d'Audrey avait fait partie des toutes premières victimes de la seconde guerre mondiale, Henry comptait parmi les dernières. Lizzie se retrouvait enfant unique, tout comme Max. Elle passa le reste de la journée à pleurer, soutenue par ses amies.

Le soir venu, elle appela ses parents. Heureusement, elle s'apprêtait à les rejoindre très bientôt. Le reste de son séjour en Angleterre se déroula dans le brouillard, et ses camarades ne la quittèrent pas un seul instant. Elles dormirent à tour de rôle dans le lit d'Audrey, resté vacant. Ed, également très présent, la consola comme il l'avait fait de trop nombreuses fois. Il représentait désormais l'avenir de Lizzie. D'une certaine façon, chacune de leurs pertes les rapprochait les uns des autres.

Cinq jours après la cérémonie, Lizzie, Louise et Alex se retrouvèrent à l'aéroport, prêtes à embarquer pour les États-Unis avec dix autres infirmières de leur escadron. Leurs collègues étaient venues en masse pour leur dire au revoir dans une grande effusion de larmes et d'embrassades. En se quittant, elles avaient l'impression de quitter leur foyer. Alors qu'elles avaient fini par former une famille, voilà qu'elles devaient retourner vers un monde qui avait changé en leur absence. Un lien d'amour pur les unissait, car elles s'étaient apporté sécurité et réconfort dans un univers qui en était cruellement dépourvu.

C'était la dernière fois avant un long moment qu'elles étaient toutes ensemble. Elles rentraient chez elles changées à jamais, plus fortes qu'elles n'étaient arrivées. Elles n'oublieraient pas leurs sœurs d'armes ni les expériences qu'elles avaient partagées.

Alex, Lizzie, Louise et leurs dix camarades montèrent ensemble l'escalier de l'avion de transport militaire. Arrivées en haut, elles se retournèrent pour adresser un signe de la main à la foule de toutes les autres, qui répondirent par des acclamations dans un grand cri du cœur. Peu après, les portes se refermèrent, l'avion démarra, prit de la vitesse et s'envola. Leurs amies restées à terre le regardèrent s'éloigner, jusqu'à disparaître au firmament. Les héroïnes rentraient au bercail, marquées par maintes cicatrices de guerre, mais riches de tout ce qu'elles avaient appris ensemble.

Découvrez dès maintenant
le premier chapitre de

Bal à Versailles
le nouveau roman de
DANIELLE STEEL

aux Éditions
Presses de la Cité

DANIELLE STEEL

BAL À VERSAILLES

Traduit de l'anglais (États-Unis)
par Alice Fombois

Les Presses de la Cité

L'édition originale de cet ouvrage a paru en 2023
sous le titre THE BALL AT VERSAILLES
chez Delacorte Press, Random House,
Penguin Random House Company, New York.

© Danielle Steel, 2023, tous droits réservés.
© Les Presses de la Cité, 2025, pour la traduction française.
ISBN : 978-2-258-20351-8
Dépôt légal : janvier 2025

À mes enfants chacun si unique,
Beatrix, Trevor, Todd, Nick,
Samantha, Victoria, Vanessa,
Maxx et Zara

Qu'il y ait toujours de la magie dans vos vies,
des gens qui vous aiment,
et que vous aimez.

Si vous jouez votre rôle
en y mettant tout votre cœur,
la magie viendra.

Soyez bénis à jamais.

Je vous aime de tout mon cœur,
Maman / D S

Chers amis,

Bal à Versailles se déroule en 1958, lors d'une nuit vraiment à part. Celle du premier bal des débutantes organisé au château de Versailles. Ce soir-là, des jeunes filles issues de la noblesse ou de très bonnes familles françaises furent introduites dans la haute société. Un peu plus de trente jeunes Américaines se joignirent à elles pour ce premier bal somptueux, toutes vêtues de magnifiques robes blanches. Ce fut une nuit digne de Cendrillon, chargée de toute l'excitation qui peut surgir quand des jeunes filles de 18 ans rencontrent leurs homologues masculins ! Je suis sûre que ce fut un événement inoubliable et vraiment fabuleux.

Les bals des débutantes existent depuis des siècles. Jusqu'au XXe siècle, en Angleterre, ils permettaient aux jeunes filles de rencontrer leur futur mari. Elles étaient courtisées durant la « saison londonienne », à l'issue de laquelle elles étaient généralement fiancées. Les jeunes gens de haute lignée se mariaient sans vraiment se connaître, s'en remettant d'une certaine façon

303

à la chance. Et souvent, partager le même statut social ne suffisait pas !

De nos jours, il existe encore des bals des débutantes, mais ils représentent surtout un hommage à la tradition, et une forme de rite de passage au moment des 18 ans. Les jeunes filles font toujours leur entrée dans le grand monde parées d'une magnifique robe blanche, et elles vivent un moment qu'elles n'oublieront jamais. Aujourd'hui encore, cela reste une nuit digne de Cendrillon.

J'espère que vous aimerez ce roman qui nous ramène à cette première nuit très spéciale de 1958, au château de Versailles, là où des souvenirs incroyables se forgèrent.

1

Jane Fairbanks Alexander trouva l'enveloppe couleur crème sur le plateau d'argent de l'entrée, là où
Gloria, la femme de ménage, l'avait posée. Gloria était
irlandaise et du temps où la fille de Jane allait encore
à l'école, elle venait chaque jour. Mais maintenant
qu'Amelia était grande, Gloria ne passait plus que trois
fois par semaine pour s'occuper des courses, de la
lessive et du ménage. Amelia était en première année
à l'université Barnard et ne rentrait que le week-end,
et encore. Le petit appartement de Manhattan semblait
étrangement calme sans elle. Soigné et élégant, dans
un immeuble d'avant-guerre à l'angle de la 5ᵉ Avenue
et de la 75ᵉ Rue, il bénéficiait des services d'un por-
tier. Gloria aimait rentrer chez elle et tout trouver
propre et bien rangé, avec son linge soigneusement
plié sur son lit. Mais c'était une maigre compensation
pour l'absence de sa fille, qui vivait désormais sur le
campus de la faculté de Barnard, le pendant féminin
de Columbia.

Amelia adorait l'université. Elle y étudiait la littérature anglaise, ce qui n'était pas étonnant puisque

sa mère travaillait dans une vénérable maison d'édition. Son père aussi avait été dans ce milieu. Amelia était ambitieuse et avait des objectifs précis : elle voulait enchaîner avec des études de droit, et entrer à Columbia.

Cela faisait neuf ans que Jane vivait seule avec sa fille. La petite n'avait pas 10 ans lorsque son père, Alfred, était mort. Jane gardait de bons souvenirs de lui avant la guerre, lorsqu'il était encore lui-même, mais leur fille n'avait pas eu la chance de le connaître ainsi.

Jane avait rencontré Alfred lorsqu'elle était à Vassar et que lui étudiait la littérature à Yale. Après leur rencontre lors d'un bal des débutantes à New York, il l'avait courtisée pendant un an et demi, venant lui rendre visite à Poughkeepsie aussi souvent qu'il le pouvait. Ils s'étaient fiancés pendant sa dernière année d'études et mariés dès qu'elle avait obtenu son diplôme, en 1939. Alfred avait alors 24 ans et elle 22 ans. Il occupait un emploi d'éditeur junior chez G. P. Putnam's, et était promis à un bel avenir. Il espérait devenir un jour directeur de collection dans une maison d'édition, voire directeur tout court.

Jane avait quant à elle trouvé un emploi d'assistante relectrice-correctrice pour le magazine *Life*. Ils avaient toujours partagé les mêmes centres d'intérêt et ils adoraient ce qu'ils faisaient. Si Alfred s'occupait d'ouvrages plus littéraires, le travail de Jane était vivant, amusant, et elle le trouvait passionnant. Elle était tombée enceinte trois mois après leur mariage et sa grossesse s'était déroulée sans problème. Elle avait pu travailler jusqu'à la naissance d'Amelia, au cours de l'été 1940, et n'était pas retournée chez *Life*. Jane avait été heureuse de pouvoir rester à la maison avec leur petite fille. Son mari ne s'attendait d'ailleurs pas à ce qu'elle retourne travailler. Son salaire et l'argent dont il avait hérité leur assuraient une existence très agréable.

Alfred avait en effet reçu de ses grands-parents un legs qui lui permettait quelques plaisirs, et de subvenir largement à leurs besoins. Après la mort de ses parents, l'un d'un cancer et l'autre d'un accident vasculaire cérébral, il avait de nouveau hérité. Jane et lui ne dépendaient donc pas de son travail pour survivre, et ils disposaient d'une somme rondelette si besoin. Ils venaient du même monde. Le père de Jane avait dirigé une banque à New York et sa mère était issue d'une famille distinguée de Boston. Comme Alfred, elle était issue d'une famille d'anciens nantis. Leurs familles avaient perdu la plus grande partie de leur fortune lors de la crise de 1929, mais il leur en restait suffisamment pour assurer à leurs héritiers une vie confortable. La famille d'Alfred faisait partie de la vieille garde de New York. Leur nom comptait parmi les plus connus de la bonne société. Le père d'Alfred avait été banquier d'affaires et, tout comme celle de Jane, sa mère n'avait jamais travaillé.

Leurs parents appartenaient aux mêmes cercles. Leurs pères fréquentaient le même club, où ils se retrouvaient souvent après le travail. Quant à leurs mères, elles faisaient du bénévolat une fois par semaine en tant que Dames grises pour la Croix-Rouge, un engagement qui leur plaisait. Jane et Alfred étaient enfants uniques, et l'arrivée d'Amelia avait été accueillie avec émerveillement et joie par ses grands-parents qui l'emmenaient au parc pour voir les animaux du zoo ou faire un tour de manège.

La vie de Jane et d'Alfred s'était déroulée sans heurts pendant deux ans et demi. Le soir, ils parlaient du travail d'Alfred, des manuscrits sur lesquels il travaillait et de ses aspirations. Mais après l'attaque de Pearl Harbor, Alfred avait décidé de s'engager. Quelques mois plus tard, il était parti pour l'Angleterre, puis pour l'Italie. Jane et lui correspondaient fidèlement. Alfred semblait découragé et alternait entre la peur et la rage. Il ne pouvait pas lui raconter ce qu'il voyait, et elle ne pouvait que deviner à quel point la guerre était terrible. Ses deux parents étaient morts peu de temps après qu'il fut envoyé en Europe, ce qui l'avait profondément affecté. Jane n'avait parfois pas de nouvelles de son mari pendant de longues périodes, en fonction de l'endroit où il se trouvait. Puis il refaisait surface. Après quelques mois passés en Italie, elle avait remarqué le tremblement de son écriture. Les lettres ne lui ressemblaient plus. Lorsqu'il était enfin revenu de la guerre, à l'été 1945, elle avait compris pourquoi. Il avait changé. Amelia, âgée de 5 ans, ne se souvenait pas de lui et sanglotait chaque fois qu'elle le voyait ou qu'il essayait de la prendre dans ses bras. Cela bouleversait Alfred, qui se mettait à pleurer ou sortait de la pièce en claquant la porte.

Les médecins avaient expliqué qu'il souffrait d'obusite et de fatigue de combat et que cela guérirait avec le temps, mais cela n'avait jamais été le cas. La mort de ses parents avait aggravé son syndrome post-traumatique et, à son retour, il n'avait pas voulu revoir ses anciens amis et n'était pas retourné à son club. À la maison d'édition, une femme avait repris son poste. Elle était veuve de guerre et faisait un excellent travail, pour un salaire inférieur. Le marché de l'emploi était inondé d'hommes jeunes et en bonne santé, et Alfred s'était vu refuser tous les postes auxquels il avait postulé. Il était en outre évident qu'il était revenu traumatisé de la guerre, ce qui n'aidait pas. Il arrivait qu'il se mette en rage quand on lui posait une question, ou il fondait en larmes lorsqu'on l'interrogeait sur son expérience des combats. Finalement, il avait cessé de se rendre aux entretiens et était resté assis chez lui, ruminant et buvant toute la journée, tandis que Jane s'efforçait de lui remonter le moral. Il préférait le gin, mais il buvait tout ce qui lui tombait sous la main. Jane avait beau jeter les bouteilles lorsqu'elle découvrait ses cachettes, il y en avait toujours ailleurs. Alfred avait bientôt dû puiser dans son héritage, qui avait très vite fondu. Il jouait dans un club de poker, buvait beaucoup et restait assis dans son fauteuil toute la journée, perdu dans ses pensées, le regard dans le vide. Le soir, il s'endormait généralement dans le salon, la radio allumée. Son retour était bien loin de ce que Jane avait imaginé : deux âmes sœurs se retrouvant et reprenant là où elles s'étaient arrêtées. Alfred n'avait jamais retrouvé le chemin.

Quatre ans après son retour d'Europe, alors qu'il rendait visite dans le Connecticut à un camarade de l'armée dont Jane n'avait jamais entendu parler, la voiture d'Alfred avait terminé dans un ravin et il était mort sur le coup. Il n'avait pas laissé de mot, si bien que sa jeune veuve n'avait jamais su s'il s'agissait d'un suicide ou d'un accident. Mais elle penchait pour la première hypothèse. Alfred, toujours profondément déprimé et angoissé, avait des sueurs nocturnes et des cauchemars presque toutes les nuits, et refusait de se faire soigner.

Il insistait sur le fait qu'il allait bien, mais tous les deux savaient qu'il n'en était rien.

Jane s'était retrouvée veuve à 32 ans, le cœur brisé. Ses propres parents étaient décédés aussi, et elle n'avait eu personne vers qui se tourner lorsqu'elle avait découvert qu'Alfred avait presque tout dépensé et qu'il n'avait pas d'assurance vie. Le peu qui restait, elle l'avait placé, avec sa pension militaire, en vue des études d'Amelia et pour les coups durs. Heureusement, l'appartement leur appartenait, si bien qu'elles avaient au moins un toit.

Amelia avait 9 ans à la mort de son père. Elle fréquentait l'école Chapin, un établissement privé pour demoiselles situé dans l'East Side, où sa mère était allée avant elle. Pareille scolarité avait un coût. Mais Jane n'avait jamais laissé soupçonner à sa fille l'état dramatique de leurs finances à la mort d'Alfred, et sa détresse. Le fait est qu'elles avaient à peine de quoi vivre. Jane avait tenté de retrouver un emploi dans un magazine, mais en vain. Sa seule expérience professionnelle était bien loin.

Elle avait finalement, sur un coup de chance, été embauchée dans une maison d'édition réputée, au même type de poste qu'Alfred occupait lorsqu'elle l'avait épousé. Et elle s'était découvert un vrai talent pour ce métier. Les jeunes auteurs aimaient travailler avec elle, et elle aimait les encourager. En outre, elle avait du flair pour repérer les futurs succès commerciaux, et dénicher des auteurs encore inconnus dont les romans devenaient des best-sellers. Ces qualités lui avaient permis de gravir rapidement les échelons chez Axelrod et Baker. Phillip Parker, son patron, était impressionné par ses capacités, et il lui avait régulièrement accordé des promotions et des augmentations. Au fil du temps, elle était devenue directrice adjointe, et son responsable approchait désormais de la retraite. Depuis quelques années déjà, elle faisait le travail de deux personnes et assurait une bonne partie de ses responsabilités du fait de ses problèmes de santé. Elle travaillait dur pour être digne de sa confiance, sacrifiant souvent ses soirées.

Jane connaissait personnellement ses auteurs. Elle y mettait un point d'honneur. Plusieurs agences littéraires lui avaient proposé de les rejoindre, ce qui aurait pu être plus lucratif. Mais elle était restée fidèle à sa maison d'édition. Son métier était gratifiant, et elle était fière de se dire qu'elle gagnait autant qu'Alfred – avant qu'il dépense la majeure partie de son argent et boive jusqu'à ce que mort s'ensuive. L'autopsie avait établi que, sans surprise, il était ivre lors de l'accident, et elle lui en avait longtemps voulu. Elle avait fini par faire la paix avec tout ça. Dans le fond, c'était la guerre qui avait tué Alfred.

Ni Alfred ni Jane n'avaient grandi dans le luxe. Mais si la fortune de leurs familles s'était réduite comme peau de chagrin après la Grande Dépression, ils avaient tout de même pu fréquenter les écoles et universités les plus prestigieuses, ils s'étaient liés avec les bonnes personnes et évoluaient dans un milieu très privilégié. C'est pourquoi Jane avait envoyé Amelia dans l'une des meilleures écoles privées de la ville, et tenait à ce qu'elle ait de jolies robes. Elles étaient invitées dans les somptueuses demeures de l'élite, et Amelia était conviée aux plus belles fêtes. Jane était aussi membre du Colony Club, l'un des clubs féminins les plus fermés de New York, et elle veillait à ce que les amies d'Amelia soient issues des « bonnes » familles. Elle s'assurait que leurs fréquentations figurent parmi la fine fleur de New York. Même si on aurait pu penser qu'elle était snob, ce n'était pas le cas. Jane était toujours charmante avec tout le monde. Mais en ce qui concernait sa fille, elle était déterminée à ce qu'elle ait toujours le meilleur. Jane ne s'était jamais éloignée du monde sûr et familier dans lequel ses parents l'avaient élevée, et elle n'avait pas permis à Amelia de le faire. Le moment venu, elle souhaitait qu'elle épouse quelqu'un de ce même monde.

Offrir à sa fille unique ce qu'il y avait de mieux avait été une bataille de chaque instant. Depuis la mort d'Alfred, son existence avait été une lutte quotidienne pour joindre les deux bouts. Et elle ne voulait pas qu'Amelia ait à vivre cela.

Amelia ne saurait jamais combien de fois Jane s'était privée d'un manteau, d'une robe, d'un chapeau ou de belles chaussures pour elle. Elle parait alors ses vieilles tenues d'un foulard ou des bijoux qu'elle avait hérités, comme les perles de sa mère. Son apparence correspondait en tous points à la femme qu'elle était : belle et racée, issue d'un milieu aisé et ayant reçu une excellente éducation. Jane tenait plus que tout à ce que jamais Amelia n'ait à s'infliger les compromis et les sacrifices qu'elle-même avait dû faire après la mort d'Alfred. D'une certaine façon, elle avait élevé sa fille de façon à ce qu'elle rencontre un jour l'homme idéal. Quelqu'un qui saurait prendre soin d'elle, la protéger et la soutenir. Et pour cela, Jane était prête à tout sacrifier.

Un mois auparavant, à Noël, Amelia avait fait ses débuts au bal de l'Infirmerie, l'un des bals des débutantes les plus sélectifs de New York, où les Astor et les Vanderbilt avaient fait leurs débuts avant elle. De nombreuses filles avec lesquelles Amelia était allée à l'école étaient de la partie. Ce soir-là, elle avait porté une magnifique tenue choisie chez Bergdorf Goodman. Il s'agissait d'une robe simple en satin blanc épais signée Pauline Trigère. La taille fine et la jupe en cloche mettaient en valeur la silhouette élancée d'Amelia. Avec ses proportions harmonieuses, ses longs cheveux blonds et ses grands yeux bleus, elle était belle. La réplique presque exacte de sa mère. À 41 ans, Jane était très séduisante, et elles se ressemblaient comme des sœurs.

Absolument exquise, Amelia avait descendu les marches et fait la révérence lors de sa présentation sous la voûte d'acier des cadets de West Point. Elle était au bras de Teddy Van Horn, un ami d'enfance un peu plus âgé qu'elle. Il était particulièrement à son avantage en cravate blanche et queue-de-pie, mais pour la jeune fille cette relation était purement amicale. Cette légèreté avait rendu la soirée encore plus agréable que s'il y avait eu une étincelle entre eux. Jane avait fait ses débuts au même bal vingt-trois ans plus tôt. Et elle se souvenait de l'excitation ressentie comme si ç'avait été hier. Cela avait été le point culminant de sa vie, jusqu'à son mariage avec Alfred.

L'argent hérité d'Alfred, qu'elle avait soigneusement épargné et investi, servait en partie à financer les frais d'université, la chambre et les dépenses courantes d'Amelia. Et la belle robe avait grevé le budget de Jane. Tout cela pesait lourdement sur ses finances, mais dès que son patron partirait à la retraite et qu'elle prendrait sa relève, sa situation financière s'améliorerait. Elle attendait ce moment avec impatience.

D'ici là, Jane se débrouillerait, comme elle l'avait toujours fait. Amelia avait 18 ans maintenant, et une fois qu'elle aurait terminé ses études, Jane pourrait pousser un soupir de soulagement. Elles étaient arrivées jusque-là, et elle savait qu'elle pourrait tenir encore sept ans à surveiller discrètement leur budget sans que sa fille ne se sente contrainte. Celle-ci n'aurait jamais conscience du combat quotidien qu'avait mené sa mère. Elle souhaitait qu'Amelia fasse un mariage brillant, pour qu'elle n'ait jamais à s'inquiéter de quoi que ce soit. L'amour aussi était important, bien sûr, mais on pouvait aussi bien tomber amoureuse d'un homme riche que d'un homme pauvre. Jane ne s'inquiétait de toute façon pas des fréquentations d'Amelia. Sa fille passait sa vie à la bibliothèque à travailler pour maintenir ses excellentes notes. Jane était fière d'elle. Amelia avait bon cœur, et c'était une jeune fille sérieuse, avec de solides valeurs. Elle aurait été dévastée si elle avait su que sa mère avait parfois du mal à joindre les deux bouts.

Pour les débuts d'Amelia, juste avant Noël, Jane avait acheté une robe de soirée en velours noir tout simple signée Charles James. Elle l'avait trouvée dans une boutique d'occasion où les femmes fortunées vendaient leurs vêtements déjà portés. Elle l'avait mise avec une belle veste courte en vison de Galanos pour l'accompagner. Elle était aussi élégante que toutes les autres mères présentes au bal, et bien plus jolie que la plupart.

Ça n'avait rien d'une surprise, mais Amelia avait été ravie d'être invitée au bal. Ç'avait été le grand sujet de conversation des jeunes filles tout au long du lycée. Si cet événement n'avait pas pour elle la même signification que pour sa mère, c'était tout de même amusant. C'était un rite de passage à l'âge adulte. Ce qui ne l'empêchait pas de trouver l'origine et l'objectif peu louables : les bals des débutantes étaient à l'origine destinés à présenter les jeunes femmes de bonne famille à la société, dans l'intention de leur trouver un mari. Cela avait toujours été le cas aux États-Unis et en Europe. Mais désormais, peu de jeunes filles se mariaient à 18 ans, « fraîchement sorties de l'école », comme on disait autrefois. La plupart allaient à l'université et c'était là que bon nombre d'entre elles rencontraient leur mari, comme Jane l'avait fait remarquer lorsqu'Amelia s'était plainte du caractère archaïque du bal. Elle était également très gênée que tous ceux qui n'appartenaient pas à la classe supérieure blanche en soient exclus. Cela lui paraissait anormal.

— En fait, c'est une foire aux bestiaux, sauf que les bestiaux, c'est nous. Et on trouve ça normal, avait-elle grommelé.

— Ça n'a rien à voir avec une foire aux bestiaux. C'est une soirée conçue pour que tu te sentes comme Cendrillon au bal. Et si tu y rencontres ton prince charmant, c'est merveilleux. C'est un rite de passage pour les membres de la bonne société, pour honorer nos filles dont nous sommes si fiers. Et tu connais déjà presque tout le monde !

Amelia avait fini par abandonner ses réserves. Même si elle désapprouvait le fait que toutes les débutantes soient blanches et chrétiennes, elle ne pouvait pas changer les règles. L'année précédente, elle s'était profondément émue du sort des neuf courageux élèves afro-américains que les autorités ségrégationnistes de l'Arkansas avaient empêché d'étudier dans le lycée de Little Rock. Elle avait suivi l'événement de près et avait pris leur situation très à cœur.

— C'est injuste que les Neuf de Little Rock ne soient pas invités aussi.

— En effet, avait abondé sa mère, mais l'Histoire évolue lentement. Même si cela changera un jour, pour l'instant la plupart des gens dans ce pays ne sont pas encore prêts. Un jour, la mixité raciale sera la norme. Le pays tout entier n'en est pas encore là.

— Il faut qu'il se dépêche.

— Je suis certaine que tu le verras de ton vivant, l'avait rassurée Jane. Probablement quand tu auras mon âge. Little Rock est un premier grand pas dans cette direction. Mais nous ne pouvons pas mener les combats de tout le monde, nous ne pouvons mener que les nôtres.

Chaque jour, Jane s'efforçait déjà de tout faire pour sa fille.

— Peut-être que ce combat devrait être le nôtre aussi, avait déclaré Amelia avec sincérité.

Les injustices de la ségrégation l'avaient bouleversée dès son plus jeune âge. Elle détestait l'idée que certaines personnes soient traitées différemment. Et il ne faisait aucun doute que des événements tels que les bals des débutantes excluaient de nombreuses personnes. C'était un club très exclusif, et une tradition désuète.

En fin de compte, malgré ses réserves, Amelia s'était bien amusée au bal, d'autant que beaucoup de ses amies y étaient présentes. Elle avait aussi passé un moment sympathique avec Teddy. Sans compter qu'elle adorait sa robe ! Cet événement n'avait pas pour autant bouleversé sa vie.

Jane s'assit à son bureau avec l'épaisse enveloppe couleur crème. Son nom était élégamment écrit, et un timbre français indiquait qu'elle avait été envoyée de Paris. Jane lut le courrier attentivement et sourit. En présence de monsieur Hervé Alphand, ambassadeur de France aux États-Unis, et avec la duchesse de Maillé et le duc de Brissac comme co-présidents de l'événement, deux cent cinquante débutantes françaises seraient présentées à la bonne société parisienne lors d'un bal organisé pour la première fois au château de Versailles. Mademoiselle Amelia Whitney Alexander figurait sur la liste des quarante jeunes Américaines conviées. Il était précisé que ces débutantes américaines devaient avoir fait leurs débuts dans le monde en 1956 ou 1957. C'était bien le cas d'Amelia, qui venait d'assister au bal de l'Infirmerie en décembre 1957, un mois plus tôt. Les débutantes qui seraient présentées plus tard dans l'année, en décembre 1958, seraient acceptées aussi. Les jeunes filles devaient avoir entre 17 et 19 ans. Le sourire de Jane s'élargit lorsqu'elle lut la liste du comité d'honneur et du comité du bal, qui comprenait plusieurs Bourbons, dont le prétendant au trône de France – si la monarchie revenait un jour. Sur la liste figuraient aussi un certain nombre de têtes couronnées, et Miss Mary Stuart Montague Price. Jane supposait que presque toutes les débutantes seraient issues de l'aristocratie. Les débutantes américaines dont Jane reconnut le nom étaient issues des familles les plus distinguées du pays. Il n'était pas question de richesse ou de célébrité, mais des liens du sang et des ancêtres. C'était un grand honneur qu'Amelia soit invitée.

Jane s'inquiéta aussitôt du prix. Billets d'avion, hôtel et dépenses diverses pendant leur séjour à Paris… Et peut-être une autre robe plus légère et estivale que la lourde robe de satin qu'Amelia venait de porter au bal des débutantes. Mais il n'était pas question de priver sa fille de cette expérience. Si elle hésitait, Jane ferait tout son possible pour la convaincre. Amelia ne parlait pas français et risquait de se sentir intimidée. Mais être présentée au château de Versailles, où Louis XIV avait tenu sa cour, était une opportunité fantastique pour n'importe quelle jeune fille ! Ce serait un événement inoubliable, et une occasion inouïe de rencontrer des jeunes gens bien au-delà de son cercle habituel. Un prince français ou un duc anglais, qui sait, se dit Jane dont l'esprit s'emballait.

Elle se souvint que la jeune reine Élisabeth avait récemment mis fin à la traditionnelle présentation des débutantes à la cour de Saint-James en déclarant qu'il s'agissait d'une tradition désuète. Apparemment, les Français avaient décidé de reprendre le flambeau. Le bal devait avoir lieu le 12 juillet. Jane reposa délicatement l'invitation sur son bureau. Amelia venait passer le week-end avec elle. Le timing était parfait. Il fallait répondre avant le 1ᵉʳ février. Elle espérait qu'Amelia serait aussi emballée qu'elle. C'était un honneur d'être choisie !

Jane parcourut le reste du courrier, nota les choses qu'elle avait à faire puis contempla par la fenêtre Central Park enneigé dans la nuit. L'esprit encore tourné vers le bal, elle entendit la clé d'Amelia tourner dans la serrure et sa fille entra dans le salon avec un bonnet de laine blanc, des moufles et des richelieu bicolores. Sous son caban, elle portait une jupe écossaise et un twin set bleu marine. Son visage était rougi par le froid et ses longs cheveux blonds, qui flottaient dans son dos, évoquaient Alice au pays des merveilles. Elle ressemblait terriblement à sa mère. Jane alla serrer sa fille dans ses bras et lui sourit, heureuse de la revoir. Les vacances de Noël s'étaient seulement achevées une semaine plus tôt, mais Amélia lui avait manqué. Elles se parlaient beaucoup et étaient très proches. Amelia avait grandi avec sa mère, si bien qu'elles étaient désormais amies autant que mère et fille, et alliées dans la plupart des domaines. Elles étaient toutes deux faciles à vivre et se disputaient rarement.

— Comment se sont passés les cours ? lui demanda Jane alors qu'elles s'asseyaient sur le canapé du salon.

La pièce n'était pas grande, mais arrangée avec goût et ornée des antiquités que Jane avait héritées de sa famille et de celle d'Alfred. Il s'en dégageait une impression chaleureuse. Amelia aimait leur appartement. Il était juste assez grand pour elles deux, et confortable et accueillant.

— Interminables ! J'ai déjà trois devoirs à rendre. À croire qu'ils nous punissent parce que nous avons eu des vacances !

Le bal semblait déjà à des années-lumière.

— Ça va me prendre tout le week-end, ajouta-elle, l'air déçu.

Elle aurait préféré voir ses amies et aller au cinéma avec sa mère. Elles s'étaient promis d'y aller le dimanche pour voir *Drôle de frimousse* avec Audrey Hepburn et Fred Astaire, avant qu'Amelia ne retourne à l'université.

— Ne t'inquiète pas, moi aussi j'ai des choses à faire. Cette semaine a été très chargée au bureau. Nous avons plusieurs enjeux sur le feu en ce moment.

Elles bavardèrent quelques minutes avant que Jane cède à son impatience et se dirige vers son bureau anglais, une antiquité au plateau recouvert de cuir qui avait appartenu à son père, pour y prendre l'invitation.

— Regarde ce qui est arrivé aujourd'hui ! annonça-t-elle, incapable de contenir son excitation plus longtemps.

Amelia prit le courrier, le lut attentivement, puis releva les yeux vers sa mère.

— Ils ne sont pas sérieux… Il n'y a que des princesses et des comtesses ! Pourquoi m'invitent-ils ?

— Parce que tu as des ancêtres distingués, et peut-être qu'ils ont obtenu la liste du bal de l'Infirmerie. Cela semble incroyable. La première présentation de débutantes au château de Versailles ! C'est tellement excitant.

— Tout cela me semble bien trop chic, et je ne parle pas un mot de français. Je ne connaîtrai personne, là-bas, dit Amelia, beaucoup moins enthousiaste que sa mère.

— Tu n'as pas besoin de parler français. Ce n'est pas un rôle parlant. Tu descends l'escalier au bras de ton cavalier, tu fais la révérence comme au bal de l'Infirmerie et c'est tout, tu auras fait tes débuts en France. À Versailles !

— Et je n'aurai pas de cavalier, là-bas, dit Amelia, qui tentait tous les arguments pour se défiler.

Cela l'intimidait. La plupart des débutantes françaises avaient des titres. Certaines étaient même des princesses.

— Relis la lettre. Les débutantes étrangères auront aussi un cavalier. Il y aura cinq cents cavaliers pour deux cent quatre-vingt-dix filles. Amelia, tu ne peux pas laisser filer une telle occasion ! Tu en garderas un souvenir impérissable.

— J'ai déjà été débutante ici, Maman. Combien de fois faudra-t-il que je me présente ? Ce sera la même chose, avec des sous-titres en français, répondit Amelia qui rendit l'invitation à sa mère avec un haussement d'épaules peu impressionné.

— Mais c'est à Versailles. Rien de ce que tu as fait n'égalera jamais cela, insista Jane.

Elle l'imaginait déjà. Elle serait sa princesse.

— Pourquoi tiens-tu tant à ce que j'y aille, Maman ?

— Parce que quand la vie te donne une opportunité comme celle-là, je pense qu'il faut la saisir, répondit sa mère, déçue. Et j'y serai avec toi. Tu ne seras pas seule.

— Pour être honnête, ça me fait un peu peur.

— Ce sera l'occasion de te faire des amis dans un autre pays.

— Et d'épouser un duc ou un prince, c'est ça ?

Amelia la taquinait, mais savait que ce n'était pas si loin de la vérité.

— Je ne veux pas être Cendrillon, Maman. J'ai fait le bal des débutantes, c'est bien suffisant. Et je n'ai pas rencontré de prince charmant ! Je me suis bien amusée, c'est vrai, mais tout ça date d'un autre temps. Une fois a suffi, et je ne compte pas me marier avant une dizaine d'années. Je veux faire des études, tu le sais.

— Si tu attends d'être diplômée, tu seras trop âgée pour être débutante à Versailles. C'est maintenant ou jamais.

— On est en 1958, Maman. Plus en 1850. Tout ça est un peu ridicule, non ?

— Absolument pas. Considère ça comme une fabuleuse fête costumée. Tu rencontreras même des Américaines, tu pourras parler anglais.

— Et que devrai-je dire à mon cavalier après « Bonne-jour », alors que je n'aurai aucune idée de ce qu'il me raconte ?

— Tu lui décocheras un de ces sourires dont tu as le secret, et il sera à tes pieds, lui répondit Jane.

Amelia sourit des illusions romantiques de sa mère et de sa foi en elle avant de changer soudain d'expression.

— Tu ne vas quand même pas m'obliger, Maman ?

Amelia arborait un air buté. La partie était loin d'être gagnée.

— Je ne vais pas t'obliger à quoi que ce soit, non. Mais je vais essayer de te convaincre. Je pense que c'est une opportunité fantastique. Et que tu le regretteras à jamais si tu n'y vas pas.

— Ce n'est pas moi qui le regretterai mais toi, répliqua Amelia d'un ton tranchant.

Elle connaissait sa mère. Elle voulait toujours le meilleur pour elle, parfois trop.

— Ce n'est qu'une nuit dans ta vie. Comment cela pourrait-il être si terrible ?

— Ça me semble ennuyeux et pompeux. Ce sont probablement tous des snobs. Et c'est cher. La lettre dit qu'il y a des frais de cinq cents dollars. Honnêtement, je préférerais m'acheter un nouvel équipement de ski avec cet argent. Je voudrais aller dans le Vermont avec des amis.

Amelia était sportive, ce qui coûtait souvent cher.

— Tu peux louer l'équipement. Et cinq cents dollars, ce n'est vraiment pas beaucoup pour une occasion comme celle-ci.

— Je vais y réfléchir.

Amelia ne voulait pas se disputer avec sa mère, or elle sentait qu'elle était déterminée. Jane, de son côté, savait qu'elle risquait de buter sa fille si elle insistait trop, et elle ne voulait pas d'un refus définitif.

— Nous en reparlerons dimanche, reprit-elle avec une détermination qu'Amelia ne connaissait que trop bien.

Lorsque sa mère voulait vraiment quelque chose, elle ne lâchait jamais. Surtout quand il s'agissait d'elle.

— J'aurai peut-être eu ma promotion d'ici là, ajouta-t-elle gaiement. Et l'augmentation qui va avec. Et nous pourrions ensuite faire un petit voyage, en Provence ou ailleurs. Ce serait amusant.

Amelia sourit. Elle voyait clairement se profiler ce maudit bal au château de Versailles. Il y aurait sans doute des Français coincés qui ne parleraient pas un mot d'anglais. Ils la snoberaient, seraient grossiers avec elle, la considéreraient comme une plouc ou la traiteraient comme une touriste. Mais quand sa mère avait ce regard, il était plus facile de retenir des chevaux sauvages que de lui résister.

— Viens, allons dîner. Gloria nous a laissé un poulet rôti. Je suis affamée, dit Jane en serrant sa fille dans ses bras.

— Moi aussi, dit Amelia en prenant sa mère par la taille.

Elles se dirigèrent vers la cuisine, enlacées. Jane lui donna un baiser rapide et commença à mettre la table et elles ne parlèrent plus du bal ce soir-là. Mais Amelia savait que sa mère n'allait pas oublier. La perspective lui semblait quelque peu inévitable. Une fois de plus, elle aurait l'impression d'être mise aux enchères. Même si, à en croire sa mère, l'acquéreur serait peut-être un beau prince.

Tout cela semblait pour le moins stupide à Amelia. Et elle ne voulait pas de mari, surtout pas un Français ! Le sujet lui sortit bientôt de la tête et elle passa un agréable week-end.

Jane n'en reparla pas jusqu'au dimanche soir. Amelia n'allait pas tarder à repartir sur le campus, et sa mère alla chercher l'invitation.

— Alors, que penses-tu de ce bal à Versailles ? Tu y as réfléchi ? lui demanda-t-elle en la lui agitant sous le nez.

Amelia laissa échapper un gémissement.

— Oh, mon Dieu, mais pourquoi insistes-tu ? Arrête d'essayer de me caser, Maman.

— Je veux juste que tu t'amuses.

Amelia savait qu'elle ne gagnerait pas, alors autant céder maintenant. Son espoir de voir sa mère oublier ou abandonner le sujet était de toute façon enterré.

— J'ai le choix ? tenta-t-elle néanmoins en lui lançant un regard résigné.

— En toute honnêteté, non, dit Jane. Fais-moi juste confiance. Ce sera fabuleux. Tu seras contente d'y être allée. Et faire un petit voyage en France toutes les deux serait formidable, non ?

— C'est bon, j'abandonne, dit Amelia en roulant des yeux.

— Je suis sûre que tu ne le regretteras pas, promit sa mère.

— Tu es la personne la plus têtue que je connaisse, dit Amelia, exaspérée.

— Merci. Moi aussi, je t'aime. Et tu me remercieras quand tu seras duchesse et que tu auras ton propre château.

— Je te déteste, dit Amelia dans un sourire avant de l'embrasser et de lui souhaiter une bonne semaine.

Elle partit, vêtue d'un gros pull irlandais et de son caban. Elle voulait travailler encore un peu ce soir-là, et juillet était de toute façon encore bien loin.

Jane répondit aussitôt à l'invitation et fit le chèque, qu'elle posta de son bureau dès le lendemain matin. Elle avait l'intuition que ce bal à Versailles allait être extraordinaire.

Vous avez aimé ce livre ?
Vous souhaitez en savoir plus sur Danielle STEEL ?
Devenez, gratuitement et sans engagement, membre du
CLUB DES AMIS DE DANIELLE STEEL
et recevez une photo en couleurs.

Pour cela il suffit de vous inscrire sur le site
www.danielle-steel.fr

Club des Amis de Danielle Steel
12, avenue d'Italie – 75627 Paris Cedex 13
Et, à partir du 1ᵉʳ janvier 2020,
au 92, avenue de France – 75013 Paris

La liste de tous les romans de Danielle Steel disponibles chez Pocket se trouve au début de cet ouvrage. Si un ou plusieurs titres vous manquent, commandez-les à votre libraire.

Cet ouvrage a été composé et mis en page
par Nord Compo à Villeneuve-d'Ascq

Imprimé en France par
CPI Brodard & Taupin
en novembre 2024
N° d'impression : 3058601

Pocket – 92 avenue de France, 75013 PARIS

S34826/01